中国当代作家论

谢有顺 主编

张欣论

中国当代作家论

谢有顺 主编

唐诗人／著

张欣论

作家出版社

唐诗人

■唐诗人，1989年生，文学博士、博士后，暨南大学文学院中文系副教授；中国作家协会会员，中国现代文学馆第十一届客座研究员，广州市文艺评论家协会副主席，广东省作家协会理事；首届广东省签约文艺评论家，羊城晚报"粤派评论"锐评家；已出版批评文集《文学的内面》，主编出版《文学里的广州·小说》《当代文学见言录》；主持省部级课题多项，已在《文艺研究》《文艺理论研究》《文艺报》等刊物发表各类文章百余篇；曾获暨南大学优秀本科生班主任、文学院教学院长奖，《文学报·新批评》优秀评论新人奖等荣誉；现阶段主要从事文学批评与文艺理论研究。

主编说明

自从到大学工作以后，就不时会有出版社约我写文学史。很多文学教授，都把写一部好的文学史当作毕生志业。我至今没有写，以后是否会写，也难说。不久前就有一份高等教育出版社的文学史合同在我案头，我犹豫了几天，最终还是没有签。曾有写文学史的学者说，他们对具体作家作品的研究，是以一个时代的文学批评成果为基础的，如果不参考这些成果，文学史就没办法写。

何以如此？因为很多学问做得好的学者，未必有艺术感觉，未必懂得鉴赏小说和诗歌。学问和审美不是一回事。举大家熟悉的胡适来说，他写了不少权威的考证《红楼梦》的文章，但对《红楼梦》的文学价值几乎没有感觉。胡适甚至认为，《红楼梦》的文学价值不如《儒林外史》，也不如《海上花列传》。胡适对知识的兴趣远大于他对审美的兴趣。

《文学理论》的作者韦勒克也认为，文学研究接近科学，更多是概念上的认识。但我觉得，审美的体验、"一个灵魂唤醒另一个灵魂"的精神创造同等重要。巴塔耶说，文学写作"意味着把人的思想、语言、幻想、情欲、探险、追求快乐、探索奥秘等等，推到极限"，这种灵魂的赤裸呈现，若没有审美理解，没有深层次的精神对话，你根本无法真正把握它。

可现在很多文学研究，其实缺少对作家的整体性把握。仅评一个作家的一部作品，或者是某一个阶段的作品，都不足以看出这个作家的重要特点。比如，很多人都做贾平凹小说的评论，但是很少涉及他的散文，这对于一个作家的理解就是不完整的。贾平凹的散文和他的小说一样重要。不久前阿来出了一本诗集，如果研究阿来的人不读他的诗，可能就不能有效理解他小说里面一些特殊的表达方式。于坚也是一个典型的例子。很多人只关注他的诗，其实他的散文、文论也独树一帜。许多批评家会写诗，他写批评文章的方式就会与人不同，因为他是一个诗人，诗歌与评论必然相互影响。

如果没有整体性理解一个作家的能力，就不可能把文学研究真正做好。

基于这一点，我觉得应该重识作家论的意义。无论是文学史书写，还是批评与创作之间的对话，重新强调作家论的意义都是有必要的。事实上，作家论始终是中国现代文学的一个宝贵传统，在1920—1930年代，作家论就已经卓有成就了。比如茅盾写的作家论，影响广泛。沈从文写的作家论，主要收在《沫沫集》里面，也非常好，甚至被认为是一种实验。中国现代文学研究界的许多著名学者都以作家论写作闻名。当代文学史上很多影响巨大的批评文章，也是作家论。只是，近年来在重知识过于重审美、重史论过于重个论的风习影响下，有越来越忽略作家论意义的趋势。

一个好作家就是一个广阔的世界，甚至他本身就构成一部简易的文学小史。当代文学作为一种正在发生的语言事实，要想真正理解它，必须建基于坚实的个案研究之上；离开了这个逻辑起点，任何的定论都是可疑的。

认真、细致的个案研究极富价值。

为此，作家出版社邀请我主编了这套规模宏大的作家论丛书。经过多次专家讨论，并广泛征求意见，选取了五十位左右最具代表性的作家作为研究对象，又分别邀约了五十位左右对这些作家素有研究的批评家作为丛书作者，分辑陆续推出。这些作者普遍年轻、锐利，常有新见，他们是以个案研究的方式介入当代文学现场，以作家论的形式为当代文学写史、立传。

我相信，以作家为主体的文学研究永远是有生命力的。

谢有顺

2018 年 4 月 3 日，广州

目 录

绪 论

一、作家张欣

> 小说这门古老世俗的技艺，大多数时候一直不温不火地存在着。长时间写小说的人，也只能不疾不缓徐徐渐进，因为这是一个长活儿，是耐力赛，着急反而难以成事。开始写的时候感觉肯定是一个爆款，结果却是雁过无痕，寂寂无声地淹没。这个时代，辛苦是不值钱的。[①]

这是作家张欣写在长篇小说《千万与春住》"自序"中的第一段话，这段话言说得极为诚恳，可以理解成张欣对自己几十年小说创作状态的一种情感上的总结，或者说是一种小说创作意义上的经验心得。这一"总结"是"心得"，也是感慨，有心的读者可以感受到其中的沧桑与无奈，更有心的研究者或许还能体会到一种近似于"绝望之为虚妄"式的"希望"。

希望何在？何以虚妄？从上世纪七十年代末开始，到今天二十一世纪的二十年代初，近半个世纪了，张欣还在坚持小说创作，还能"不疾不徐"地写长篇，内在于这种"坚持"的，自然是几十年

---

① 张欣：《千万与春住·自序》，花城出版社 2019 年版，第 1 页。

不灭的"希望"。这"希望"具体指向什么？是作品流芳百世，还是作家"光芒万丈"？都可以是，但它们都不是一个作家所能决定的。对于一个有自知之明或者已经被历史被时间所规训的当代作家而言，这些"希望"更大的可能其实是"虚妄"。但是"虚妄"又如何？张欣早已领悟到，写作"是一个长活儿，是耐力赛"。很多写作者幻想着写一部两部就抵于伟大、不朽，期许着每一部作品都是"爆款"，都能获得名和利，这些想法对于任何一个时代的小说创作而言，似乎都是天方夜谭。尤其身处于这个急功近利的环境下，小说创作更需要一种跑马拉松的精神，它考验的是作家的"耐力"——这"耐力"可以有两方面含义，一是身体、体魄层面的"耐劳力"，二是精神、思想层面的抵抗"虚无"、贯透"虚妄"的"耐受力"。

长篇小说创作是一项体力劳动，这几乎是每个曾经写过长篇小说的作家都会发出的感慨。关于体力与小说创作的关系，最经常被人提及的当代作家如村上春树，他的说法极为直白："若要天长日久地坚持创作，不管是长篇小说作家，还是短篇小说作家，无论如何都不能缺乏坚持写下去的持久力。那么，要想获得持久力，又该怎么做呢？对此，我的回答只有一个，非常简单，就是养成基础体力。获得强壮坚韧的体力，让身体站在自己这一边，成为友军。"[1] 在体力方面，可以肯定的是，作为五〇后的张欣这一代人，包括莫言、贾平凹、铁凝、王安忆、张炜等，这些经历过上山下乡运动的，或者有军队生涯的作家们，可以说都储蓄着巨大的身体能量。对于这一批有着独特经历的作家们而言，身体早已是自己的"友军"，即便他们离开体力劳动场所多少年，平时不会像村上春树那般保持锻炼，也能够持续地支撑起自己的写作。张欣曾服兵役

---

[1] ［日本］村上春树：《我的职业是小说家》，施小炜译，南海出版公司2017年版，第131页。

十六年，这十六年的军队经历给予一个作家的财富，不仅仅是可以作为一类小说创作题材和记忆提取库的生活经验，更是积蓄下了一副可以为日后几十年的写作持续性地提供丰沛体力的身体。进一步而言，这一人生经历或许还培养出了一个作家所需要的精神层面的意志力。

小说创作作为"耐力赛"，这自然不止于比拼体力，更是意志力和精神体量层面的考验和挑战。回到张欣这段话里，其中"不疾不缓徐徐渐进""着急反而难以成事"，这些指的是一个作家所需要的写作心态和创作状态，"开始写的时候感觉肯定是一个爆款，结果却是雁过无痕，寂寂无声地淹没"，这是很多作品最为可能的历史终局。大概率"寂寂无声"的作品命运与"徐徐渐进"的写作状态，这二者之间如何能够是一种"不疾不缓"的创作心态？这对于很多人而言是无法理解、不可接受的，但对于作家而言，尤其对于"长时间写小说的人"来说，却是一种需要慢慢接受并逐渐修炼为日常心态的写作境界。对于真正热爱文学的写作者而言，他们都要学着去接受、承认自己的作品很可能只会是默默无闻，即便能获得一时一刻的读者反响，也大概率地很快被更多的作品所淹没，最终被人遗忘，"雁过无痕"。作家需要清醒地认识到写作的命运，但同时也还要坚韧地、抱有希望地写下去，否则写作就不可能持续。这不仅仅是一种有胆量承受"失败"的勇气问题，更是一种能够长期"失败"下去的、永久性直面虚无的精神能量。

当然，我们并非因为通常意义上的"坚持"和"失败"而讨论张欣，以这个话题开启我们关于张欣小说的理解和阐述，是要交代一个很多人很可能早已遗忘的关于文学价值的基本事实：并非那些人们耳熟能详的作家作品才值得研究，文学的价值正在于它的丰富多彩。"丰富多彩"的背后是每个作家的"独特性"，张欣的写作相对于新时期以来热闹、喧嚣的当代文学场而言，毫无疑问是一处"独特的风景"。雷达先生在很早就说张欣的小说是"当代都市小说之独流"①，这一"独流"界定是从张欣的都市小说特征和价值层面来理解的"独特性"，这自然是我们认知张欣小说独特价值的重要方面，但还有另外一个层面的作为作家个性和创作状态的独特性，也有着值得言说的意义。尤其在今天这个小说面临着各方面理论话语的肢解、作家创作被各种纷繁复杂的事务所干扰的时代，小说家张欣的存在本身就可以是一种提醒：小说创作并非赶时髦、拼新鲜，而是如何找到一块独特的文学领地，如何十年如一日地持续耕耘、开拓并沉淀出独属于作家自身的一片文学空间。

"当代都市小说之独流"这一类说法可以很好地帮助我们理解作为"都市小说作家"的张欣，但如果抛开"都市""城市"，我们该如何理解作为作家的张欣？把张欣理解成都市题材小说家，这几乎是当前所有研究者认知作家张欣的路径。但其实，即便从"都市文学""城市文学"等一类视角可以很理想地界定一个作家，我们也应该先把作家还原为作家。何谓"把作家还原为作家"？我的意思是说，作家、小说家在有"帽子"之前，他／她首先是一个热爱写作的人，是一个写出了小说、有诸多作品的作家。把"都市""城市"这些或题材或风格方面的前提、帽子拿去之后，我们才能更完整地理解一个作家。对于作家张欣而言，我们的论述不应该从一开始就戴着"都市""城市"的帽子，不应该人云亦云地满足于帽子底下的空间。有帽子总会有阴影，有标签总会有偏见，作为系统的"作家论"，我们的研究必然要摆脱一切先在的定义，而是回到作家自身，回到作家的作品本身。

抛开"都市""城市"这顶帽子，作家张欣还有什么东西值得言说的吗？这个问题看似简单，其实可以难倒很多当代文学研究者。作家张欣在文学史上的位置是上世纪八九十年代的中国都市小说创作先行者，但对于张欣在创作都市小说之前写过什么，以及在

---

① 雷达：《当代都市小说之独流——张欣长篇近作的价值拓展》，《小说评论》2013年第2期。

新世纪以来还写了什么，这些似乎是很多研究者都无法回答的问题。对于写都市小说的张欣，很多青年文学研究者还会误以为这是七〇后作家。而对于更多研究者而言，对作家张欣的熟悉程度，必然不及于对同样写城市的王安忆、王朔、陈丹燕等作家的了解，而他们其实都是同时代人。这种比较并非指向谁更有影响力谁更不为人所知，而是指出存在于当前文学研究界的一种历史性积弊：对于很多作家，研究者除开于文学史著作上"知道了"之外，对于文学史之外的、名家不曾谈及的、尚未进入自己研究视野的作家作品，通通是不感兴趣、不会过问的。这种文学阅读状况所支配下的文学研究，很大程度上其实只是"名作家"研究，如此又如何能够说明哪个作家、哪些作品更具价值？文学研究有自己的问题焦点，也有自身跟随文化变迁而变化的规律，这无可厚非。但人们对于相关文学问题的思考，却总是局限在有限的文本范围内，习惯性地满足于围绕"多数同行"都熟悉的作品进行解读和再解读。这种研究习性导致很多不尽如人意的文学后果：把作家标签化，把问题简单化。

作为一个系统的"作家论"，我们首先需要的是摆脱标签，还原一个作家的完整性和丰富性。"作家张欣"不完全等于"都市小说家张欣"，都市小说家张欣也不等于是写广州的都市小说家张欣。比起把张欣界定为都市小说家，我更愿意把她理解为"讲故事的人"和"写日常生活的人"。张欣的作品里，有很多发生在都市的故事，也有一些发生在非都市的故事，但都是些有趣又有意味的"故事"。我们读张欣的小说，不管是早期的还是近期的，首先看到的不是题材意义上的都市或非都市，而是一些引人入胜、令人唏嘘的人生故事。同时，张欣的讲故事，不同于很多作家那种注重技巧和强调风格的讲故事，而是用日常生活细节铺垫起来的、老老实实的讲故事。在张欣绝大多数的小说里，我们看不到技术的痕迹，看不到丝毫的想要突出某种艺术风格的人为元素，有的只是最素朴的描绘日常生活的笔致，是呈现给我们的一个又一个迷人而又发人深省的故事。

二、讲故事的人

以"讲故事的人"来界定张欣，这并非简单地因袭莫言获得诺贝尔文学奖时发表的"讲故事的人"的演说。莫言的讲故事是风格化明显的讲故事，不管是叙事技巧还是语言风格，比如魔幻现实和一些小说所使用的古典结构，都充斥着强烈的个人色彩。莫言的故事本身也基本上都是一些传奇的、历史感明显的宏大故事。莫言说自己是"讲故事的人"，这种自我界定也只是一种话语修辞，实际上他从来就不是一个"讲故事的人"，他更主要还是一个讲历史、讲政治、讲文明的人。"讲故事"对于莫言，只是一个"壳"，内里包裹着作家的叙事野心，它们是既宏大又幽微的人心与哲学。但对于张欣，"讲故事"却是她大多数小说的"核"，环绕这些"核"的都是一些极为庸常的、世俗而琐碎的日常生活。张欣的"讲故事"是没有多少野心的讲故事，为此讲述得很亲和，故事也很有趣。张欣很早就坦言："我不是一个使命感很强的作者，我写作，一是谋生，二是喜好。后者如同喜好跳舞或绣花的女人一样，做精总容易些。我常常喜好泡一杯茶，拿本书边吃零食边看，时时莞尔，很觉享受。想到若别人也这样，而读的是我的书，忍不住地乐一阵儿，不是很好吗？！"① 这种为"喜好"和寻"乐趣"而来的写作，我们或许可以说它不够"使命感"，承担的东西不够厚重，但这难道不是我们热爱文学、喜好写作的一种初心吗？

对比莫言与张欣的"讲故事"，并非谈论孰是孰非，更不可能简单地定性说何种意义上的"讲故事"更伟大或更孱弱，即便莫言

---

① 张欣：《我是谁？》，见张欣《世事素描》，群众出版社1996年版，第3页。

6

因为"讲故事"获得了诺贝尔文学奖。抛开作品之外的光环，舍弃传统意义上的文学风格之高低贵贱相关知识，只从文学审美层面来看，我们对莫言或者对张欣的欣赏，更多时候只是一种阅读趣味、审美习性的差异而已。把"讲故事"作为壳也好，作为核也罢，对于大多数的非专业研究者而言，只是故事内容和语言感觉上的区别。当然，作为研究者，我们要思考的是，与莫言这种有着清晰的宏大价值的"讲故事"相比较，张欣这种只讲自己喜欢讲的故事、把"讲故事"本身当作"核"的小说创作意味着什么？

阅读张欣的小说，如果只是为了提取一个主旨思想，多数情况下可能都是轻而易举的事情。这种思想概括上的"轻易化"特征，一直影响着人们关于张欣小说的价值判断。我们的文学教育喜欢指导学生如何概括"中心思想"，这种阅读理解思路早已成了中国人解读文艺作品的基本模式、主要路径，这严重地妨碍着普通民众的文学鉴赏能力。张欣的小说，大多数时候是主旨特别明确，很多小说还会直接在行文中时不时地直接贡献一些人生隽语、生活格言，并不需要花费多少精力去概括它们有怎样的主旨思想，人物命运也极为清晰，作家似乎只需要我们很感兴趣地读下去，不打算让我们过多地沉溺其中。读完张欣的小说，不需要特别地琢磨思考，大多时候只是感慨一下，悲叹几声，然后瞬间可以回到自己的生活世界。这种阅读感觉，看似没有为读者提供多少现代意义上的思想洞见，却于无形中也潜移默化地影响着我们关于人生事物的诸多见解。让读者很感兴趣地读下去，不经意间实践着"寓教于乐"，这一意义上的"讲故事"其实是最为传统也最为根本的小说意义。

在我们开篇时引用的话里，张欣第一句话就触及了小说的古老历史——"小说这门古老世俗的技艺，大多数时候一直不温不火地存在着。""小说"这一文学体裁，看似很现代，实则很古老。根据很多古典文学研究者的古典小说研究，我们甚至可以把"小说"的起源追溯到周秦两汉时代的"说"体传统。"说"体还可以溯源到作为仪礼的"说"祭，这是"先民祭祷天神地祇人鬼时的仪礼"，是"一种以论说的方式说服神灵满足祭祷者诉求的言语行为"。[①] 举行"说"祭为的是说服鬼神帮助人们祛病禳灾、祈求神灵福佑，目的明确，同时也使用特定的语气和措辞以更好地表达诉求。到晚周时期，"说"祭逐渐发展为"说"体。春秋战国时代，诸子、策士们用"说"体来陈述观点，为了说服君王、名臣，"说"话的策略越来越多。总而言之，"说"体要求说者"动之以情、晓之以理"，要想方设法让目标受众听进去，获得认同并取得相应的效果。早期的"说"体文重视接受者和"说"的目的，后期真正意义上的小说出现，更直接的是要取得读者的喜爱。余嘉锡说："方士说鬼，文士好奇，无所用心，聊以快意，乃虚构异闻，造为小说。"[②] 不管是汉魏小说还是唐时期的传奇、宋元时代的话本，都是在有趣地讲故事，要用趣味吸引和留住读者、听众，其中优秀的作品也都自觉或不自觉地于讲故事的同时实践着古典时代的道德教化。可以说，古典时代的小说，正是因着读者、听众的存在才葆有着持续的生命力，才越发地发达和逐渐被文人学者重视，否则这种被官方所抑制、被正统的文章学术人士所鄙夷的文体就难以存续。

其实，不仅中国古典"说"体文章和小说传统重视读者接受和影响效果，西方古典时代的文艺思想同样重视。亚里士多德《诗学》属于制作学，讲解的是写作技术问题，是要教人认识悲剧和创作悲剧。今天我们只记得亚里士多德在《诗学》中指出了诗比历史更具哲学性，倒是忽略了亚里士多德不断强调的悲剧创作论知识。亚里士多德反复告诫学生，悲剧创作要重视情节的突转和发现，要写观众能够接受的人物形象，要考虑什么样的命运遭遇才能引起观众的怜悯和同情。根本而言，《诗学》是教人如何通过创作悲剧故事以更好地进行公民伦理教育，这与中国传统文学始终重视道德教

---

① 刘晓军：《中国小说文体古今演变研究》，上海古籍出版社 2019 年版。

② 余嘉锡：《古书通例》，中华书局 2007 年版，第 263 页。

化是一致的。因为有着伦理道德层面的教诲需要，古典文学的价值和位置是清晰而确然的。古典时代的"说"体文章和戏剧作品，之所以重视接受效果，也是因着目的明确。然而，"目的明确"对于现代以来的文学创作而言，却是一个不太可能提出来的特征要求，因为它意味着功利化和不纯粹，甚至意味着语言简单、思想贫乏，这几乎是对一个现代作品的根本性否定。因着这种根深蒂固的文学忌讳，当代的小说家普遍不愿意把自己的创作与古典时代的小说创作理念对接。当代作家对古典文学资源的汲取，至今停留在结构和语言层面，理念上的东西却必然是要经过现代转化方才值得言说。然而，古典小说理念上的东西真的是一无是处吗？重视读者接受和希望有更多听众的"讲故事"式小说创作观或许是个例外。

中国当代很多作家关于"小说"的领悟，始终是西方现代意义上的"小说"，是西方小说影响之下的二十世纪中国小说意义上的"小说"，而不愿意或者无能于把"小说"的概念继续往前推移。即便是知识层面掌握了"小说"的悠远历史，内心深处也还是遵从着现代小说的叙事规则。我们从"古老技艺"这一视角来重新理解我们今天的小说叙事，实际上是还原小说创作之为"讲故事"的基本含义。现代小说发展至今，已经逐渐失去了起源时刻的那种通俗化和民间性特征，很多小说家越来越追求小说叙事的雅致化、精致化，甚至于学院化、知识化，放弃了小说之为"讲故事"的基本品质，不再考虑甚至于刻意地拒绝考虑读者问题。不重视"讲故事"，也就不会有小说发生时刻的那种容易被读者接受的俗文学基因，如此"小说"就不再是"小说"，而成了"大说"性质的议论性"文章"，这是导致如今纯文学意义上的小说受众面越来越窄、读者越来越少的一大原因。

考虑读者的接受问题，并不等于是简单地为读者写作，更不应该粗暴地理解成"迎合读者"。重视读者，只是在当前这个小说创作离读者越来越远的语境下，重新强调一种"讲故事"的素朴品质，以及一种考虑现实文化语境的创作转型。二十世纪以来的现代艺术发展至今，当初追求先锋精神的排斥读者、拒绝"可读性"的艺术创作思维已经演变成了一种顽固的炫技式创作和炫知识型写作。我们可以对历史上的那些晦涩难啃的作品表示敬意，因为它们确有其博大精深的一面，但简单地、刻意地追求晦涩就是一种"媚雅"，这与"媚俗"是同等的性质。近些年来，全世界范围内的文学艺术发展趋势，也可以看到这方面的反省。文学界的诺贝尔文学奖获得者方面，2015 年白俄罗斯作家阿列克谢耶维奇和 2016 年民谣歌手鲍勃·迪伦的出现就是一个最直接的迹象。尽管有很多人对这二者获奖有质疑，但他们的存在及其作品的影响力本身就陈述着文艺的发展需要找回它的民间性和生活感、现实感。重视读者，回到"讲故事"，实质上是要复归一种关注当下、书写当代人生活现实的文学情怀和创作理念。换而言之，作家关注读者的接受状况，根本而言是在思考我们的文化语境问题。文学创作的文化语境不仅仅是何种知识的历史积淀问题，更是作家生活于其中的时代文化状况。当前诸多作家的小说创作越走越学院化、知识化，也是因为这些作家所考虑的语境更多的是知识语境，而非生活语境、现实环境。作家致力于知识层面有所开拓，必然走向语言和技术意义上的精致追求或先锋探索，这种开拓在知识匮乏时代可能收获理想的效果，比如上世纪八十年代的现代派和先锋写作。但如果我们已经处于一种信息过量、知识负担太重、学院化积弊明显的时代还继续这种知识型的技术探索，则是走到了先锋的背面。在当前这个小说创作已经被过量的知识所负累的文化语境里，我们需要的反而是通俗的表达和简单的故事。

唯有最自然、最世俗的东西可以打破那些用人为的知识话语所建构起来的文学壁垒，这不仅仅是文学发展、文体变迁的基本规律，也是很多艺术门类的创造性变化规律。就如西方美术的发展，从古典到现代，再从现代到后现代，典型的像印象派颠覆古典主义这段历史，都是借着"自然""纯粹"和"天真"来完成的艺术创造。还如音乐界，摇滚乐从朴素的民谣发展到后来繁复的后摇，在技术的精湛化方面是越来越完美，但却离听众越来越远。如此状况之下，继续以技术层面的实验来彰显先锋只会是背道而驰，反而是一些节奏清晰、声音质朴、技术纯粹的作品能够获得大的突破，这种"反技术""反知识"的创作反而是最为摇滚、最为先锋。同样，在小说创作方面，被知识所累的当代小说界，很需要一种纯粹的"讲故事"的作品来激发一种新的转型。

张欣在九十年代就认知到了文学创作越来越圈子化、知识化的毛病，为此她曾直言表达了"厌倦"："我已经厌倦那种圈中写、圈内读，而后相互欣赏的文学。文学在我心中，必定要有一定的民众性，只宜在圈内读看、评注，那与学术论文又有什么区别？所以我只要求自己写的小说好读、好看，道出真情，不虚伪、造作或低级趣味。哪怕是某个旅人在上车前买了一本，下车时弃而不取，我觉得也没有什么，至少填补了他（她）在车上的那一段空白，至少完成了文章的一半使命——娱乐人生。"[1] 如此直白地言说自己对于圈内写作、圈内阅读的厌倦和拒绝，以及对于大众读者轻松阅读、娱乐化阅读的看重，实在是需要勇气的表达。张欣这种文学观念及其作家姿态，在纯文学这块特别注重圈内评价和喜欢强调严肃阅读的领地，在八十年代说的话很可能会引来巨大的争议。但是在上世纪九十年代，属于全社会各行业开始直面市场、进行商业化转型的阶段，文学界的类似言论也不少，张欣这话在那个时期也不会引起特别的关注。但二十多年过去之后，今天回望张欣这一观点，倒是可以确认张欣说这话并非一时兴起，也非只是针对九十年代这一特定历史背景才发出的感慨。张欣其实将这一创作观念贯穿至今，最近本人与张欣的一次对话中，她依然强调了这种小说创作理念："我

① 张欣：《我是谁？》，见张欣《世事素描》，群众出版社 1996 年版，第 3 页。

去构思写作的时候，不会去想什么要写一个百科全书式的、如何解构什么什么的，我从来没有这样想过，我觉得小说就是解闷、就是讲故事。""作家写作，让读者会读下去是一个基本的品质要求，没有阅读，就没有文学。让读者愿意去看你写了什么这最为重要，别的那些语言、品位之类的，也很重要，但比起读者喜欢来说还是次要的。"①如此看重读者，不考虑小说创作作为思想活动可能需要的精神探索和知识发现，张欣这种小说创作理念必然难以融入文学界的主流思想。主动离开文学"圈子"的张欣，九十年代之后，也逐渐被新的、更主流的文学圈子所忽略。作家张欣也因此被文学史定格在了八九十年代中国都市文学先行者的历史位置上，而九十年代之后张欣的小说创作就似乎成了一种绝缘体，再难进入讲究发展变化、注重思潮突变的文学史叙述当中。即便是后来城市文学创作和研究热再度兴起，在很多青年研究者的笔下，作家张欣依然是属于上世纪中国都市文学发展史上的历史性人物，张欣于新世纪之后所创造的诸多小说则被有意无意地忽略掉了，以至于很多广州以外的青年学者误认为张欣早已停笔不再写作。而实际上，新世纪之后的张欣不但没有停笔，反而是硕果累累。不怎么参与文学界活动、不玩圈子的作家张欣，2000年之后进入了一个从容而自足的创作阶段，长篇小说是一部接着一部地出版，并且都有着自己理想的"去处"——几乎都被改编成影视剧。

我们可以列数一下张欣新世纪之后发表、出版的长篇小说：2000年发表中篇小说《浮世缘》(《上海文学》第2期)，出版长篇小说《沉星档案》(作家出版社)，《浮世缘》被改编成电视剧《曼谷雨季》于2003年播出，《沉星档案》被改编成同名电视剧，于2001年播出；2001年出版长篇小说《浮华背后》(云南人民出版社)，被改编成同名电视剧，于2002年播出；2002年出版长篇小说《缠绵

① 张欣、唐诗人：《塑造广州城市文学新形象——关于广州城市与文学的对谈》，《特区文学》2020年第5期。

之旅》(花山文艺出版社);2003年出版长篇小说《泪珠儿》(人民文学出版社),被改编成影视作品《我的泪珠儿》,于2005年首播;2004年发表中篇小说《为爱结婚》(《大家》第5期)、长篇小说《深喉》(《收获》第1期),《深喉》同年由春风文艺出版社出版,并改编成同名电视剧,于2006年开播;2005年出版长篇小说《为爱结婚》(云南人民出版社);2006年出版长篇小说《依然是你》(作家出版社);2007年出版长篇小说《春锁记》(作家出版社),并被改编成同名影视剧于2008年首播;2008年出版长篇小说《用一生去忘记》(作家出版社);2009年出版长篇小说《对面是何人》(上海文艺出版社);2011年出版长篇小说《不在梅边在柳边》(江苏文艺出版社);2013年出版长篇小说《终极底牌》(花城出版社);2016年出版长篇小说《狐步杀》(上海文艺出版社);2017年出版长篇小说《黎曼猜想》(花城出版社);2019年出版长篇小说《千万与春住》(花城出版社);2024年出版长篇小说《如风似璧》(花城出版社)。

从这份作品名单就可以看出,新世纪之后的张欣,进入了一个长篇小说创作的旺盛期,而且这些长篇小说基本都被改编成了影视剧。有影视的加持,张欣的小说都有着自己理想的读者群体,她已经远远地走出了那种"圈中写、圈内读"的文学创作状态。当然,张欣这种远离文学圈子的自我绝缘,在一些人看来是不可理解的。张欣远离了文学圈子,同时也就远离了传统意义上的文学研究者的视野,这直接导致张欣的小说作品在高校文学教育的知识系统中没有多少存在感,同时也就顺延为被青年一代文学研究者所忽略。如果我们有心去查找一些都市文学、城市文学研究专著,提及张欣及其作品的其实非常少。像曾一果专著《中国新时期小说的"城市想象"》(北京大学出版社2014年版),探讨的是新时期以来1979年到2008年涉及城市的作家作品,然而却找不到"张欣"的影子。还如杜素娟专著《市民之路:文学中的中国城市伦理》(北京大学出版社2014年版),探讨市民文学、城市伦理等问题,张欣小说本可以是很理想的研究对象，但著者也只是在书中列举作家名字时提及了张欣，整部著作并未探讨张欣的具体作品。再如最新的袁红涛编选的论文集《"文学城市"与主体建构》（复旦大学出版社 2018 年版），编者也并没有收录关于张欣小说的相关研究成果，甚至连广州相关的作家作品论都找不到，而其他城市方面，上海、北京是分专辑收录，香港、深圳、南京、成都、西安、武汉、天津、台北等城市则有着其代表性的城市文学作家作品论。指出这些城市文学研究著作的问题，并非要指责这些论者、编者考虑问题欠周、涉猎的作品不够全面，而是说我们可以根据这一情况认知到张欣及其小说在当前文学研究者心目中的重要性和影响力问题。或许，张欣并不介意这些，因为她的确已经凭借自己的小说和影视改编实现了多方面的"独立"——她可以从容地按自己的节奏开展写作，可以根据自己的文学理念自由地进行文学探索，可以通过影视改编获得理想的经济收入，也可以从真实且忠实的读者身上看到写作的意义、文学的价值，当然也有不少专业研究者持续关注——比如雷达、贺绍敬、陈晓明、孟繁华、白烨、蒋述卓、谢有顺、江冰、申霞艳、钟晓毅、陈培浩等学者、评论家都在关注着张欣的创作发展。张欣的这种"独立性"，可以理解为"自成一体"。从产出到消费，从改编到研究，张欣都取得了令人羡慕的"自足性"和"完整性"。如此，她又何必去介意当前阶段内自己小说的被"忽视"和被"遗漏"？我们也无须替她感到遗憾。

不过，话说回来，张欣是如何实现这种自足性的？她的作品又有什么独特之处以至能够获得多数作家无法获得的独立与完整？这一切都得回到"讲故事的人"这一界定。张欣不把小说创作当作一件多么伟大的事情，而是以平常心看待自己的职业。她把自己化作普通人，于是创作出来的作品能够贴近这个时代普通人的生活，讲述的故事也是这个时代普通人的故事。她的小说之所以篇篇都具有影视化改编的潜力，也是因为她讲述的都是当代人最关心的生活故事，起码是她所生活的那个城市、那个街道上的人们所关心的故事。张欣不讲宏大的词，不写宏大的故事，不是因为不会，而是因为这些宏大的东西与她所看到的、所体会到的生活现实有距离、有隔阂，简而言之是她认识的那些真实存在的读者不会感兴趣。张欣不是为了某种虚空的话语、概念而写作，而是为了身边那些一个个活生生的街坊邻居而写作。为话语、为概念写作，往往会走向虚伪，甚至通往罪恶；为具体的读者而写作，即便不够宏大、缺乏深度，那也能获得小说之为文学的最古老也最实在的意义：予人乐趣，寓教于乐。

三、日常生活叙述

或许，所有的小说家某种意义上都是讲故事的人，把张欣界定为"讲故事的人"是为了还原一个小说家的最基本身份。把附加在"讲故事"之上的东西拿掉之后，我们才能够直观地看到一个作家的根基所在。文学研究向来喜欢"讲故事"之外的东西，尤其当代文学研究者，普遍被二十世纪以来的各种理论话语所熏染、所支配，都善于捕捉那些附着在小说故事身上的政治、哲学、历史以及各种文化信息，唯独对小说的"故事"本身无动于衷，但"讲故事"却是一个小说家的安身立命之本。莫言的"讲故事"建构起了他宏大的历史哲学和人性思想，阎连科的"讲故事"支撑起了他所有的政治哲学和生命观念。同样，在张欣这里，我们关于作家张欣的一切都需要回到"讲故事"层面来开展。还原一个"讲故事"的小说家张欣，就是开启一个当代小说家的无限可能性。只有把"写广州的都市小说家"张欣恢复为一个"当代作家张欣"，我们关于张欣小说的认知才能够呈现出更多的可能性。

讨论可能性，自然不是局限在题材意义上的"都市小说家张欣"这个层面来开展，而是要从小说最基础的故事和叙述层面来进行。"讲故事"是作家层面的小说创作追求，是张欣的文学理念，而"叙述"则是回归到小说、文本层面的风格特征问题。"叙述"指向的是一个作品是怎么完成的，呈现了怎样的语言风貌，以及容纳了多少美学意蕴等。张欣的小说叙述，最为人称道是她的"日常叙述"。对"日常生活"的书写热情，确实也是张欣小说最核心的文本特征。

"日常生活叙述"，这一说法在当代文学界并不陌生。上世纪八十年代末九十年代初就出现一批"新写实"小说家，他们的小说就是以呈现最平庸最琐碎的"日常生活"而著称、成为当代文学一大文学流派的。其中最具代表的作家如刘震云、池莉、方方、刘恒、叶兆言等，其中尤以刘震云《一地鸡毛》、方方《风景》、池莉《烦恼人生》《不谈爱情》和刘恒《狗日的粮食》《伏羲伏羲》等作品为代表。但张欣的"日常生活叙述"与这些作家的"新写实"意义上的"日常生活叙述"极为不同。"新写实"是相对于传统的现实主义风格而言的，它的"新"首先表现在小说理念和文学价值理解层面的大突破。对于这种"新"，陈思和主编的文学史是这样界定的：

> 新写实小说之"新"，在于更新了传统的"写实"观念，即改变了小说创作中对于"现实"的认识及反映方式。在此之前，当代文学中对现实主义创作方法的经典性表述是：文学创作中所要反映的现实，除细节真实外，还要真实地再现典型环境中的典型性格。艺术上的"真实"不仅来自于生活现象本身，还必须要体现出生活背后的"本质"，并对其加以观念形态上的解释。这里所说的现实，显然是经过意识形态加工处理后才被写进作品中的生活事件，由于政治权力对中国文学历来具有的强大控制

力，以上表述中的所谓"本质"及观念形态，往往都是出于政治需要而设定的内容。由此也就使现实主义创作方式含有明显的为政治权力服务的特征，比如要求通过塑造"典型"来宣传具体的政治路线，要求明确体现作家的政治倾向性，要求深刻地表达出一定思想含量，把某种"真理"通过作品传达给读者等等。新写实小说正是对这种含有强烈政治权力色彩的创作原则的拒绝和背弃，它最基本的创作特征是还原生活本相，或者说是在作品中表现出生活的"纯态事实"。[①]

这段话很明确地解释了传统现实主义的"写实"与"新写实"的"写实"之间的差别，可以看出这两种叙述风格有着争锋相对的特点。这种"争锋相对"性也就意味着新写实主义的"写实"也与传统现实主义的"写实"有着同样的问题，即它们都携带着强烈的政治意识形态内容。传统现实主义的"写实"是为了宣传，夹带的是符合政治意识形态需求的"本质真实"，新写实主义的"写实"是为了批判，内含的是一种抵抗宏大叙事、拒绝意识形态规训的"批判性真实"。像刘震云的《一地鸡毛》，小说呈现的日常生活细节，都是为了表达出生活无望这样一种真实情绪，这是以个人日常生活中的绝望感受来抵抗宏大叙事的光明希望。还如方方的《风景》，呈现的是血淋淋的生活现实，而作家之所以要把各种惨烈的苦难都置入这个家庭，无非是要打破传统现实主义写作喜欢展示温暖和笑声的惯例，要掘出浮在很多温馨叙事背后的真实的生活苦难。对于传统现实主义和新写实主义小说，我们不能简单地说它们都不"写实"或都不够"真实"。相反，这两种小说风格其实都呈现了自己的"生活真实"——这"真实"是文学的、审美的真实，

---

① 陈思和主编：《中国当代文学史教程》（第二版），复旦大学出版社 2016 年版，第307 页。

它们有自己相应的文学和美学价值。传统现实主义的"日常生活叙述"，可以建构起一些宏大的生活理想，可以呈现出很多有概括性的、时代性的生活本质或人生哲学。而新写实主义的"日常生活叙述"，也可以有自己完整的理论体系，它的批判性可以揭示很多被各种宏大话语、被无数美丽谎言所遮蔽的人性真实和生活真相。但显然，这两种文学理念主导下的"日常生活叙述"也有各自的偏执化问题，它们所要表现的"真实生活"和"生命本质"都是出于知识和理念意义上的判断，它们本身就是一类"话语"，它们能在当代小说发展史和文学思潮、文学理论层面获得大的影响。但对于很多专业外的普通读者而言，传统现实主义和新写实主义都容易有隔。传统现实主义的宏大话题与理想主义相当于给读者灌迷魂汤，它展示的是积极向上的精神力量，却难以慰藉现实生活中一颗又一颗受伤的灵魂——当前时代，那些愿意阅读文学作品的普通读者，哪个不是经历了挫伤？而新写实主义则过于沉溺在苦难生活和令人绝望的日常情绪当中，它所展示的生活现实是灰暗的、阴沉的，这对于未曾接受过专业训练的大众读者而言也有其理解难度，其中过于关注琐碎细节、接近于零度情感的叙事，也从叙事风格上排斥了更多的读者。总而言之，传统现实主义写作往往喜欢充当精神领袖，想要通过文学故事和典型的人物形象对读者、对大众进行思想上的引领。而新写实主义作家则是典型的现代知识分子形象，其创作姿态是一种从高处俯视普通人日常生活的、带有审视和批判性质的知识分子写作。九十年代之后，这两种类型的写作都趋向萎缩，无法持续。其中传统现实主义写作因为有自己独特的历史传统，加之政治生态层面的鼓励和扶持，在"圈内"可以时不时地复生，并获得各种"光环"，但于"圈外"则早已失去了生命力，如果没有考试，它很快就会淡出人们的文学阅读视野。而新写实主义，其叙事姿态和价值理念都限定了它的影响力，它只能属于上世纪八十年代末九十年代初的文学史，九十年代中后期开始，"新生代"作家或许继承了其中的一些品质，但总体而言都出离了"新写实主义"的文学叙事法则。

张欣的"日常生活叙述"与传统现实主义和新写实主义的"日常写实"都不同。张欣是我见过的对日常生活充满热情、最有感觉的作家之一，她的日常生活叙述不是被某种文学理念、知识话语所支配、指导下的日常生活叙述，而是相反，她因为对日常生活感兴趣，才要去书写它们、呈现它们，至于理念和思想之类的东西，则是因为那些张欣所感兴趣的"日常生活"得到了叙述才自然而然地蕴含其中、得以表现。我们看张欣早期的小说，如《鸽血红》《格格不入》《回环之梦》《梧桐，梧桐》《投入角色》《真纯依旧》等，都是生活化的故事，所有的日常生活都是这个故事本身所需要的，而不是作家为了表达某种思想和道理而"刻意"选择的。比如早期影响很大的《梧桐，梧桐》，这是写一个发生在军队医院里的爱情故事。叙述者"我"和自己好朋友梧桐的男朋友相爱了，这种故事在今天看来是一个特别俗套甚至很"狗血"的安排，但我们阅读这篇小说却一点也不会感觉到俗气，其中的缘由正是叙述的效果。张欣是通过真实程度极高的日常生活细节来完成叙述的，我们对这个小说的阅读，几乎是进入到了这个故事情境里去亲身感受人物的生活遭遇和心理内容的。因为太贴近生活，以及足够丰富的细节呈现，阅读就是一种沉浸。至于小说要表现什么道理，张欣似乎并不在乎，在我们阅读的过程中也不会去思考这类问题，直到小说结尾处，我们跟随着叙述者的发现，才感知到那个时代的女性对于情感问题的独特坚守。从张欣善于记述"日常生活"这一叙述特征来看，《梧桐，梧桐》不只是一个爱情故事，更是一个关于人性的故事，也是呈现特殊年代军队医院里女护士们生活方式和情感遭遇的故事，甚至可以从其丰富的情节、细节中感知到更多层次的文学意味。文学的多义性，当然不是一般意义上的三角恋故事所能具备的。

"讲故事"与"日常生活叙述"结合，这使得张欣的小说并不是很多人认为的那般简单、通俗。扎实的"讲故事"能力让张欣的小说具有难得的亲和力，独特的"日常生活叙述"，则赋予了张欣小说丰富的意蕴。张欣对日常生活的热情，不是因为日常生活能够为其要呈现的某种理念、话语、观点做故事材料，而是因为这些日常生活本身才是她的小说真正要展示的东西。对日常生活感兴趣，如此她可以真正地融入当下的生活现实。这种"融入"不是作为作家去体验某种现实生活式的"刻意融入"，而是她把自己当作生活中的平凡人，真实地生活在其中。因为这种身份上的自我平凡化，她对于自己笔下的生活世界和人物群谱，才能够保持平视的姿态，而不是高高在上的俯视；包括她对于自己小说的读者，也不是要教导，而是用小说、借故事进行平等的交谈。之所以能够把自己平凡化，张欣曾作过解释：

> 我不到十五岁当兵，头八年在部队的一所医院当卫生员和护士，应该说吃过一些苦。后八年在文工团当创作员，体力活是减轻了，但是精神压力一日胜于一日。转业后又在报社和杂志社当过一般公务人员，自然都是一种打磨。也是我产生平民意识、能够体恤他人疾苦的缘由。我没有大富大贵过，所以懂得凡事不要自我为中心，要低调处理人生。[①]

"平民意识""能够体恤他人疾苦""不要自我为中心""低调处理人生"，这些性情、性格或者生活方式都是促使一个作家对"日常生活"感兴趣、有热情的重要缘由。没有平民意识，不能体恤他人的疾苦，以自我为中心，高调地过日子，这样的人是不会对平凡的、庸常的日常生活发生兴趣的。因为从内心里把自己当作平

---

① 张欣：《我是谁？》，见张欣《世事素描》，群众出版社1996年版，第2页。

民，所以能领会到普通人的日常生活意味着什么。张欣对日常生活的领悟是深刻的，并且越写越深刻。最近出版的长篇小说《千万与春住》里，张欣的自序题目就叫"日常即殿宇"，她在文中说道："《金瓶梅》和《红楼梦》里都写了许多日常，让人感到故事里面的真实与温度，以及深刻的敬畏与慈悲。那么琐碎的凡间烟火背后，是数不尽的江河日月烟波浩荡。"[1] 这虽然是写了几十年小说之后的张欣才说出的话，但其实她很早就开始实践着这种"日常生活叙述"。我们看张欣的每一部小说，不管是短篇、中篇还是长篇，都充满无数的"琐碎的凡间烟火"，同时也蕴含着"数不尽的江河日月烟波浩荡"。

接下来，该是我们去看看"凡间烟火"和领悟"烟波浩荡"的时候了……

---

[1] 张欣：《千万与春住·自序》，花城出版社 2019 年版，第 2 页。

第一章　广州故事与张欣小说的市民精神

　　……张欣始终把编织故事、讲好故事当成小说创作的头等要事。她的作品，都是从日常化的生活入手，在娓娓道来的故事诉说中，直面当下的现实，凸显生活的底蕴，揭示人情与人性的千姿百态。看她的作品，常常会让人轻轻松松地进入，在各种情感和心理的矛盾纠葛的牵引中，不知不觉被引入异样的境地。

　　张欣不仅善于编织日常化的故事情节，而且具有一种把日常生活化为戏剧人生的独特能力，或者说她有一种打通生活现象与艺术境界的独门功夫，使生活真实与艺术真实化合得水乳交融，融会得难解难分，从而使作品具有一种不经意中打动人、感染人的内在魅力。[①]

　　摘引的这两段话是批评家白烨最近的一篇文章里对张欣小说的评价。这段评价的关键词即是我们在绪论里强调的"讲故事"和"日常生活"。我是在写完绪论才看到白烨这篇文章的，这种不谋而合或许可以间接地说明当代文学界对于张欣小说的文学品质其实有一种基本共识：张欣善于讲故事，其小说有着明显的日常生活叙述特征。

---

① 白烨：《当代作家研究的拓新性成果》，见江冰等著《都市先锋：张欣创作研究专集·序一》，花城出版社 2020 年版，第 3 页。

"讲故事"和"日常生活叙述",这二者并不是天然的相互补益。很多作家会讲故事,但与日常生活叙述无关,也有很多作家喜欢写日常生活,但故事却难以完整、有趣。那么,这二者如何能够在张欣的作品中融合得水乳交融?白烨说这是张欣的独特才能,她既不仅"善于编织日常化的故事情节",更有一种"把日常生活化为戏剧人生"的独特能力。白烨这一概括极为准确,指出了张欣小说的叙事秘诀——"讲故事"和"日常生活叙述"的融合方式。张欣能够在庞杂繁复的日常生活琐细中发现适合小说创作的故事线索,可以在平庸无奇的日常生活中发现潜伏着的人性冲突和生活风暴,这是一种独属于作家张欣的文学才能。

然而,我们或许还是会有疑惑:张欣这种融"日常生活"和"讲故事"的独特能力,到底是一种文学天赋,还是一种后天习得的文学创作技能?提出这一问题,并非要论证何种解释更为可能,毕竟天赋说过于神秘,我们也无法论证。提出这种质疑的目的,其实是为了探讨作家张欣与她所生活的地域、城市之间的关系。广州是一座重视"日常生活"的城市,广州市民喜欢叹茶、热爱美食,普遍都是满足于实实在在地过自己的日子。广州市民的这种生活方式,广州这座城市的文化氛围,这些地域化的城市元素会不会塑造了张欣小说的叙事风格?问题或许没有这么简单,但广州确实是张欣一直在书写的城市,她也特别沉浸于广州的市民生活。探讨张欣小说,首先要回答的或许就是她与广州这座城市的关系。

一、张欣笔下的广州故事

张欣 1954 年生于北京一个军人家庭,1969 年入伍,先后担任卫生员、护士,1978 年开始担任部队文工团创作员,同年开始了文学创作。1984 年,张欣从部队转业来到广州,做过报社资料员、杂志编辑，后来成为广州市文艺创作研究所专业作家。1988 年，为了完成大学梦，张欣进入北京大学中文系作家班就读，于 1990 年毕业，随后加入中国作家协会。1989、1990 年对于作家张欣而言意义重大，她开始把自己的目光视域从曾经的部队生活调整到了正生活其中的广州这座城市，迎来了她的都市小说创作转型，后来被雷达先生誉为"是最早找到文学上的当今城市小说感觉的人之一"。[①]

　　1989 年之前，张欣的作品几乎都离不开部队生活。1989 年开始，张欣开始把视线转移到都市。这种转型，或许就像很多青年作家一样，在写了一段时间故乡、回忆之后，走过了带有自叙传性质的小说创作阶段之后，都必然需要有一个创作突破，不管是题材，还是风格，都要面临一个大的调整。张欣把自己来自部队医院和文工团的生活经验掏得差不多之后，自然会有一个自我转型。张欣不像其他作家那样转型到历史中，而是戒掉"回忆"，把目光收回到自己身上，然后去注视当下，观察自己所生活的城市。张欣 1989 年发表的《梧桐，梧桐》[②]还是一个部队医院的故事。同年张欣还发表了《星星派对》，这是一个都市爱情故事，小说一上来就是都市生活风景："景苏初次带我去见高翔是圣诞节的晚上，说是在燕京饭店吃自助餐，还派了出租车来接。"[③]过圣诞节、燕京饭店吃自助餐、出租车，这些物质、意象对于八十年代末的中国城市而言，也是极其新鲜的元素，它们代表着现代都市生活。这些元素如此大摇大摆地进入张欣的小说，不管是有意还是无意，都意味着张欣开始真正地把自己的文学目光从过去的生活经验转移到了当下的生活现实。1990 年，张欣发表中篇小说《免开尊口》[④]，这是一个发生在都市

① 参考江冰等著：《都市先锋：张欣创作研究专集》（附录：张欣创作年表），花城出版社 2020 年版，第 257—258 页。

② 张欣：《梧桐，梧桐》，《昆仑》1989 年第 4 期。

③ 张欣：《星星派对》，《张欣文集——商战情战》，群众出版社 1996 年版，第 3 页。

④ 张欣：《免开尊口》，《收获》1990 年第 3 期。

医院的故事，写了两代人之间对待爱情和婚姻的观念差异。1991年张欣发表中篇小说《绝非偶然》[①]，这是一个发生在现代都市商业界的故事，具体而言是广告设计师和都市明星的爱情故事。

1989年到1991年这三年，或许就是张欣小说创作的转型期。这三年内，从部队题材的《梧桐，梧桐》到全方位都市化的《绝非偶然》，在题材上是一个巨大的改变，在叙述风格上也有所变化，包括思想观念上也都发生了一些微妙的转变。《梧桐，梧桐》里的爱情还是相对淳朴的，叙述者"我"是受好朋友梧桐的嘱托帮忙照顾她的男朋友，结果"我"却和她的男朋友相爱了。这种爱情在那个历史阶段的"我"看来，是不可理喻的背叛，自己都不能原谅自己，最终也不能够坦白地告诉梧桐，男性一方也只能用隐忍的方式守护着自己真实的爱情。而《绝非偶然》里，进入了商业社会之后的男女，他们会遭遇很多事情，会见到很多人，职业上的或者生活上、社会上的，各种各样的遭遇都可能是机会，也可能只是些危险的诱惑。这时候，都市男女该如何面对现代都市生活的方方面面？小说写了多个人的职业生活和情感遭遇，他们对待爱情、婚姻和工作的不同态度，都意味着日常生活中的看似简单的事情变得愈来愈复杂。男女情感、朋友友情等，都不再是《梧桐，梧桐》等故事发生时代那般青涩懵懂了，世道规矩、人性情感和是非观念等都变得诡杂难辨。

如果说1989年到1991年之间这三年还是过渡期，那在1992年之后，张欣就开始大踏步地走向了都市小说创作，之后的所有小说都离不开现代都市背景，而且绝大部分小说的故事都是发生在张欣所生活的广州这座既古老又新型的都市。《星星派对》是广州故事，小说中的关键人物都是广州军区某部文工团话剧队演员转业出来的，虽然有些人物身处外地，但叙述者"我"是生活在广州的，主

---

① 张欣：《绝非偶然》，《小说界》1991年第5期。

要人物景苏、京京也生活在广州。景苏公司的总经理携巨款从香港逃去了美国，她爱上的高翔是个四海为家的生意人，京京开"星星派对"小酒吧，最后跟了一个老头去了美国。这些女性的爱情、婚姻观念，包括她们的工作遭遇等，都是九十年代广州作为商业化都市这一背景才可能出现的状况。1993 年发表的《首席》①也是广州故事，讲述了两个广州外贸行业职业女性的爱情故事，她们同时也分别代表着两个外贸公司，既是情感战争，也是商业竞争。《首席》也有着张欣多数小说所拥有的多义品质，比如小说触及了九十年代广州外贸生意中存在的信誉问题和商业伦理问题。1993 年，张欣发表《伴你到黎明》(《中国作家》1993 年第 3 期)，更明显的是个广州故事，小说提及了早茶、夜宵、牛柳饭、粤语片等，故事是讲现代都市女性的爱情观念和职业选择问题。安妮不管世俗意见和公司领导相爱，后来被领导的妻子公然羞辱，为此安妮愤而辞职，辞职后找工作艰难，不得不成为一个追债人。小说用安妮作为追债人的遭遇揭示了很多隐藏在现代都市阴暗面的残酷和无情，包括展示出商业时代人心被利欲吞噬后的猥琐和可悲。

1994 年到 2000 年之间，张欣发表了很多作品，其中大部分都有着清晰的广州地理迹象，像《亲情六处》(《青年文学》1994 年第 6 期)、《如戏》(《当代》1994 年第 1 期)、《访问城市》(《小说界》1994 年第 6 期)、《致命邂逅》(《中国作家》1995 年第 5 期)、《岁月无敌》(《大家》1995 年第 2 期)、《此情不再》(《天涯》1996 年第 3 期)、《你没有理由不疯》(《上海文学》1997 年第 6 期) 等，这些都是广州故事。《亲情六处》直接点了"天河"等地理名称，这个故事写的是八九十年代市场经济发展、文化体制改革背景之下，地方话剧团的演员们如何继续以"表演"来维持生存。不愿彻底抛弃演艺事业的几个演员，合伙建立了"亲情六处"，为的是给人表

---

① 张欣：《首席》,《上海文学》1993 年第 11 期。

演"亲情"。这个故事有点像冯小刚《甲方乙方》(原著小说是王朔《你不是一个俗人》),有人出钱买亲情,他们就表演"亲情",去客户所需要的场合扮演客户的亲人、亲情。《如戏》也直接点了天河体育中心、人民中路等地名,还有句子如"对于不夜的广州,一切才刚刚开始",等等,可以直接说明这是个以广州城市为背景的故事。小说写的也是历史转型时代的艺术、情感和家庭变故,写出了那些从事艺术事业的个人和家庭生活在九十年代广州这座商业都市所能遭遇的一切。《访问城市》写及了祈福新村、友谊商店、何记大排档等一些当年广州的代表性地名/商品,故事也是都市社会的友情、爱情和婚姻问题,这个小说的末尾有一句话可以视作作家的一种叙事意旨:"活在今天的都市人,越来越漂浮不定,如不系之舟,却再也没有人愿意做港湾了。"《致命邂逅》写的是发生在广州的金贵巷、米市街一带的故事,也涉及云顶花园、广州世贸大厦、西贡海鲜城、环市路、天河名雅苑等,这是写一个传统的、底层的广州女性不断付出爱却不断被各种势力所干扰、所辜负的作品,写出了九十年代广州商业化发展过程中爱情与创业致富之间的"致命缘分"。《岁月无敌》点到的地名有天河西路、悦康大厦,等等,小说写的是千姿随过气歌手母亲从上海来到广州后的生活和事业发展遭遇。千姿来到广州学唱歌、求成名,但在九十年代的广州这种正处于商业化热潮,人人都想走捷径快速成名致富的环境下,谈何容易。张欣用细密的日常生活展示了千姿是如何在母亲的教导下一步一步,克服各种诱惑,扎实地走了一条凭借实力的成才成名之路。《舞》写到的典型意象是广州的自梳女,小说讲述的是歌舞剧院编舞甘婷的故事。因为文化厅领导对甘婷编舞的《自梳女》感兴趣,已离开剧院的甘婷经不住压力,同时也是出于完成自己的梦想,再度回到舞台,但一切都已变化。商业都市的一切都"唯利是图",领导看重《自梳女》无非是它有出国演出的可能性,能带来政绩,而新的演员则心不在艺术,稍有才气都会想着通过选美等方式走迅速成名之路，包括意味着甘婷可以寄托艺术理想的情人谭森森也被污染，总之再次回到舞台的甘婷感受一切都与艺术无关，最终是理想破灭："甘婷始知，她生命中的难题远不止是否选择舞蹈作为终身的追求这一件事，等待她的，还有许多许多的苍茫时刻，例如，她情归何处？！"[①]《你没有理由不疯》写到了广州的中山医学院、华南理工大学、白马批发市场、丽江花园华林居，等等，小说的核心事件是药业集团上市之际为不影响声誉，不计后果地继续推出一批已经发现有风险的儿童生长素，发现这一问题的谷兰及其情人向川坚持要举报，然而面对有强势背景的集团领导，他们的力量极为微弱。丈夫、同事、各行各业的朋友都不支持谷兰这种正义之举，都力劝谷兰不要去做。最终谷兰找了一个小报曝光，但终究还是没能成功阻止这批问题药物流入市场，药业集团也正常上市。向川失去了公众，谷兰丈夫也因为这事受影响没能升职，小报的领导也被撤换。在一切都向钱、向利看的时代，平时特别讲理智的人面对大是大非问题时也保持着理智，这就极其可怕、可悲了，然而现实就是如此，如何不让谷兰这些还有良知感和正义感的人发疯？这是一个利欲化时代正义无处申诉的令人悲痛的故事，张欣对其中所涉及的良知沦丧和政治腐败等问题作了极其严肃的反思和批判。

八十年代的张欣，写的是部队医院、文工团里的故事，九十年代的张欣，写的是全面市场化转型时期的广州故事。新世纪之后的张欣，更是有意识地用更多种方式、从更多的侧面继续讲述着广州各行各业的人生故事。后文我们将会讨论到更多的张欣小说，可以看到她笔下更为丰富的广州故事。

---

① 张欣：《舞》，《张欣文集——惊途末路》，群众出版社1996年版，第388页。

二、城市文学与广州市民文化

或许，前述不厌其烦地罗列张欣笔下的广州故事，会形成一种疑惑：张欣如此热衷于写广州，几乎篇篇都是广州故事，却又为何找不到一个可以代表"广州"的文学形象？也找不到一个突出的人物形象可以说这就是"广州人"？张欣笔下为何没有广州的骆驼祥子？也没有属于广州这座城市的王琦瑶？这是张欣的小说魅力问题，还是有别的缘由？这些疑惑也许是所有研究广州城市文学、包括探讨张欣小说时都要去直面的，但无疑，这不是一个几句话、几篇文章就能够说清楚、道明白的问题。这些疑惑可以指向很多方面，作家创作风格及其文学影响力自然是一个理由，但这个答案是无意义的，因为它只能指向一个结论：期待张欣或其他作家、或未来的作家写出更能代表广州的作品，塑造一些更广州的、典型的人物形象。这个期待式结论只是以想象的未来可能性来自我安慰，再不能有别的解释。

其实，我们应该转移问题的焦点，不是简单地追问为什么广州会没有北京、上海那样的代表性文学意象、形象，而是思考这种"没有"本身。这个"没有"意味着什么？这"没有"本身是否就是广州这座城市的文学特征？张欣写下大量的广州人、广州故事，可我们只能相信这些人和事都属于广州这种城市，却不能单独挑出哪个人、哪个故事来说这就是最具代表性的那个。这就涉及广州这座城市本身的文化特征问题。广州与首都北京、魔都上海相比而言，是以"商都"为标签的，也有着"花城""美食之都"等称号，但在文学、文化形象层面，广州一直以来都相对模糊。这种"模糊性"，既与历史有关，更与我们当今的文化现状相关。就文化历史来看，谈论广州城市历史时经常被提及的便是古时的南越王、南越国，以及历朝历代被贬谪到岭南来的文人才子所留下的文化遗迹，其他的都相对陌生。如现代学者倪锡英所著《广州》一书里所言："历史在中国几乎只是历代帝王的年谱，从来不是记载帝王和朝廷的事迹的；广州既是没有历代帝王建过长久的京都，在正史中自然像是被遗忘的了。只有从民间的传说和地方的通志里，可以隐约地窥见历史上的广州。"[①] 民间的和通志里的历史知识和文化记载，基本上只会是本土化、地域化的东西，难以成为全社会共享的、有普世性价值的文化符号。因为，对于广州、广东地区之外的人们而言，岭南的历史和文化都只能是一种属于地方的、他人的知识，而不能与自身的历史和传统形成关联。而北京、西安、南京等城市却不一样，它们的历史和文明直接就是属于全中华民族的文化象征和历史记忆，这种历史关联会自然而然地给人带来民族亲切感和文化认同感，如此这些城市的文化形象也可以非常清晰。而上海的文化形象则源自于二十世纪以来中国人对西方文明、对现代文化的向往心理，"上海"这两个字聚集了中国人关于现代化、"摩登化"的全部想象，自然也会有心理认同感。广州虽然于近代开始也意味着西方化、商业化，有着开眼看世界的第一批人物，但于历史上的形象依然是作为战场的、革命的城市。即便是改革开放之后，广州等珠三角城市也只是作为改革开放前沿阵地的南方商业城市，而文化、艺术方面的光芒全聚焦在港澳城市，广州只不过是个处于第一阵线的模仿者。

广州这座既古老又新鲜的大城市，其历史文化特征是无法改变的，或者说人们对于广州、岭南地区的文化印象不可能一时半刻得到改变。而且，这种"不可能"意义上的认知判断，在广州文学、文化人士的心目中已经持续了很久，以至于"不可能"已然演变成了一种"无所谓"，为此上世纪九十年代以来，广东的作家，典型如张欣、张梅、艾云、筱敏等作家，并不与国内其他作家那般同步

① 倪锡英：《广州》，南京出版社 2011 年版，第 3 页。

发展，而是有着自己独到的发展路径。不管是九十年代的都市文学、小女人散文，还是新世纪初的打工文学、底层文学，包括后来的网络文学等，基本都是首先在广州、深圳等珠三角城市诞生并成长起来的。尽管这几类题材或风格的创作很快就被北京、上海、南京、杭州等城市的文学势力所"超越"、占尽风头，却也恰恰说明了生活在广州的作家，他们的文学创作步伐与国内其他城市、地域的文学发展轨迹并不一致，往往也只是在开创阶段有所贡献，最后真正"功成名就"的人物却总是在别处。这种状况也反过来进一步刺激着广州的作家去寻求自己的发展路径，要么坚持自己的写作风格不动摇，要么放下已有的功名开始尝试新的可能性，如此带来的广州文学格局自然就是呈现两种态势：一是像张欣、艾云等成名之后还继续在广州写作的作家一般，以坚持自己独特的风格而著称于文坛；二是不断有像当前的八〇后青年作家王威廉、陈崇正、郭爽、阿菩等人一般，积极开拓新的文学风格，力求在整个华语写作圈子内拥有自己独特的文化份额和表达空间。至于处于第二种状况的青年作家，他们能否突破广州这座城市的文化局限，则是一个未知数，毕竟他们每一天都生活在这个城市的市民文化氛围中，而广州的市民文化却更是一种无形而强大的"无所谓"的、推崇"不辩不教"的文化。

知识分子层面的"无所谓"往往只是出于不得不，是理想破灭或受挫之后的人生选择，而广州市民文化意义上的"无所谓"却已经在漫长的历史轮回中淬炼成了一种生活哲学。对于后者，江冰有一段解释很可参考："广东人的视野早就面向大海，广东人的足迹早就遍布世界，所以，他们不会将目光局限于故乡，不会纠结于一时一地的毁誉得失。明白了这点，也就不难明白广东人特有的从容与淡定。广东，离大海很近，离世界不远。""广东文化不受中原重视，不受待见，而且主流文化下意识里有所排斥。文学在新时期最初几年与全国合拍，但二十世纪九十年代以后，开始有自己的发展路径、发展节奏，这恰恰说明广东的文化有其自由个性和独到气场。"[1] 江冰这是从广州城市与海洋文化的关系出发，来理解广州人生活态度上的从容与淡定。此外，谢有顺则是从日常、世俗生活层面来理解广州市民文化特征的：

> ……在广州，你不会对历史存多少想象，因为这个城市，真正强大的是她的现在。早茶，晚茶，老火靓汤，不可一日食无鲜，吃吃喝喝，汤汤水水，关心的不过是今天，是一种过日子的心情。很多人由此轻看广州：是务实，也是一种世俗；是随和，也表明缺乏讲究。"文化沙漠"一说，更是深入人心。广州人早已养成了不辩解的习惯，他们知道，自己不单是为理想活着，更是为现在活着。
> ……
> 散步是一种状态，它随意，舒适，轻盈，而这正是广州人所追求的生活境界。爱上广州的人，多半爱的就是这种生活。后来我才知道，生活也是一种历史，一种活体的历史。纸上的历史是死的，博物馆里的历史也不过是一些物件而已，惟有源远流传的日常生活，才保存着最为丰富、活泼的历史细节。广州经年不改的饮茶，点心，家家煲汤的习惯，味道鲜美的粤菜，小巷里的乡音，空气里飘荡的番薯糖水或凉茶的气息，这些，延续了几百上千年了吧？到今天，它依然如此新鲜、迷人，这就是生活本身的魅力。[2]

广州市民对日常生活的重视，主要表现为务实的生活态度，具体可体现为广州人对一日三餐要吃好特别在意。"吃"是人类最基

---

① 江冰：《都市先锋：张欣创作研究专辑》，花城出版社 2020 年版，第 3 页。
② 谢有顺：《活在当下的广州》，参考腾讯网：https://new.qq.com/omn/20180619/20180619A0QTJB.html?pc.

础、最本能的一类需求，天天强调"吃"自然会被认为是原始的、荒芜的生活方式。用传统的文化目光来看，为"吃"的生活必然是不够理想、不够现代的。不管是古典时代还是现代以来，人们普遍都以为只有超越了吃饭问题、温饱解决了之后才有闲暇去从事文学艺术活动。而广州人过于看重"吃"，把时间都花在一日三餐上，如此也就不会重视文化生活，过的是太世俗化的日子。对此，谢有顺却指出，广州这种关心今天、注重当下、为现在而活着的生活方式，也可以是一种文化。我们要认知到，并不是只有民族大事、国家伟业才是历史，人的日常生活本身也是历史。日常生活可以是最好的历史文本，它可以存留下最丰富、最生动同时也最真实、最具魅力的历史细节。广州人对日常生活的重视，无意间保留住了一些最传统、最古老的生活方式。对于今天这个一切都在求新求变、很多地方的传统事物早已被改造得面目全非的时代而言，广州市民那种古老的、传统的生活方式本身就是最好的"文化遗产"，他们所讲究的日常生活本身就最具文化内涵。那么，这种强调日常生活的市民文化对于文学而言意味着什么？谢有顺对此也有思考：

> 有人说，广东这地方务实、世俗，缺乏诗意，也产生不了好的诗歌，很显然，这是文化偏见。诗意在哪里？其实就在日常生活里，就在那些渺小的人心里。诗歌并非只与天空、云朵、隐士、未来有关，它同样关乎我们脚下这块大地，以及这块大地上那些粗粝的面影。广东的务实与宽容，有效地抑制了诗人那种不着边际的幻觉，广东的诗人们聚在一起，不是高谈阔论，而是很实在地写作、表达、生活，这是一种更为健康的诗歌气氛，它使诗歌落到地面上来了。即便是那些外地来到广东定居的诗人，时间

久了，也会慢慢融入到这种现实中来。①

这是"诗歌"层面的"落地"品质，小说创作也同样如此。绪论部分我们已详细阐述了张欣小说的日常生活叙述特征，其实树立在这种小说叙述品质背后的，恰恰就是广州这座城市的市民文化状况。张欣持续不断地写广州，其背后的一大缘由也是因为张欣对日常生活本身的兴趣。张欣融入广州，是把自己当作地地道道的广州市民，去研究这里的一日三餐。在很多广州市民津津乐道的一日三餐背后，或许就是一些使人感慨唏嘘的人生故事。张欣笔下的很多广州人物故事，或许就是她在茶余饭后听来的，就像她从街头命理师那里听来了广州人关于广州市民文化的精准概括：

> 我一向崇尚广东人的处世哲学，务实勤勉，冷中温热。所谓一方水土养一方人，便是那一份淡定的气质需要用心体味。和一位命理师聊天，他是地道的西关人，平和喜感没有锋芒，聊天也就非常随意。他说自己与年轻时最大的区别是在生活中不辩也不教。我静候下文，他说争辩容易发生口角，本来一件事人家也可以那样想，自己的观点不一定是标准答案，就算对的争吵也没有意义。不同意的时候可以沉默，不见得要吵赢为止。
>
> 这一点我基本赞同。但是不教怎么讲？他说每个人都很聪明，内心都是明白事理的，既然是装糊涂你干吗要教他？很多人都不说的事，你说皇帝没穿衣服还不时自作聪明，只有童言无忌大家才松口气。自以为是的典型标志就是逢人就教，成为习惯。②

---

① 谢有顺：《认识一个文学岭南》，参考中国作家网：http://www.chinawriter.com.cn/n1/2017/1220/c404034-29718434.html.

② 张欣：《不辩不教》，《时代发现》2014年第7期。

"不辩不教"，这不一定是好的市民文化，但却是普遍存在于很多广州市民身上的一种生活哲学。即便我们不赞成这种生活理念，我们也改变不了什么。他们不会跟你"辩"，只会让你觉得你对他们的"教导"是对牛弹琴，最后只能败兴而归，而他们则继续过自己的日子，吃自己的早茶。你改变不了这种市民文化，无法教育别人，但你又生活在这里，这时候如果你还是一个职业作家，你的写作该如何是好？你的小说如果继续像大多数严肃小说那般不顾小说的趣味只注重思想深度，那只会变得无人问津，起码你身边的广州人不会问津。从这个角度来理解张欣的话，瞬间就明白她为何这么写小说了。

三、张欣小说的市民文化精神

广州就是一个初具模型的市民社会，这是广州区别于北京、上海等城市的重要标志之一。广州不像北京，以政治文化、主流文化为主导，她也无法像北京那样获得政治领导权和文化领导权；广州也不像上海，有那么辉煌的中西交融的文化传统和貌似高雅的生活习气，她无法将自己的文化传统有效地延续到日常生活中去，并使之成为国人模仿的样板。

广州最为显著的特点就是市民生活、务实精神，以及对人性的尊重。这是一个柔软的城市，是一个自由、松弛、能让你的身体彻底放松的城市，一个适合生活、但未必适合思考的城市。[①]

---

① 谢有顺：《认识一个文学岭南》，参考中国作家网：http://www.chinawriter.com.cn/n1/2017/1220/c404034-29718434.html.

"市民生活、务实精神，以及对人性的尊重。"谢有顺对广州城市文化特点的概括，有着一种浓烈的"文学评论色彩"。这三个特征，用来评价张欣小说，似乎也毫无违和感——这三点恰恰就是张欣小说的市民精神体现。"市民生活"是张欣小说的内容特征，"务实精神"是张欣的日常生活叙述品质，"对人性的尊重"则是张欣小说的精神价值和思想内涵。第一点和第二点我们已经探讨过，这里要重点阐述的是第三点。

对人性的尊重，这是现代文学的精神根基，或者说是一种基本的文学伦理。西方历史中，浪漫主义以来的文学最强调的就是人性问题。作家不再在作品中刻意强调某种传统的宗教教义或道理规范，而是注重个体的内在情感的表现。浪漫主义、自然主义、唯美主义、现代主义等，都是要突出人的内在性表达，尊重人性欲望，所以这些流派、风格基本被纳入表现论意义上文学理论脉络中。中国文学中，古典文学也有特别重视人性的作品，像汉时的《孔雀东南飞》就是求一种内心渴望的自由爱情；《金瓶梅》更以最本能的性的故事，来悲叹人性欲望背后的人世薄凉。古典文学对人性的尊重，大多表现为某些自然人性需求的不可能性，多以悲剧来完成感慨和教化，其中很多作品看似是在警醒世人要守规矩，实则能引发同情和悲悯，让人更相信自然人性的伟大以及为自由而牺牲的悲壮。五四之后的文学推崇自由启蒙思想，小说求的是主体独立和人性解放。现代文学反抗两种力量，一是反抗传统的伦理道德对个体自由灵魂的束缚，二是民族国家层面的反抗帝国主义侵略。新时期之后，文学重启了五四以来的启蒙传统，重新强调个体的独立和自由。求自由和独立是一种最基本的人性要求，当这种需求遇到九十年代全面铺开的市场经济时，又面临着金钱和物质层面的需求。这两种需求都是人性的内容，这时候，写都市故事、写城市生活的作家该如何处理这两种需求之间的复杂关系？或许，上世纪九十年代开始，张欣之所以和其他城市文学创作者逐渐"分道扬镳"，就是于这个问题上出现了裂隙。

求一种现代意义上的自由和独立，这是现代以来的作家们基本都不会否定的人性思想。但对于商业时代的物质和金钱需求，作为现代知识分子的作家该取何种姿态？这并不是一个简单的问题。在九十年代以来一大批写城市、写当下生活的作家那里，要么是很明确地拒绝被商业化的、利欲化的东西所渗透，重新确立了资本、欲望作为文学应该抵抗的对象，以维持一种现代文学所需要的精英意识和知识分子情怀。另一方面，也有一大批作家开始转变身份立场和写作姿态，以拥抱欲望、接受资本化的方式呈现出现代人的生活需求。张欣是处于这两者之间的状态。张欣笔下的都市故事，很大程度上就是在处理都市人的欲望问题。她笔下的很多人物都是非常物质的形象，都很看重金钱、不跟钱过不去。但同时，她笔下的主要的广州市民，也不会为了钱、为了满足一点欲望而变得多么面目可憎，而是为他们保留一种作为平凡人的基本品格。所以在张欣很多小说中，主要人物都是"能屈能伸"的，发达了、致富了不会财大气粗得令人生厌，生意失败了、生活落魄了也不至于卑贱得失去生活尊严。直面欲望，而不是简单地排斥或张扬，这是张欣处理商业时代人性问题的基本方式。最近的一次访谈中，张欣继续强调说城市文学的本质就是"直面欲望"：

> 城市这种功利化、商业化的情况，其实也可以是一种很可贵的环境。这种对利益对世俗生活的认同，是都市文学创作的基本处境。商业、功利是都市文学观念的基本面，它承认利益，承认我们爱钱，承认我们有欲望，这是一个基础。如果我们还继续假、继续装，而现实生活又需要钱，那可能就导致了严重的虚伪写作了。所以，我觉得城市文学可贵的一面就是要去面对人的赤裸裸的欲望，要

去面对人在欲望面前所暴露出来的各种各样的人性问题。
我觉得这才是都市文学的本质。[1]

　　在张欣的都市小说里,"直面欲望"其实就是尊重人性。人性
并不是一个理想化的观念性的东西,而是一个包裹着善良与美丽、
丑陋与邪恶的复杂体。城市人的人性,自然也有着爱财富、爱美女
帅哥、爱一切美好事物的基本内容。城市普通人面对金钱和美女
时,他会心动、容易犯错误,但也有基本的尊严和追求,这都属于
人性的可能性范畴。对于这些内容,张欣的小说处理得特别"市民
化"。像《星星派对》里,对于人物京京的选择,小说中是给了同
情式理解的:"你不了解她,她其实很苦,从开小餐馆开始就跟人
睡觉,直到把债务还清。她看破人生,不愿意灵魂颠沛流离下去,
希望有所归宿,她想一走百了,从此安定下来。""她在国内也想嫁
人,伪装处女,新婚之夜随身带着一条染血的毛巾。你知道的,中
国男人别的不行,唯有贞操观坚定得简直变态,她当然没有得逞。
老实说,她实在是想下嫁美国。她是一个善良的女孩。"[2] 写一个
城市女孩为生活付出各种代价,包括最后下嫁给一个美国老头,这
种情况在很多城市小说里可能也会给予同情和理解,但直接说"她
是一个善良的女孩"是比较少的。张欣在小说中直接给出的这种赞
同的表达,是作为"市民"的口吻,而不是作为知识分子的道德的
口吻。还如小说《仅有爱情是不能结婚的》,智雄和遵义本来是一
对理想的夫妻,然而智雄遇到年轻的情感老手商晓燕之后,就失去
了理智,逐步走向了出轨。出轨给智雄带来了理想的性爱生活,他
沉溺其中。不久智雄还发现妻子遵义曾经爱过自己哥哥浩雄,他感
到受骗,愤怒地离家出走,光明正大地搬去同商晓燕同居了。对于

---

[1]　张欣、唐诗人:《塑造广州城市文学新形象——关于广州城市与文学的对谈》,《特
　　区文学》2020 年第 5 期。
[2]　张欣:《星星派对》,《张欣文集——商战情战》,群众出版社 1996 年版,第 33 页。

这种出轨故事，我们已经看腻了，但这个小说中的女性选择极有意思。首先是商晓燕的"务实"爱情观，她从一开始就没有要与智雄结婚的意思，只是通过智雄来摆脱自己总经理移情别恋带来的伤痛，她和智雄同居后，出现越来越多矛盾，经常吵架，她一直等着智雄离开，当自己的总经理厌倦了新欢，想再次找回她时，她很切实际地找到了遵义，让遵义把智雄领回家。其次是遵义，面对丈夫的出轨和误解，她完全可以选择离婚，不再管智雄，然而她还是选择了包容。她为智雄难过，而不是憎恨，她为商晓燕对待情感和婚姻的"收放自如"感到惊艳，而不是厌恶。透过遵义的心理，我们看到了作家的态度："传统美德，无论多么为人称道，无论怎样被人们反复咏叹，终是像进化论一样，将在现代人身上消失殆尽。"①这个小说，作家并没有真正谴责谁，只是用很 mishiv 呈现。我们读后也并不会对其中的人物有何种憎恶感。无论是智雄的出轨，还是商晓燕的爱情观念，包括遵义最后对智雄的接纳和包容，这些人物的情感遭遇和生活选择都特别真实，也很可理解。或许，我们能够对这些小说人物产生深切的理解和同情，这种阅读效果本身就是作家"尊重人性"的一种文学体现。

另一个典型的故事如张欣的长篇小说《对面是何人》，这是一个发生在广州老城区多宝路镇水街一带的故事，主要人物如一是个最普通的广州市民。如一是个假发厂职工，她的生活很简单，除开工作，其余就是完成一日三餐，养着一个沉醉在武侠梦里一直不醒来的丈夫李希特。本来日子非常简单，不会有什么故事，但如一中大奖之后，一切变得有故事起来。如一中大奖之后"几乎要发疯了"："她一边的脸颊贴着硬硬的桌面，眼前的世界是倾斜的，和极度的兴奋一起把她压得喘不过气来，什么是富贵逼人？那就是一个极其虚弱的人吃了十全大补，那是会七窍流血，狂躁难耐，只想大

① 张欣：《仅有爱情是不能结婚的》，《张欣文集——惊途末路》，群众出版社 1996 年版，第 432 页。

喊着把脑袋撞碎才解恨。"[1] 本来要告诉丈夫李希特的，但随即想起了同事小美妈说过的话：中奖一定谁都不能说，说了一定会出事。如一去领奖了，但谁也没告诉，连儿子也没说，她从电视剧上看到的故事让她害怕儿子知道有钱了之后不能好好学习、努力奋斗。但如一最后还是忍不住，因为一时的豪气而告诉了丈夫李希特。李希特知道后开始打钱的主意，要拿钱去拍武侠电影，完成梦想，最后以离婚的方式要来了一半，但很快被耗尽。李希特没钱了，电影还没拍出来，为完成它，想方设法向如一借，最后以抢劫的方式把如一的钱"借"走的。面对要钱变得疯魔了的李希特，如一突然想明白了："白来的钱都是烫手的山芋，吃不到嘴里去，反正它莫名其妙地来就一定会莫名其妙地走，我想留也是留不住的。"[2] 对于金钱，如一当然是看重的，但她也很清楚自己就是个穷人："……没有人知道她对自己有一个奇怪的底线，那就是如一，你就是一个穷人，但是要记住任何时候，永远都不要为了钱变得恶行恶状，丑态百出。"[3] 如一的形象，或许最可以代表张欣理解的广州市民心态，他们不会拒绝金钱，可以为了赚钱养家去"走鬼"，可以不惧各种辛苦去抢购几袋超市促销的米，但面对意外得来的钱财时，也能够接受它们的意外散去。包括李希特这个男性形象，某种程度上也可以是广州市民精神的一种概括。李希特的武侠梦虽然很不务实、很不广州，但这武侠梦跟很多广州市民的致富梦也有一致性。为了致富，广州人往往也是投下巨资去做生意。这巨资包括时间精力和钱财成本，但生意未必就一定会做成功、会有大回报，大部分的生意其实都是失败的。如李希特的武侠电影梦一样，做生意也是需要不断地投入，一次失败可能还想着再来一次，最后可能是血本无归。只有彻底失败之后，李希特们才会回到平凡中来。对于广州市民做

---

① 张欣：《对面是何人》，花城出版社 2014 年版，第 87 页。
② 张欣：《对面是何人》，花城出版社 2014 年版，第 184 页。
③ 张欣：《对面是何人》，花城出版社 2014 年版，第 184 页。

生意成功与失败的问题，张欣也有自己的很直接的理解：

> 广州人对于生活中遇到的很多问题，都会觉得很正常，没什么困难和意外是不可接受的。像广州人做生意，广州人做生意的最多了，他们可以把做生意的起伏波动看得很开，觉得投资失败、成功都很正常，没什么是必然的、应该的。你怎么能说你做生意成功就必然、就应该的？这不可能的嘛。我就觉得这种处理生活困难的心态特别感动我。[①]

处理生活困难的方式有很多种，张欣的小说选择了尊重人性这一种。"尊重人性"并不是一个固定的叙事模式或故事结局，而是可以用每一个小说本身的逻辑，尤其是小说中人物性格逻辑去演绎。《对面是何人》中的如一，她对意外之财的处理方式，以及对丈夫李希特的态度变化，都是作为一个观念很传统、生活很简单的城市妇女角色来刻画的，而且首先是遵循这个个体角色的性格特征来塑造，然后才是她作为广州老城区、老街道的普通妇女。她处理生活困难的方式，像当年把回城名额让给项春成，项春成却一去不再联系她，这无疑是巨大的打击，还有李希特突然不工作而是回到家沉迷于武侠梦，包括自己中奖的钱全被李希特耗尽，以及李希特还用着她的钱找了别的女人，等等，这些困难、羞辱对于如一而言，肯定会伤心难过，但并不至于哭天号地，而是悲叹过后坦然受之，始终如一地保持着自己作为一个平凡人的心态去过日子。项春成说如一能给他带来"踏实"的感觉，总是希望见到她。如一给人的这种"踏实"感，在张欣笔下，或许就是广州市民文化精神中"务实"感的一种文学转化。

尊重人性，并非只是尊重欲望或者尊重某种理想的人性观念，

---

① 张欣、唐诗人：《塑造广州城市文学新形象——关于广州城市与文学的对谈》，《特区文学》2020 年第 5 期。

而是作家要尊重笔下文学人物人性的可能性。作家笔下人物的人性，自然会粘连着人物的生存条件和生活环境。张欣城市小说的"尊重人性"，这"人性"不是从理念出发的都市人性，这"尊重"也并非从知识层面来理解的需要尊重。而是把人物放在环境中，把故事放在城市中，从人与城市的紧密关系出发来塑造小说人物的人性内容，从人物和小说的内在关联中确立何为真正的"尊重人性"。或许，张欣对"人性内容"以及"何谓尊重人性"这两个问题的独特理解，正是导致其广州城市小说与其他作家的城市小说相比而言差异甚大的一个原因。张欣的城市小说，不是与文学史对话，不是与某种知识理论对话，也不是与其他作家对话，而是和她生活其中的这座城市，尤其是与这座城市里活生生的市民的对话。简而言之，在张欣那里，小说创作中的城市市民文化精神，只与这座城市以及这座城市的人有关，与其他无关。

第二章　张欣八十年代小说的精神过渡

　　在前一章"张欣笔下的广州故事"部分，我们看到上世纪八十年代以来张欣写下的一系列小说，这些小说故事基本都有着清晰的年代特征。尤其八十年代过渡到九十年代之间的作品，以及九十年代中国城市化、现代化快速发展阶段的广州故事，都携带了独特的历史文化元素。张欣在这些历史转型期内留下的作品，或许于写作的时候并不觉得自己的创作要去呈现当时的某些文化信息和时代现实，以备后来的研究者作为文本依据开展某种社会历史研究。更可能的情况是，张欣的写作始终关注的是市民生活中最世俗、最日常的一面，她通过日常生活所完成的小说叙述，天然地容易比那些沉浸在知识思潮、风格流派内部进行技术实验和思想把玩的写作携带着更真实、更具体的社会文化元素。

　　改革开放以来，四十多年的中国当代文学，经历了多次叙事革命和精神转型。这种革命和转型并不纯粹是文学史、文学思潮问题，其背后是一种社会历史和文化现实的大变化。历史变迁和文化环境的改变，影响的其实是所有关注现实、书写生活的写作者。对于好的作家而言，不管有没有进入已有的文学史著作，我们都能够从这个作家身上感知到历史转型和文化变迁。张欣于上世纪八十年代开始一直在广州写作，离作为文化中心、文学圣地的北京上海都有一定的距离，很难进入当时的文学史家视野，这也是一种历史现实。同时，张欣八十年代的小说创作，也并没有加入当时的文学思

43

潮，与反思文学、改革文学、寻根文学、先锋文学甚至新写实小说等都很难形成关联，自然也就难以进入到八十年代的文学史叙述中。如今，四十多年过去之后，我们重返"八十年代""九十年代"，必然不能满足于既有的文学史视野，还需要文学史之外的视角，来丰富我们关于新时期以来中国当代文学的理解。

何谓文学史之外的视角？我们首先想到的或许就是没有被文学史照亮的那部分作家作品的视角。这就类似于新时期之前文学史不讲述张爱玲一般，新时期之后，人们面对夏志清的现代文学史时，张爱玲一个人的例外几乎就改写了中国现代文学史的基本格局。当然，改革开放之前的现代文学史不讲张爱玲是非文学因素导致的。新时期以来，每个阶段也都有一些作家作品很遗憾地未能被一些重要的文学史著作所触及，这种遗憾多数是缘于文学因素，不够优秀，或者不够有代表性。即便是非文学因素，也并非文学史家刻意要去否定、抹除某个优秀作家作品，而是无意的遗漏，或者难以进入文学史家所选择的史论逻辑。当代作家中，有很多文学史叙述逻辑的例外人物，比如王朔、王小波，甚至路遥，这些都可以作为当代文学史的重要章节。某种程度上，他们也有着类似于张爱玲之于中国现代文学史的重要性。比起路遥、王朔、王小波来，张欣或许不那么为人所熟悉、不那么著称，但就新时期以来的小说发展史及其个人成就而言，张欣亦可以作为一个例外个体独立于当代小说发展史，其小说也可以丰富我们关于新时期以来中国小说构成形态的基本认知。

当然，话说回来，作为出生于、生活于中国的作家，作为五〇后一代，张欣与很多当代作家一样，被历史改变命运，也被历史耽搁成才，也是在新时期开放的、活跃的文学氛围中真正开始了文学创作生涯。这种成长经历和历史遭遇，无形中也塑造着张欣的小说形态和文学观念。张欣的早期作品，包括她九十年代的都市小说，都与时代文化氛围关系紧密，某种程度上甚至更为直接地呈现了二十世纪最后三十年里中国人的精神变化历程。

在成为都市小说家之前,张欣曾写下一系列题材取自部队医院和文工团的小说,包括一些处理家族历史问题的作品,这些作品基本上已没人再提,包括张欣自己,似乎也不曾过多谈及。但其实,今天再去阅读那些作品,其中有一些篇目很有价值。张欣那种充满生活细节的故事讲述,对于我们理解八十年代历史转型时期的情感状况和人性现实其实很有帮助,有很多元素或许会是文学史上经常提及、为很多人所熟悉的八十年代作品所欠缺的内容。比如《白栅栏》《鸽血红》《投入角色》《不要问我从哪里来》《格格不入》《遍地罂粟》等,这些作品都有着历史转型期的特殊印记,很值得我们细读回顾。这一章,我们将详述张欣写于八十年代的几篇重要作品,找回一个写时代、写历史的作家张欣。

一、《白栅栏》:社会变革时代的人性悖论

发表于 1986 年的作品《白栅栏》[①],就是一个完完全全发生在部队卫生医院的故事,但也因内部细节的丰富而携带着清晰的历史特征。比如故事涉及了作为知识分子的父辈所能遭遇的历史问题,作者透过作为叙述者的护士的目光,看到那些作为自己病人的历史罪人的赎罪,以及自己父辈作为受害者的谅解等,这些情节可以视作伤痕文学、反思文学留在作家张欣身上的思想痕迹。

《白栅栏》获得当年的"首届全国卫生文学二等奖",放在今天其实也是个很好的作品,而且它并没有被历史或者题材所局限。《白栅栏》内部所容纳的各种话题之外,总体而言其实是在写历史过渡时期的人心问题。小说一开始就讲述"我"轮上值班时要接手

---

① 张欣:《白栅栏》,《花城》1986 年第 5 期。

的各种大大小小的事情，以此诉说自己在这个医院工作的辛苦和委屈，写出与"我"轮班的护士胡宁在看护病人、打针等方面的各种不称职。在这个科室，"我"几乎承担了所有的看护工作，还要替胡宁收拾很多烂摊子。而且，"我"这种好心人，用心做好各种事，只因为想要调离这个令自己难受的环境，被也想离开诊所去大医院的医生涂开贵中伤、污蔑。涂开贵还玩弄情感，挑拨"我"和胡宁的关系。小说最后也是这个玩伎俩、耍手段的卑鄙的涂开贵顺利去了理想中的大医院。"我"、胡宁和涂开贵三人的故事，并不是简单的三角恋问题，而是以这种很功利化的感情游戏来写出八十年代的人心特征。在我们的知识系统中，八十年代是理想主义的年代，九十年代才是功利化、欲望化的时期。但于广州，七十年代末改革开放后就迅速进入了历史转型期，人心已经开始变得功利，不再讲理想和信念，连基本的职业素养都逐渐不被提及。涂开贵是典型的只求个人利益的最大化，在他这里，一切都需要为自己的目标让路，包括情感："像涂开贵这样的人，一旦你已经不成为他留大医院的先决条件，脸面上的不足之处立刻就上升为主要矛盾。"[1] 而胡宁角色则是一个特殊年代培养出来的什么也不会的"人才"，同时还完全被改革开放后的新鲜事物所迷惑，无能无才，还头脑简单。胡宁被涂开贵利用、占尽便宜，涂开贵成功去了大医院后，她很自然地被"遗弃"。"我"则是一个医生家庭出身、有责任心、有同情心，但也有自己想法、愿意抱怨的老实而心软的护士。"我"是历史的"不识时务"者，最终也是被涂开贵算计、被胡宁猜疑、被科室黄主任要求必须留下"服刑"。这三个人物形象的对比，或许可以概括八十年代初广州青年人的三种人心状态，一是直接为利欲，二是为爱情，三是在多种文化信仰中持续纠结。为利欲可以不择手段、干脆利索地实现目的，为爱情的往往被欺骗、被羞辱，还在纠

---

[1] 张欣：《白栅栏》，《张欣文集——燃烧岁月》，群众出版社 1996 年版，第 238 页。

结的只能是错失各种改变命运的机会。我们不能说这三个人物必然是八十年代文化变革时代才可能出现的形象，而是这三种形象置于一起才有其特别的历史意味。而且，如果把小说中"我"所照顾的那些病人的故事添加到这三个人物相互利用的暧昧关系中，那种年代感就更为明显了。这些病人基本是历史的施害者或受害者，他们当年在"反右""文革"这种极端历史年代的相互利用和相互迫害，导致的后果已经非常可见了。可惜的是，涂开贵、胡宁以及部分潜意识的"我"，作为新时期的青年，且是工作在医院、直接接触着这些受病痛折磨也被家人朋友所遗弃或唾弃的历史受害者，"我们"却依然毫无畏惧地在重蹈着那些罪过。从这方面的内涵来看，《白栅栏》的思想主题就显得极为深刻。它已不同于甚至是超出了大多数伤痕文学、反思文学的思想深度。新时期的伤痕文学，大多还是揭示伤疤，反思文学基本是对历史问题的反思，而张欣的《白栅栏》把这些思想元素都融入其中。

《白栅栏》中，揭示出了历史伤痕背后的复杂故事，不是简单的坏人对好人的迫害，更潜伏着迫害者与被迫害者之间的利益和情感纠葛。我们并不能简单地把迫害者恶魔化，当时的历史受害者也未必就毫无瑕疵。小说中，姜德海是"我"父亲当年最喜爱也最有出息的学生，然而"文革"时期却给打倒学术权威的"造反派"提供了"炮弹"，但这"炮弹"到底是什么，"我"父亲和姜德海的说法并不一样。姜德海死前留下的日记记录说自己当年只是出于正义和良心披露了自己老师的一个"误诊"事件，是他看到那个被误诊的病人承受着深重的精神和身体的痛苦之后，十分不忍心继续隐瞒才作出的选择。然而并没有人关心姜德海披露这件事的真实原因，只会从教授因这事所受到的处分等后果方面去判定姜德海的行为和品格。张欣对这个问题的深度思考，或许是对新时期反思小说把历史问题简单化的一种反拨。

更进一步而言，《白栅栏》还重点探讨了医学、医生的人道主义问题。对于自己的历史问题，姜德海在日记里总结说："谁也不关心这件事的始末，只说因为我，让教授吃尽了人世间的苦，结果定我为'三种人'，直到这时，我才真正懂得什么叫代价：因为更正一个病人的误诊，我自己陷入了复杂深重、无法自拔的'误诊'之中，我真傻，我是一个医生，我看重的应该是'病'，而不是'人'。"① 这里提及的医生该看重"病"还是需看重"人"的问题，可以证明新时期、八十年代初张欣的写作受到了当时人道主义思潮的影响。小说中，"我"和一心求医术、对医学上的误诊现象不在意的父亲就这个问题进行了一番争吵：

> "……可以看得出来，他是怎样用工作来弥补他精神上的苦恼和创伤的，他死于放射病，被推到病理解剖室的那天，没有一个人给他送行，连象征性的也没有……一个普通的人要尽责是多么不容易呵，无怪现在的人都不再认真……"
>
> "你既然理解得这么深刻，就不要改行，不要调动，多尽一点职责，多尽一点人道主义吧。"爸爸的口气变得残酷，冷峻。
>
> "那只是我个人的喜好问题，也许我理想主义多了一点，不愿让自己被呻吟声湮没，但假如我命中注定要干一辈子我不喜欢的工作，我也不会像有些酷爱医学的人那样爱病不爱人！"
>
> "医学本身很人道，但对于病人来说是很无情的。他们需要的并不是只会陪伴他们掉眼泪的人，不是黑压压一大片为他们送行的人，他们需要的是高超的医术。"②

---

① 张欣：《白栅栏》，《张欣文集——燃烧岁月》，群众出版社 1996 年版，第 278 页。
② 张欣：《白栅栏》，《张欣文集——燃烧岁月》，群众出版社 1996 年版，第 286—287 页。

医生是为医学还是为病人，这是一个医学伦理问题。一般而言，医生当然要考虑个体的病人感受，且同时也要追求医术、医学的进步。但从很多技术主义者、医学学术方面来看，追求医术的高超和医学的发展，其最后的目的是造福人类，达到目的的过程则往往需要有一部分"牺牲者"，为此医学事业需要有病人主动"捐躯"。不过，技术主义者的这种目的至上论在今天已经为各种话语所警惕，不仅仅是人文学科要反思的问题，更是很多行业的职业伦理、职业道德内容。但是在上世纪七八十年代，人道主义还是相对新鲜的思想。而且，对于经历过革命年代的人而言，他们还有着强烈的目的至上、事业至上的理想和情怀，坚信的是一种不惧牺牲、不达目的不罢休的精神。"我"与父亲的争论，正是八十年代人道主义新思想与此前历史环境所塑造的人应该为事业、为理想而不惧牺牲的精神信仰之间的碰撞。更进一步而言，小说让一对父女直接进行这样一种思想对碰，也并不是简单地要论证说人道主义思想更为可取，而是在叙述过程中让我们看到了这两种思想都面临着各种各样的困境。只求医术精湛，不顾追求精湛过程中的"牺牲者"，这当然是不人道的。但只讲人道又能如何？小说中的"我"充满同情心，也任劳任怨地照顾病人，但依然是被同事恶人先告状，被宿友嫌疑和中伤，还要被主任批评，最后也没能走出这个自己极厌恶的工作岗位。在病患者那边，"我"除开用心陪护和周到地照顾病人，包括诚心去听病人的故事，想办法缓解病人的精神抑郁，除此之外的也是无能为力，最终还是需要通过医术、医学的进步来完成这种治疗，而医学如何才能进步？必然也指向平时的治疗实验，有实验则有失败的可能，其中就很可能牵涉着具体的病人。如此，就像"我"没有办法确认姜德海与父亲的话谁的更符合当年的事实真相一样，"我"其实也不能判定人道主义精神与父辈们身上那种为事业牺牲的精神相比孰是孰非。张欣在这个作品里，并不是单纯地用文学的、以文人的视角去看历史或看世界，而是借着丰富的、多维度的日常生活和生命故事，融入了无限多的思想触角。我们可以顺着这些触角去探寻很多方面的意义可能性，其中就包括历史转型阶段的人性问题。在人性方面，张欣这个小说或许能说明，上世纪八十年代这一文化思想剧变期的世道人心有着何等复杂的过渡期特征。家庭成员之间、同事之间、男女之间以及领导与下属之间等，这些伦理关系都要面临着历史过渡期人性剧烈变化所带来的冲击。

《白栅栏》之外，还如 1987 年发表的《投入角色》和《不要问我从哪里来》，前者获得"第三届《十月》文学奖"，后者获得"首届台湾新地文学奖"，这两个作品也都有着张欣的部队生活背景。《投入角色》的故事发生在歌剧团，张欣以自己部队文工团的生活经历作为原型，写出上世纪八十年代、中国历史转型时期的人心变化。曾经属于体制一环的文工团、歌剧团，在新的历史环境下开始没落，同时还面对着整个时代文艺的市场化转型，遭受着全新的流行文化的渗透。这种历史转折时刻，那些作为艺人、因体制而生、一直被体制呵护着的文艺工作者，要何去何从？张欣这里，也因为日常生活叙述细密，而容纳了多个维度的思考：作为个人的职业生涯去向，作为时代文化变迁语境下的文艺发展方向，以及同一个宿舍姐妹之间的情谊，如何面对越来越激烈的舞台竞争、情感和理智、个人与历史、传统与流行，等等，各种生活矛盾都自然而然地在小说中呈现，它们毫无违和地共同支撑起了这个小说的情感冲突和戏剧化命运。还有中篇小说《不要问我从哪里来》，也是一个用日常生活铺垫起来的感人至深的故事，这个小说所容纳的问题也特别丰富，爱情、亲情以及历史问题、出身问题等，都有着极为深刻的省思。可惜的是，张欣的《白栅栏》《投入角色》《不要问我从哪里来》等作品，如今已经无人再提。其实，如果我们能抛开一些非文学的东西，只就作品本身的叙事完整性及其文学意蕴而论的话，张欣这些早期作品都可以视作是当代文学史上被遗漏的优秀小说。

二、《鸽血红》：文化突变时代的价值碰撞

1988 年，张欣进入北京大学中文系作家班就读，完成了当年被耽搁的上大学的心愿。同年，张欣发表了中篇小说《鸽血红》，这个小说很少人提及，在当年似乎也未曾引起反响，但我相信，读到这个故事的人或许都会为之深深感动。在 1996 年出版的四部张欣文集里，张欣把这篇《鸽血红》放在了文集第一部《世事素描》的第一篇，排在更早发表的《白栅栏》等作品前面。这一举动或许也说明《鸽血红》是张欣更为满意的作品之一，起码是在作家心目中很有代表性的一篇。如同《白栅栏》等作品一般，《鸽血红》这个小说也并非一个思想主题明确、叙事目的清晰的作品，它也因为扎实的叙述容纳了很多思想话题，展示了特殊时代真实、细致的生活场景，有着特别丰富的时代气息。这些特殊的时代气息正是我们今天重读、细读这些小说的最好理由。

《鸽血红》的主体故事设置在改革开放后开始商业化的广州，小说开头是"我"姨妈和"我"母亲对话说要不要去参加二表姐杜洁玲儿子的周岁喜宴。姨妈是解放前的富商，母亲则是解放后的干部，刚刚从分管计划生育的厅办公室主任岗位离休。二表姐有很穷的童年，在"文革"时期曾带着红卫兵抄过姨妈的家，如今二婚嫁给了一个年纪很大的商人，发了大财又超计划地生了儿子，她要在"大富豪"酒店大宴宾客庆祝儿子周岁。这三个人的关系已经如此复杂，随后还要加上"我"、父亲等各种人物。小说中的每个人，都是同一家庭的亲人，有着撇不开的亲情和血缘关系，但他们每个人都携带着沉重的历史包袱。一群历史上的富人、官人，如今围坐在同一桌子上享用着"暴发户"亲戚的盛大酒宴，这里面所能包含的情绪，其复杂度和丰富性可想而知——比如亲人之间的历史伤痕，革命家庭如何面对商业时代的暴富，传统爱情与二表姐直白的

为钱为富裕的二婚关系，等等，这些都是历史变革背景下，社会文化突变带给各个层面个体的情绪表现。透过这些情绪，我们可以从最细小处了解七十年代末八十年代初中国城市家庭是如何面对全新的物质消费和世俗生活的。

首先是历史伤痕问题。小说《鸽血红》之所以取"鸽血红"这个名字，是因为这个红宝石是整个小说的矛盾聚焦所在，不管是历史伤痕，还是当前亲戚们围绕一桌吃饭时的心理背景，包括"我"对二表姐洁玲的深深误会，都聚焦在"鸽血红"身上。姨妈吝啬，"是个一分钱都攥湿了才肯花的人"，当年"我"和弟弟被参军的父母寄养在姨妈家时，经常是和用人一起吃饭的。姨妈的大学生儿子洁平身体不好，常年休学在家吃药，姨妈却不舍得花钱。"文革"时，洁玲带来的红卫兵逼着洁平刨自己家院子里的土，在后院刨出了姨妈藏着的财宝，包括一个红宝石鸽血红。洁平因为刨土的劳累，也因为发现了母亲藏着大笔钱财却一直说没钱，不给自己看病，身体和精神都很快垮掉，不久就去世了。"我"与洁平大哥关系最要好，因为洁平的死，"我"对姨妈和带红卫兵来抄家的洁玲一直怀恨在心。在这场宴席上，这些矛盾都集中爆发了。首先是姨妈记仇地说："我是不去的。看见洁玲，我就想起闹红卫兵的时候是她带着人来抄家，抄走了那么多……要我现在去看那个背时鬼的脸色？热乎哪个？！"[1] 面对这种历史伤痕，姨妈如何去参加洁玲的酒宴？这种情绪或许也是八十年代很多家庭会遭遇的，这段历史虽然过去了，但对于当事人的心理状况，对于家庭成员之间的情感，必然是一个无法弥合的伤口。"我"母亲建议姨妈"过去的事情就不要提了"，但必然没这么简单。其次，伤痕还表现为"我"因为洁平哥的死而对洁玲的怨恨，宴席中洁玲喝得有点醉意，开始显摆自己有钱，并谈到了鸽血红："大姑，你的那颗鸽血红要是还在，

① 张欣：《鸽血红》，《张欣文集——世事素描》，群众出版社1996年版，第5页。

我一定不惜重金把它买下来。"随后的一句话是"我"的口吻："洁玲真的喝多了！她怎么可以这样无耻？！"[①] 不能再忍的"我"还是直接表达了愤怒：

> 我再也不愿意忍了，我不允许家里的任何一个人并不把洁平的死当作一回事，宁肯去怀念一颗冰凉但绚丽的宝石，却对洁平不屑一顾。是的，他是病死的，但这绝不是遗忘他淡漠他的理由："如果不是你带着红卫兵来抄家，鸽血红也抄不走，洁平哥也不会死！！"我尽量克制住自己的音量和音调。[②]

餐桌上这么直接地翻出历史旧账，当然是埋藏在心中的难以平复的伤痕在发酵。然而事情并没有这么简单，如果只是洁玲一个人的错，一切也就简单了。洁玲听到"我"的话，她反问"我"这话什么意思，这让我更火："再说十遍又怎么样，别以为你现在有几个钱就可以戏弄姨妈，戏弄死去的人！！"这些话激起了洁玲和在场所有人回到了历史记忆当中，然而洁玲却很直接地解释说自己有"一个最纯净最善良的过去"："可你知不知道我带人抄家的前一天半夜三更跑到你姨妈家通知她第二天要抄家，叫她把怕抄的东西放到我爸爸那里去，或者一定要藏好，藏到燕子鸦鸦宝儿家杨板板家都行。我当时也是冒着危险跑过来的，千叮咛万嘱咐，你知不知道！！"[③] 洁玲把当年的事情解释了，"我"内心的历史伤痕在瞬间变形："我和妈妈一同疑惑地望着姨妈，她从来就没有提过这一段。爹舅不提的原因大概是怕姨妈说他，保不准是不是贪财，一定是这样。但是姨妈并不望我们，埋下头，埋得很

---

① 张欣：《鸽血红》，《张欣文集——世事素描》，群众出版社1996年版，第59页。
② 张欣：《鸽血红》，《张欣文集——世事素描》，群众出版社1996年版，第60页。
③ 张欣：《鸽血红》，《张欣文集——世事素描》，群众出版社1996年版，第61页。

低。"① 姨妈再抬头时，已是泪流满面："她真的被良心的担子给压痛了吗？无论如何，她早已经不是会为一颗名贵钻石而哭泣的年龄了……"这些表述或许可以说明，"我"心目中的历史伤痕到了该放下的时候了。对于这份历史伤痕的处理，《鸽血红》应该说是相对理想的，它并非如当年伤痕文学那般只是揭露和批判，同时也超出了很多反思文学的习惯性反思思路。《鸽血红》反思的对象，当然包括人性问题，但也还有着一层如何抚平这些伤痕的思考——对于历史旧伤，文学不仅仅需要去反思缘故，同时也需要去抚慰伤痛。文学影响的是人的心灵，心灵抚慰一直都是小说的一种内在价值。写伤痕、讲情感的小说，自然需要讲究精神抚慰。这种"抚慰"效果在当年的很多写伤痕、讲反思的小说里是难发现的，很多受伤害或者被历史灾难所误会的人心，一直都难以修复。应该说，新时期开始阶段的伤痕文学、反思文学，并没有在精神抚慰层面给予理想的回应，反而是接下来的几十年里，很多六〇后、七〇后、八〇后作家在持续不断地通过书写来完成救赎。比如六〇后的苏童、格非，七〇后的乔叶、李浩、弋舟，八〇后的张悦然、孙频、王威廉等，很多青年作家的写作都触及过那段特殊年代所遗留下来的伤痕问题，其中一些作品也极力想以文学书写的方式完成一种心灵抚慰和精神救赎。从抚慰伤痕、人心救赎意义上来讲，《鸽血红》能说明张欣于上世纪八十年代就已有了自己独到的思考，并且于小说中完成得尤为理想。

书写历史伤痕，这是新时期、八十年代很多作家不自觉地会触及的问题，但《鸽血红》不仅仅是个写历史伤痕的小说，更是个写"当下现实"的作品。这个"当下现实"是张欣写这些小说的时间，于小说中，也就是他们参加洁玲宴席的故事时间。面对做生意发财了的洁玲，姨妈、母亲以及作为军官的父亲，会以何种心理情绪相

① 张欣：《鸽血红》，《张欣文集——世事素描》，群众出版社 1996 年版，第 61 页。

会？小说开始时姨妈和母亲的对话已表明她们对洁玲的鄙视，同时也对洁玲的突然变富难以接受，内里是深深的嫉妒和不满。这种夹杂着嫉妒的不屑感，是缘于她们的历史出身和曾经的身份地位。洁玲代表的是改革开放后通过创业做生意先富起来的形象。于全国而言，洁玲这种形象或许要到九十年代之后才会多起来，但在靠近港澳的广州，改革开放之后就迅速开始了商业化进程，出现洁玲这种暴发户也不奇怪。同时，洁玲还是一个在人生观、价值观层面都"商业化"了的女性，在当时是一个极其不合群、不被家人待见的另类。洁玲形象有着典型的时代特征，我们可以把她理解成上世纪七十年代末、八十年代初历史转型背景下的一种文化表征。在小说中，借着"我"和丈夫栓栓的对话，给洁玲作了一个评价：

> "你说洁玲到底是一个什么样的人？"
>
> ······
>
> "用句上海话，叫作拎不清。"
>
> "我感觉这意见的确精辟。前一段时间，家族里的七大姑八大姨还仿佛专门统一过思想一样，一致地不理睬她。因为正统人家不能接受什么她就做什么，旷工、做生意、拉关系、贿赂各种各样的人、离婚、找老万这样叫人很不好称呼的人做丈夫，然后超生让丈夫被开除了公职。亲戚们到家里来免不了声讨她几句，最不怎么着也要摇摇头。而这一切似乎对洁玲都算不了什么，她就那么不带任何感情色彩地把戏一幕一幕随随便便地演下去了。"[1]

洁玲的这些行为，在八十年代的"我"以及大多数人看来，都是不可接受的。"我"对洁玲所拥有的物质充满嫌恶，比如"我"

---

[1] 张欣：《鸽血红》，《张欣文集——世事素描》，群众出版社1996年版，第25页。

认为她"拿出来的名片喷着恶性香味"。尤其不可接受的是洁玲的婚姻观念。"文革"后期"我"母亲协调把洁玲从宜昌弄到海南下放，然后找机会抽调到广州。在海南下放的时候，洁玲就表现出了对钱和权的无限推崇，这种心理与当时大多数喜欢背诵"语录"的青年完全不同。抽调回广州后，洁玲在工厂办公室填制报表，表现得极不安分，她还告诉"我"一种在当时看来不可思议的人生哲学："她说在海南岛什么人最容易抽上来，老实人吗？笑话，有一个八竿子打不着的亲戚都得吹，吹得玄玄乎乎的，要不就往生产队长家塞东西，塞到他不让你走晚上就做贪财丧命的噩梦。"[①] 这种人生哲学，对于"我"而言当然是震惊："我听洁玲的人生哲学都听傻了。"洁玲第一任丈夫是邝参谋，她对邝参谋发生兴趣是因为她觉得他一定能成为参谋长，但等洁玲追求成功，结婚第二年，邝参谋就转业了。没有成为参谋长夫人的洁玲，开始与丈夫争吵，两年后离婚。

> 洁玲越来越不能容忍一丁点的平庸，她对于出人头地对于金钱的追求压倒了一切。她千方百计地认识人，并且尽可能地认识有用的人，从中筛选出老万。当然不能武断地说他们的婚姻毫无感情基础，但当时老万的确是外贸进出口公司分管茶叶生意的老业务员，就他那个范围而言，炙手可热。是他教会了洁玲做生意，而洁玲也教会了他抛妻弃子，被公司开除公职，然后轻松地和她一块走上了另一条发大财之路。[②]

洁玲这种文学形象，在中国当代文学史上或许也是个"先锋人物"，她走在了现代化的前头，属于城市化起步阶段的时髦人物。类似这种形象的大量出现，要等到九十年代才有可能。九十年代新

---

① 张欣：《鸽血红》，《张欣文集——世事素描》，群众出版社1996年版，第28页。
② 张欣：《鸽血红》，《张欣文集——世事素描》，群众出版社1996年版，第29页。

生代作家所塑造的形象，比如朱文、何顿等人的小说人物，才逐渐有了洁玲的形象特征。张欣能够提前捕捉并呈现这样的人物，自然也是得地理之便，是改革开放前沿地带的广州提供给她的全新生活素材。而且，洁玲也只有在八十年代才会遭遇到小说中所呈现的那些尴尬的生活场景。比如洁玲与"我"的军人父亲的对话，就直接爆发了矛盾。在餐桌上，为了找话聊天，洁玲边吃东西，边拿"我"爹在战场上带回来的糖尿病说话，为"我"爹不能吃很多好吃的东西感到遗憾，并把大家聊天的焦点引向新的战争。面对餐桌上七嘴八舌的看法，"我"父亲以军人的身份表示说如果自己不是退居二线了也要去前线。本是很严肃的话题，却引来了洁玲很轻飘的一句："你们当兵的对打仗真是有瘾。"这种轻飘的姿态和略带嘲讽的口吻，激起了"我"父亲的怒意："我他妈的对死还有瘾呢？""只有战争选择军人，没有军人选择战争。对于个体的军人来说，他最可贵的就是献身精神！你以为你有两个钱就不得了了，可以嘲讽军人了。能买炸牛奶，买不来真正的光荣。""我是来吃饭的，不是来听人奚落我的军人生涯的。"[①]"我"父亲回应洁玲的这些话，在故事中是对洁玲的一种打击。同时，在小说中也是作家张欣要展示的一种价值观碰撞。在改革开放之初，商业化、市场化尚未全面铺开，"一部分人先富起来"等相关政策思路才刚刚提出的时候，商人以有钱、以生活享受为荣的话，就必然受到批驳。这种批驳不仅仅是针对故事中人物形象，更是作家针对时代文化现实的一种立场和态度。小说中，作家也借着叙述者的口吻评价了洁玲的表现："的确，洁玲并没有说什么，可是她的语气她的神色她的手势似乎世界上的一切都应该在她所拥有的金钱之下，都可以受到她任意的嘲弄。"[②] 如此直白的评价，也许只有在刚刚改革开放不久的

---

① 张欣：《鸽血红》，《张欣文集——世事素描》，群众出版社 1996 年版，第 34—35 页。

② 张欣：《鸽血红》，《张欣文集——世事素描》，群众出版社 1996 年版，第 35 页。

七十年代末八十年代初的语境下才能够表现得如此直白。如果把故事背景放在已全面市场化的九十年代，洁玲这个形象或许可以塑造得更为新锐、更具冲击力。但处于改革开放初期的洁玲，必然还要处于各种传统目光的审视之下，还会显得孱弱、势单力薄，还需要不断地去为自己的生活方式和人生哲学进行辩解。而且，洁玲对于自己的形象特征是非常清晰的，她也很明白自己的所作所为会招来什么样的目光，她甚至从心底认同着别人的目光，只是以自己的身份和遭遇来解释自己为何变得如此：

> "我现在变成什么样子了，用不着你提醒，我自己知道，"洁玲的声音在微微颤抖，"我虚荣，讲排场，逢场作戏，为了几个臭钱见人说人话见鬼说鬼话到处认干爹，我得过且过今朝有酒今朝醉，我吃过亏受过骗也骗过人编过瞎话使过圈套，我是不如你们体面，不如你们干净，我算什么?！既没有人让我在上山下乡的时候去当兵，也没有人找关系保送我去医学院，更没有一个靠上去坚挺无比不摇不晃的家庭。可我不怪任何人，甚至不怪这个社会，是我自己自轻自贱自弃自染才变成了今天这副样子。"①

这虽然是洁玲回应"我"的气话，却也说明在改革开放之初，这些做生意的个体依然背负着一种道德包袱，他们对于自己求致富、求好生活的价值选择还需要用特殊的个体遭遇来解释。洁玲这种使尽办法活下去、活得好的价值观、人生观，背后是她出身背景的低微和成长经历的艰难。从整篇小说来看，我们对洁玲这个形象的同情和理解，也是因为她特殊的生存遭遇，这不同于九十年代之后的情况。九十年代开始了全面的市场化、商业化，人人都在追求

---

① 张欣：《鸽血红》，《张欣文集——世事素描》，群众出版社 1996 年版，第 60—61 页。

财富和希望过上富裕的好生活，不再需要特殊的个体遭遇和命运经历，我们也能够理解甚至认同类似洁玲的这种生活哲学。

《鸽血红》以一个家宴的契机，写出了历史转型期内人的各种可能情绪，背后是文化突变所带来的人生哲学、价值观念的冲突。小说最后，在"我"质问完洁玲、洁玲把当年的抄家真相告知大家之后，接下来的最后一节内容讲述的是当年洁平哥临死前的状况。洁平哥也无法理解自己母亲为何宁愿藏珠宝也不愿意给自己治病，但他告诉"我"："小兵，好好念书吧，读很多很多的书，就知道很多很多的事。你会慢慢懂得人的价值的，会懂得人要比钻石更贵重。"[①]"人"的价值与"钻石"的价值，连同之前"我"父亲与洁玲争辩"战争"与"人"的关系部分，如此清晰地讨论"人"的价值，这或许也是上世纪七八十年代的历史留在张欣小说中的文化印记。

三、《遍地罂粟》：历史剧变时代的情感疑难

如果说《鸽血红》里洁玲形象所意味着的生活哲学和价值取向还值得商榷，在小说中洁玲还是一个被其他人物、同时也是被作家所质疑所否定的对象，那么到 1990 年出版的《遍地罂粟》时，作家则以一个与洁玲形象相近的人物夏媛蓓来重塑了历史转型期内的商业女性。在《遍地罂粟》里，张欣用了夏媛蓓这个人物自己的口吻来讲述故事，写出了自己的生活遭遇，也道出了自己的心理世界。洁玲没有得到作家、读者的欣赏，夏媛蓓却赢得了作家、包括作为读者的我们的深深同情。

长篇小说《遍地罂粟》虽出版于 1990 年，但初稿于 1988 年 2 月完成，最终完稿于 1989 年 2 月，与刊出于 1988 年的《鸽血红》

---

① 张欣：《鸽血红》，《张欣文集——世事素描》，群众出版社 1996 年版，第 64 页。

的写作日期或许有重叠。这两个小说虽然有着不同的人物形象，其主要故事所能激起的阅读反应或许也完全不同，但它们似乎有着某种内在的呼应关系。首先是故事题材上，小说所书写的家庭都是军队背景，或者说干部家庭。不过，《鸽血红》处理的是上世纪七十年代末的故事，这时候小说里的高干家庭还存有余威，还高高在上，可以睥睨重钱财、求富贵的洁玲。而《遍地罂粟》的故事则发生在八十年代初，而且小说中支撑这个家庭的高干父亲遭遇诬陷犯下猥亵罪，还被在位的领导欺骗认了罪，又恰逢"严打"，迅速被判入刑。高干家庭里的"高干"因为猥亵罪而被判刑坐牢，这对于一个家庭而言可谓是灭顶之灾，其子女所要直面的精神压力和生活难处可想而知。夏媛蓓就是这个破落户的女儿，她从部队转业回来本是想给家人惊喜，没想到迎接她的却是这种沉重打击。夏媛蓓的兄弟们一个个都不争气，面对这个灾难只有承受，甚至是破罐子破摔，一切重任似乎都落在了媛蓓身上。

三十多岁尚未婚的夏媛蓓要如何挽救一个被时代所抛弃、迅速向下垮的家庭？《遍地罂粟》便是围绕这个核心线索，讲述了夏媛蓓所遭遇的一切——包括家庭、工作和情感。夏媛蓓这种突然间被摔到底层，然后要不顾颜面地付出一切去挽救家庭的故事，与《鸽血红》里洁玲要不顾一切讨生活、求发达的经历，也有着内在的一致性。夏媛蓓和洁玲，她们在遭遇生活困难时，都走向了生意场，加入了商业化的、功利化的社会大潮中，都把一切变成了利益"交换"。她们最初的理想最后也完成了，但都伤痕累累，变得面目全非。只不过，在《遍地罂粟》里，张欣没再把夏媛蓓置于洁玲那种被他人拷问和质疑的境地，而是以夏媛蓓自己的口吻，进行了自我剖析和自我审视，同时也把问题指向了新的社会、新的时代。我们对夏媛蓓遭遇的理解和同情，背后是针对历史转型过程中权力腐败和道德衰落的凝视和沉思。

《遍地罂粟》没有了《鸽血红》中那么清晰的历史伤痕，但它写出了历史剧变时代的新的伤痕。所谓新的伤痕，是传统的伦理和信仰遭遇新的权力和金钱信仰时所导致的或直接或间接的伤害和创痛。改革开放后，全社会开始了"四个现代化"建设，越来越重视经济发展和资本积累。政策的改变必然引发社会文化心理的变化，这种变化可以朝着两个方向走，一个是推崇积极向上的改革精神和创新追求，另一个却很可能是功利主义、拜金主义。后者虽是负面的，却又是每个时代都无可避免的问题。尤其在上世纪八十年代，中国的市场化道路才刚刚开始，之前被各种力量所压抑的欲望得到释放。面对利益，曾经一穷二白的人很快就能够意识到权力和金钱的重要性。在追求权欲、物欲的过程中，失去传统信仰、动摇了良知信念的人很快就走向了腐败，也就给他人造成伤害，导致新的伤痕。小说中，夏媛蓓一家人所遭遇的，正是这一类新的伤害，这是历史剧变时代遗留在他们身上的伤痕。

首先是夏田所坚信的传统信念被浇灭。夏媛蓓的父亲夏田，参加过淮海战役、济南战役、孟良崮战役，等等，戎马一生，战功赫赫。解放后，"他不计名利，任劳任怨，无论组织上把他安排在什么岗位上，都能努力地完成任务，对待工作，堪称楷模……"有这种生命经历，夏田对组织是充分地信任。另外，同是研究院副书记的孙祖良，一直对夏田崇敬有加，他们同是部队出身，有着特殊的感情。然而，夏田对组织对有深厚感情的好友的信仰、信任，终究抵不过对权力的欲望。夏田被傻女诬告猥亵后，本来是一件荒唐的可以一笑置之的事，因为傻女的话根本不足为凭。然而，这事却被党委办公室拿去做了典型，成立了专案组调查，以配合上级传达的"在老干部当中抓蜕化变质分子的典型"指示。党委办公室是党组织，分管办公室的正好是孙祖良，他们是夏田一直信任的组织、战友。孙祖良最后还自己出面，拿出党的利益、政治工作需要一类大帽子来劝说夏田认罪：

有时候我们为了党的利益也不得不去当一回两回假老虎，还不是为了教育大家，显得政治工作更有说服力……老夏，像你这么老的党员还能不了解这个意图吗？像你这样战功、业绩赫赫的人，领导上还能对你怎么样？无非就是批评一下教育教育，可对下面的意义就不同了，老实说我们个人受点委屈，还不是为了维护党的形象……再说，你爱人最近下了病危通知书，有肾功能衰竭的症状，你的小孙女婷婷东家吃一顿西家吃一顿也不是个事，这件事说来说去也就这么回事了，你还是尽快解脱了的好，也能照顾照顾家里，你说人老了，不就图个家里太平吗？

老夏，你放心，这件事我来替你翻案！我豁出去这个副书记不当不就完了吗？！随他们说我们是小集团也好，穿连裆裤也好，这个状我替你告到总部、告到北京，也要让你清清白白的一世……①

孙祖良的这些话，有为了党组织一类大道理，也有为家人的个人感情，更有他作为战友的翻案承诺，这些说法都是夏田特别在意的，于是他在一念之差中认了罪，签字时意识到问题拒绝签字，孙祖良却提前录了他认罪的音频。最后，夏田被判猥亵罪，配合当时的形势，被判有期徒刑十二年。这种被邻居诬告、被战友欺骗以及被组织严判的遭遇，对于夏田而言是当头重击，这摧毁了他的信念、信仰。小说最后，案子被推翻，夏田得到了清白，然而他已经属于肺癌晚期。在医院里，夏田面对研究院来的同志，听着他们说要如何恢复他的级别和待遇，却始终一言不发、神情严峻。翻案和恢复待遇等，只是还给了夏田清白，但已经无法重燃他对组织、对朋友以及对生活的信任和信念了。对于八十年代的历史变革而言，

① 张欣：《遍地罂粟》，作家出版社1990年版，第53页。

夏田只是其中的一个牺牲品。八十年代的历史变革，留给夏田的是一块最后恶化成了毒瘤的疤痕，这是致命的新的历史伤痕。

父亲夏田遭遇欺骗和屈辱之外，女儿夏媛蓓遭受的又是另外一种意义上的"新伤痕"。媛蓓曾入伍，在部队医院做护士，1979年曾派入广西前线，还作为救护员跟着直升机飞到越南那边去抢救士兵，大难不死获得两个三等功、六个嘉奖，档案是无比耀眼。然而，要转业到地方时，很多单位都推来推去不愿意接收，最后被安插在一个区级医院的供应室刷灌肠筒和洗脓血纱布。到单位还要被非议、被歧视："她算哪一路的英雄？徐良才是真正的英雄呢！谁不知道部队上发纪念章人人有份！""就是，是英雄部队早就养起来了，还能把光荣都给了地方？！像这种哪儿都不愿意要的人，没准儿还犯过错呢！"[1] 这些同事的闲话，对于曾在前线视死如归救人的媛蓓来说，自然是一份价值观和理想信念的冲击。媛蓓内心这样回应这些闲话："我最大的错误恐怕就是我不知道公正是靠破口大骂和抖搂自己的光荣历史而争来的。"[2] 地方单位职员或者说普通人，可以如此直接地歧视、鄙薄一个曾在部队获得殊荣的英雄，这当然也是上世纪八十年代这个历史转型期文化发生巨变的环境下才可能出现的情况。在革命年代，媛蓓这种部队英雄最受人尊重，他们是楷模。但八十年代，政治焦点的转移也带来文化心理的改变，很多人经历之前的理想的破灭之后，对于宏大的理想、空头的荣誉等不再感冒，内心真正推重的事物已经转移为实质权力和真实的财富。媛蓓带着英雄头衔转业到一个不显眼的小区医院，又被人事安排在最底层最不需要技术的岗位，这与英雄头衔实在不相称。媛蓓的转业遭遇，是时代人心信仰变化的表现，是历史剧变的结果。

从部队转业到地方，这是直接让革命年代的信仰和价值观念与历史新变之后的新的社会信仰和生活价值发生碰撞，这于张欣而

---

① 张欣:《遍地罂粟》，作家出版社1990年版，第39页。

② 张欣:《遍地罂粟》，作家出版社1990年版，第39页。

言，或许是一种题材和主题的巧合，而并非有意的叙事安排。毕竟，张欣自己也有部队经历，也经历了转业，这些题材和感受背后或许也有作家最真实的生活感悟。

媛蓓最大的"新伤痕"，或许还不是转业之初的工作待遇和同事非议，而是她知晓家庭变故之后，为洗脱父亲的屈辱、撑起整个家庭而创业做生意时的遭遇。夏田被判刑之后，夏家子女都陷入了消沉状态，整个是一个破落户的形象。媛蓓主动停薪留职、创业赚钱，开始倒货、"干生意"，变成了别人口中的"倒爷""二道贩子""皮包商"。放弃英雄头衔，脱下事业单位工作服，跟车到处跑货，为了省钱被司机扔在车尾跟一车厢的海鱼坐车回城……这些遭遇还是生活层面的困难，可以是每个创业者都要经历的事情。更值得言说的是媛蓓的生意人形象问题。在小说中，媛蓓有一段自我认知：

> 在人们眼中，像她这样的人就是招摇撞骗，拼命地不择手段地捞钱。这其中的甘苦除了她自己清楚，别人是难以想象的。每一批货源每一笔生意后面都饱含着深藏着无数的应酬、交际和铺垫。至于那些对她产生非分之想的人更是不胜枚举，明示、暗示，有的甚至生扑，占点小便宜谅你也不敢翻脸，你不是要吃这一碗饭吗？这是爷们儿吃的，你要干吗？那就要被利用到底，对你所厌恶的人敞开你的一切，包括你层层紧裹的内心和情爱……[①]

这一内心坦白，与《鸽血红》中洁玲有着可比之处。媛蓓和洁玲的生意人形象有共同的地方，也有很大的差异。她们做的都是贸易，工作内容大同小异，她们走上做生意这一道路也都有自己家庭环境、生存现实等方面的条件使然，她们在别人眼中的"招摇撞

---

① 张欣：《遍地罂粟》，作家出版社1990年版，第148页。

骗"形象也是相同的。但不同的是,在媛蓓身上,我们看到的是作家、包括小说中部分人的支持和赞许。当然,这种差异的背后,也有小说本身的设定缘故。《鸽血红》中的洁玲是处于一个被所有人审视的位置,她自己的声音只能通过自己的辩解来言说,而媛蓓走上创业道路有着为父亲脱罪这一正义感极强的现实需求,这也是作家、小说中好友宋菲、林西淳以及作为读者的我们会赞同、欣赏媛蓓的一种心理基础。林西淳与文蓓对话时曾直接对媛蓓作出评价:"与你相比,我更喜欢媛蓓。虽然她现在抛头露面、不管不顾、又善于交际周旋……其实她活得最无私,最忘我,她会为她认为值得的人化作一粒沙,一棵树。不管她能不能达到目的,我都永久忘不了她那颗爱人之心。"[1] 小说中的林西淳是个很现代、很理性的知识女性,她的评价可以视作作家、包括理性的读者的声音。可惜的是,林西淳这种声音在小说中还是脆弱的,更大的力量在摧残着夏媛蓓的"爱人之心"。在八十年代一切重新开始的阶段,夏媛蓓要洗刷父亲的屈辱,必须利用新的历史环境下的人心、人性。媛蓓创业获得成功后,解救了家庭危机,也让父亲走出了监狱到医院治病,下一步她要进取的是权力,要为父亲翻案,包括报复陷害父亲的孙家。为完成目标,夏媛蓓选择了先毁掉自己:"一方面她报复了邪恶,倾泻了心中一部分屈辱,另一方面,她将彻底损害自己牢牢守住的纯净、善良的灵魂,连这一点都失去,那她还剩下什么呢?那么多年她对人对生活的真诚将毁于一旦。她多么不愿意变得那么可怕。"[2] 这种内心的纠结,直接说明媛蓓形象要经历大的转变,她要把自己坚守多年的最基本的善良、纯净和真诚毁掉,这是对自己的过去的告别,也是对一个时代的告别。

媛蓓的报复计划里,首先是"横刀夺爱",通过抢走孙祖良女儿孙军娃的恋人陆健亚,来报复孙家,同时也通过孙军娃来说服孙

---

[1] 张欣:《遍地罂粟》,作家出版社 1990 年版,第 133 页。

[2] 张欣:《遍地罂粟》,作家出版社 1990 年版,第 152 页。

祖良为父亲洗脱罪名。这一行动的结果是陆健亚彻底爱上了媛蓓，媛蓓也对陆有了一些感情。为了父亲，媛蓓牺牲感情与孙军娃交换，但只恢复待遇、不能翻案的条件夏田无法接受，交易失败。孙祖良这条路失效后，媛蓓机缘巧合又认识了分管父亲单位的部长儿子，她主动成为猎物，献身给权力以换得高官过问父亲的案子。然而，媛蓓献身后部长儿子还没来得及兑现承诺，父亲的案子已有更大的领导过问——郎芬为了让儿子于抗美与文蓓复婚，跟已经爱上林西淳的文蓓做交易，让抗美的高官父亲帮夏田翻案。媛蓓这两个行动最后都算是失败，或者说是白白牺牲了自己的身体和感情，她所有的付出都抵不过一个高官的一句话。"她所做的全部牺牲都显得渺小和微不足道。换句话说，即便她听其自然，结局也完全相同……""这多么可悲，她勇往直前地手脚并用，踏过沼泽、爬过荆棘，重疮累累，泪痕斑斑，最后失去了自己，却赢回了一个感慨的零！"[1] 媛蓓遭受的这种命运结局，对于八十年代人们普遍对未来充满激情和希望的时代而言，当然是一种不可接受的打击。然而，媛蓓这种个人的遭遇，难道不是八十年代所有为理想生活努力拼搏的历史新人们的最终命运？在一个一切都被权力牢牢控制的时代，个体努力的结局会好到哪里去呢？或许，夏媛蓓可以是我们理解八十年代奋斗者一代基本命运的一种镜像。

《遍地罂粟》当然不止于夏田和夏媛蓓两个人物在感受着历史转型期的艰难，还有文蓓为父亲翻案而牺牲了曾重燃自己希望的新感情，甚至包括炎蓓适应时代变化钻各种政策漏洞赚不干净的钱，等等，这些都可以理解成特殊时代的个体要生存要发达可能要付出的代价。总而言之，张欣这个长篇通过一个典型的有着清晰传统革命年代因素的家庭在新的历史环境下的伤痛遭遇，写出了曾经的革命年代所锻造的信仰和品质在两代人身上的崩塌。同时，张欣也写

---

① 张欣：《遍地罂粟》，作家出版社 1990 年版，第 236 页。

出媛蓓、文蓓等人物如何适应和利用新的时代环境，写他们为挽救家庭所付出的代价，这些代价就是新的时代留在他们身上的伤痕。历史剧变时代，身上有沉重历史负担的个人或家庭，要如何适应和进入新的时代，这其中一定是有故事的。《遍地罂粟》就是这样的历史转型期的生命故事，我们今天重读它，不仅仅是温习一个故事，更是重读一个时代。

第三章　张欣九十年代都市题材小说的
　　　　　人文精神表达

　　张欣 1980 年代的写作侧重书写的是改革开放之后广州市民精神的变化，突出表现了南中国广州人从上世纪六七十年代过渡到改革开放后八十年代时的种种生活变故和精神遭遇。这个时期的小说，虽然也是在讲市场经济影响之下广州人对权和利的逐渐重视，但也还有着明显的伤痕文学、反思文学的影子，这是时代性的精神痕迹。到 1990 年代时，张欣的创作则完全脱离了历史的身影，直接书写传统的人文精神遭遇商业利欲时的全面溃败。1990 年代的中国，开始大踏步地开展市场经济转型。广州作为改革开放前沿地带，市场经济更是以迅猛的速度推进着。同时广州作为千年商都，有着天然的商业基因。在政策和资本的推动之下，广州直接迈进了一个商业逻辑统治一切问题的全新时代。1989 年开始全心投入到书写广州都市故事的张欣，她笔下的主要人物不再有八十年代之前的那些历史伤痕，更多的是经历了八十年代文化热潮的改革开放历史新人，他们很时髦很新潮，同时也因为接受了八十年代相对精英的文化教育而有着清晰的人文情怀。但这些带着八十年代文化情怀的新时期青年，投身到九十年代都市商业世界时，会有着怎样的变故？他们走向商海、屈服于现实时的生活遭遇和内心波澜，尤其其中一些小说人物身上的沮丧感和幻灭感，很好地诠释了何谓 1990 年代中国的"人文精神危机"。

一、文化体制改革与文艺从业者的生活变迁

对于上世纪九十年代的"人文精神危机"问题，我们往往习惯性地将其与市场经济、商业文化关联起来，而忽视背后的文化体制改革。实际上，促使无数文化人士"下海"的原因当中，文化体制改革是最为直接的因素。1992年党的十四次全国代表大会确立了建设社会主义市场经济的改革目标之后，文化体制方面也开始了大幅度的改革调整，通过合并、裁撤等行政手段，以及承包经营、自负盈亏等经济手段，对全国的文艺团体、文化单位进行了重组。这个重组就是一个重新洗牌过程，很多文艺工作者或见势主动"下海"，更多的是被迫离开了文化单位自谋出路。这些以往不食人间烟火的"文化人"，被抛入九十年代这个所有人都在全力赚钱、物质欲望蓬勃的世俗世界之后，所以发生的故事可能携带着最清晰的时代因子。

就文化体制改革这个大背景而言，我们可以有一个更详尽的解释。1980年代末，东欧剧变、苏联解体，世界范围内动荡的政治局势，包括国内的经济危机和政治风波，直接影响了中国市场经济的发展进程，中国学界也出现了一股批判甚至否定市场经济的思想回潮。但1992年邓小平"南方谈话"解决了这些疑惑。"南方谈话"意义重大，有此思想基础，九十年代的中国再度迎来改革开放和市场经济发展热潮。"南方谈话"也是进一步促进广东经济社会全面改革发展的政治支撑。谈话中邓小平指出了广东改革开放发展经验的全国性价值："改革开放胆子要大一些，敢于试验，不能像小脚女人一样。看准了的，就大胆地试，大胆地闯。深圳的重要经验就是敢闯。没有一点闯的精神，没有一点'冒'的精神，没有一股气呀、劲呀，就走不出一条好路，走不出一条新路，就干不出新的事业。"①

①　邓小平：《在武昌、深圳、珠海、上海等地的谈话要点》，见《邓小平文选》第三卷，人民出版社1993年版，第372页。

"南方谈话"之后，1992年中共第十四次全国代表大会确立了建立社会主义市场经济的改革目标，要求全社会整体推进社会主义市场经济体制改革，文化层面也要求积极推进文化体制改革，完善文化事业相关的经济政策。

从文化体制改革维度来看文化领域的发展进程的话，1992年是一个重要的分水岭。1992年《中共中央国务院关于加快发展第三产业的决定》就提出了要以产业化思路推进发展包括文化生产和文化服务在内的第三产业，这就从中央文件层面确认了文化的产业属性。同年国务院办公厅综合司编著的《重大战略——加快发展第三产业》，也使用了"文化产业"概念，这也是国家政策层面文化发展思路转型的重要标志。以产业化的思维来发展文化，文化的经济属性也就越来越突出。1997年《中共中央关于进一步做好文艺工作的若干意见》，更进一步强调文艺体制改革的目标是促进文艺生产面向市场，要发挥市场机制的积极作用，探索建立适应社会主义市场经济体制的文艺工作管理制度。[①] 面向市场、突出经济效益的文化体制改革，直接影响着文艺事业发展道路，文艺工作者的日常生活也必然有大的变化。

文化体制改革中，典型如艺术院团改革，1993年和1994年文化部推出的《关于进一步加快和深化艺术表演团体体制改革的通知》《关于继续做好艺术表演团体体制改革工作的意见》，文件要求"调整艺术表演团体的布局结构，国家重点扶持少量的在国内外、省内外有重大影响，或具有实验性、示范性和民族代表性，或具有历史保留价值的艺术表演团体"，"人事制度主要采用聘任制度，实现优化组合；分配制度实行艺术结构工资制；广开财源，增加收入；改善经营演出管理，培育发展演出市场等"，"文化艺术业的改革举措主要有人事制度改革，即由过去的终身事业编制改为考评与

---

① 陈庚：《中国文化体制的改革与创新》，经济科学出版社2020年版，第75页。

聘用结合的模式，且进行工资绩效改革进而改变过去'大锅饭'的平均工资形式"。① 这两个文件带来了全国艺术表演团体的重新洗牌，那些纯靠财政补贴生存的院团再难维持下去，一些表演技能不够优秀以及年龄不占优势的文艺从业者必然遭遇失业和重新择业。在这样的政策背景下，文艺工作者"下海"也就成了九十年代的一个普遍现象。必然，文艺人士的"下海"，有很多是自愿的，但更多是被迫的。八十年代还顶着文化光环的一大批文化人，进入九十年代后不得不下海经商。他们从神圣的文化领地进入讲利益、拼资本的无情市场，这里面蕴含的人心变化有多诡杂可想而知。文化人走出文化单位，在商海中搏命生存，可观察市场经济初期的人心世相，也直接体会着世俗生活的残酷与艰难。作家若写出这些"下海文人"的商海际遇，其故事可以惊心动魄，同时也很可能蕴藏着一个时代的文化心理。

综览张欣上世纪九十年代的小说，会发现一个极有意思的题材特征，即她小说中的人物都有着清晰的文艺气质，很多篇的主角还直接是从文艺单位走出来的"市场新人"。如 1994 年发表的《亲情六处》直接就是写艺术剧团解散后演员自找活路的被迫"下海"的故事，小说发表时附的内容简介就这样介绍："在商品经济大潮冲击下，话剧团难以维持，排练场出卖了，演员无戏可演自找活路。作品写了两类人，一类如简俐清，'感情只能是奢侈品'，有了钱才能视金钱如粪土，才能建立真正的感情——这是她的人生信条；一类如余维沉、焦跃平，他们的人生信条，是任何东西包括金钱都不能以感情和人格作为交换。小说正是在这两条线索上展开了形象可感的艺术描述，对当代人的心态进行了高度的概括。"② 这个简介很清晰地指出了这个小说的时代意味。除开一种时代性的人性精神概括，《亲情六处》还有很多细节直接写出了 1990 年代初文化体制改

---

① 陈庚：《中国文化体制的改革与创新》，经济科学出版社 2020 年版，第 83 页。

② 张欣：《亲情六处》，《青年文学》1994 年第 6 期。

革带来的院团没落和文艺人员生存遭遇。比如小说开篇处写了话剧团的荒芜：

> 余维沉提着简单的行李，站在话剧团的大门口，不觉四下里张望着，想到一年前离开时，前面的这些荒地长着草，只一座堆放旧布景、道具的简易仓库，现在却被挖成了深深的地基，许是要盖气派的大楼。从门卫的窗口里望去，换了人，一个瘦瘦的有点驼背的长者，好像正在晾袜子。原先的何伯，比年轻人下决心快，早早地下了海，给一家公司看大门去了，不但月薪高，听说还发了对讲机。维沉至今记着，她当时走出这个大门时，门房空空如也，不仅积了厚厚一层灰，墙角还拉上了蜘蛛网，一碰就是晃三晃的破桌子上堆满了无人认领的信件。①

小说对造成剧院没落、演员出走的理由也有写及："先是文化局搞改革……后来风声紧起来，最实在的是拨到话剧团的经费少得惊人，别说拍大戏，就是维持发工资都紧巴巴的，团里除了开会号召大家自救，再就没有其他说法了。何伯这样的编外人员以及临时工之类顿时作鸟兽散；年轻演员纷纷自找门路，走穴的、进军影视的、干脆挎起 BP 机做生意的无奇不有；年纪大的一二级演员就扎堆儿给中央领导和省市领导写信，希望他们拉严肃艺术一把。"② 像余维沉、简俐清这样的正经戏剧学院表演系毕业的本科生，剧团没了，也只能去找别的工作。简俐清的想法是认识一些老板、总经理之类的，失业了可凭借演员的身材、气质、品位优势去做公关小姐维持生计。俐清与维沉的一次对话直言了一种令人忧伤的时代性文化遭遇："维沉你别傻了，你是有许多古典美德，可是有谁欣赏你？

---

① 张欣：《亲情六处》，《青年文学》1994 年第 6 期。
② 张欣：《亲情六处》，《青年文学》1994 年第 6 期。

你是要为戏剧艺术献身，可是现在的艺术是卡拉 OK，是歌舞厅的肚皮舞……反正我想好了，戏剧无非是两种，一种在舞台上，一种在社会里，我决定演社会剧。"[1] 后来简俐清的确成了一个老板的情人，成了当时的"包姐包妹"（被老板包养的女人），获得一笔可观的资本后，买了属于自己的房子，也开始做生意卖高级时装。而维沉找了一个秘书工作，成为一个女老板的"贴身丫鬟"，但她始终无法适应这种生活，也看不到成为白领丽人的希望，一年之后当她得到消息说话剧艺术有复兴可能时，立马辞职回到了话剧院。但话剧院并没有真正复活，仅存的演员只是接一些沙龙剧，大剧资金靠的还是企业家赞助。绝望的维沉加入了焦跃平等"下海"失败、"差不多快淹死了才上岸"的演员朋友组成的"私营企业"——"亲情六处"，专门接一些社会上不同人物需求的生活场景表演，如表演做老板的打手壮势、表演假扮顾客的丈夫 / 妻子应付家人。[2] 简俐清没有底线地以身体和情感作为筹码换得物质和资本，这是市场经济时代情感、身体也沦为商品的直接表达。作为文艺表演者，自甘沦落回到传统的"戏子"身份，放弃艺术操守和现代人的生存尊严，屈就于物质欲望，这自然是人文精神没落的一大表现。而维沉、焦跃平等人的"亲情六处"，也是纯粹为了赚钱而成团的，是一个与艺术无关的表演生意，它的存在最直接地说明 1990 年代文艺的没落。

《亲情六处》之外，还如 1995 年发表的《岁月无敌》，作为小说主角的方佩、千姿母女两人，也是从艺术表演剧团走出来的人物，而且是从一个艺术生存空间相对理想的上海来到商业气息最为浓重、当时有"文化沙漠"之说的广州。曾经是大明星的母亲方佩觉察到自己生病余生不久时，看出女儿千姿在上海芭蕾舞团不会有什么好的前途，于是带着女儿来广州开辟新的出路。方佩劝千姿离

---

[1] 张欣：《亲情六处》，《青年文学》1994 年第 6 期。

[2] 这个设定有点类似于王朔《你不是一个俗人》，但故事和立意完全不同。王朔《你不是一个俗人》原刊于《收获》1992 年第 2 期，1997 年被改编成电影《甲方乙方》。

开芭蕾舞团的理由也很具时代特征："只有大戏才能造就明星，可是你们团没有钱，积累剧目少得可怜……""我们到广州去试一下运气，那里的音乐人很成气候，且已具备造星的本领，我直觉你会红起来。"① 方佩的这些判断，既说明九十年代的传统剧团遭遇着生存困境，也说明广州这个改革开放前沿阵地城市在艺术的市场化转型方面走在了前列。1990 年代的"造星"，不再局限在传统剧团的传统剧目表演，不再能仅仅依靠表演技能，还多了市场化道路上的各种因素。方佩带千姿来广州闯市场，实是让女儿来经受世俗世界的各种考验。小说用了男歌手简松和在广州小有名气的歌手晓菲作为对比，说明市场化时代歌手、明星生产背后的资本密码和欲望逻辑，包括了明星的身体和情感牺牲。在母亲方佩的指点之下，千姿没有被一时的名利所诱惑，最终凭实力获得了成功。千姿抵抗名利诱惑的这个过程，一方面证明了方佩和千姿这对母女的生存能力，另一方面也揭示了 1990 年代被资本主导的演艺圈有多混乱。小说中写及的"混乱"如歌手成名后不认授业恩师，年轻歌手靠假结婚挣钱换取更多资本，有经验有资本的独立制作人只推出与自己有性关系的女歌星……演艺圈如此污浊，足以说明"人文精神"在 1990 年代的文艺界已近消逝。

张欣以文化体制改革背景下文艺工作者的生活作为题材故事的小说方面，还有 1999 年发表的《缠绵之旅》。这个小说的主角渺渺也是交响乐团合唱演员身份，她虽没有直接"下海"，但她的尴尬身份和情感遭遇也算是市场经济时代的一个典型："渺渺是交响乐团的合唱演员，以前学美声学得很辛苦，风雨无阻地去音乐学院上课，又拜名师，早晨五点钟起身嗷嗷叫，一直以为自己可以唱出来，结果是偶尔会领唱而已，并且那些唱出来的人好像也没怎么样，就算是在国际上拿奖在国内同样吃不开，流行音乐又轻松又造神，天王巨星像飞碟中的人物那样戴着耳机型麦克载歌载舞，宛若

---

① 张欣：《岁月无敌》，《大家》1995 年第 2 期。

霹雳雄风，真刺激啊，人们需要的就是这个。"①1990 年代的大环境即是世俗世界、大众文化领域被流行音乐、快餐文化所占领，而专业的、传统的文艺类型又失去了以往的财政支持。经济能力和行政支持都匮乏的情况下，那些继续留在文艺团体的文艺工作者往往也是一些能力平庸之辈，但他们又保持着文化人、艺术家的身份，天然有一种自视甚高的心态，他们待在体制内或许能维持自我，一旦走出"单位"就必然遭遇挫败。《缠绵之旅》的渺渺即是这类人的代表，这一形象也是 1990 年代文艺工作者精神状况的一种概括。

《亲情六处》是"下海"失败者的遭遇，《岁月无敌》是入世成功者的经验，《缠绵之旅》是留在文化单位混日子人士的精神状况。张欣这些作品的人物都很有时代意味，他们身上都有着清晰的时代文化特征，他们最直接地表达着上世纪九十年代中国文艺的危机和人文精神的困境。当然，需要说明的是，1990 年代自上而下的文化体制改革，是为了适应社会主义市场经济发展所必须开展的改革行动。文化体制改革所引发的地方院团以及各类文化团体的没落也是不可避免的，这也是城市现代化发展、文化治理现代化转型的必经阶段。张欣选择这类题材开展创作，并非批判文化体制改革，也非指责市场经济，更可能是看中这些从文化体制内走出来的文化人、文艺工作者进入世俗社会、遭遇市场经济时必然出现的复杂感受——这些"感受"最适合文学来记录和书写，它们最能呈现时代性的文化内涵。

二、市场经济时代的人文精神处境

对于 1990 年代的文化人"下海"，以及知识分子的"人文危机"问题，我们当然不陌生。当代文学史、批评史上关于"人文

---

① 张欣：《缠绵之旅》，《天涯》1999 年第 4 期。

精神大讨论"的相关叙述已非常清晰。王晓明等人引发"人文精神大讨论"的对谈文章《旷野上的废墟》开篇就谈到文学危机、文学杂志转向以及作家"下海"现象：

> 今天，文学的危机已经非常明显，文学杂志纷纷转向，新作品的质量普遍下降，有鉴赏力的读者日益减少，作家和批评家当中发现自己选错了行当，于是踊跃"下海"的人，倒越来越多。我过去认为，文学在我们的生活中占有非常重要的地位，现在明白了，这是个错觉。即使在文学最有"轰动效应"的那些时候，公众真正关注的也并非文学，而是裹在文学外衣里面的那些非文学的东西。可惜我们被那些"轰动"迷住了眼，直到这一股极富中国特色的"商品化"潮水几乎要将文学界连根拔起，才猛然发觉，这个社会的大多数人，早已经对文学失去兴趣了。[1]

写文化人"下海"的遭遇毕竟还是一小部分人的时代体验，而1990年代"人文精神危机"讨论也指向了多个维度的问题。"人文精神大讨论"虽主要是围绕着知识分子的人文精神问题，但论争的背后其实是全民意义上的文化心理变化。陶东风当时谈"人文精神"问题时就指出了背后的世俗化、商业化问题："1993年是中国的改革开放经一段时间的停滞以后重新起步并以新的方式发展的一年，与此相应的，是中国社会的世俗化、商业化程度的加深。这一世俗化潮流在文化界的表现，就是被称为痞子文人的王朔的大红大紫和各种文化产业、大众文化的空前兴盛……"[2] 王晓明开启这个

---

① 王晓明、张宏等：《旷野上的废墟——文学和人文精神的危机》，《上海文学》1993年第6期。

② 陶东风、金元浦：《人文精神与世俗化——关于90年代文化讨论的对话》，《社会科学战线》1996年第2期。

论争时谈及的"文化人的'错觉'",其实就是知识分子对民众文化精神状况的想象出错了,八十年代以来的文化热也只是文学界、知识分子之间的热闹而已。大众只是看热闹的人,他们对文学艺术本身并不关心。那些文学上的"轰动效应",也是文学作为"文化事件"而引发的传播效应而已,并非文学文本作用下的精神效应。大众关注的是"裹在文学外衣里面的那些非文学的东西",这些"非文学的东西"具体是什么?在市场经济、商品化浪潮中,"这些东西"终于现出原形。

可以说,1990年代初知识分子关于社会文化状况的错位想象,导致了他们在讨论人文精神问题时会得出"危机论"判断。当年的论争中,蔡翔就很清晰地指出了这个问题的关键:

> 新时期的一个显著特点,在于精神的先锋作用。观念引导并启动了社会政治—经济的改革和发展(由此突出了知识分子的启蒙作用和意识形态功能)。这时的知识分子,不是从社会实践,而是主要从自身的精神传统和知识系统去想象未来,在这种想象中,存有一种浓郁的乌托邦情绪。然而,经济一旦启动,便会产生许多属于自己的特点。接踵而来的市场经济,不仅没有满足知识分子的乌托邦想像,反而以其浓郁的商业性和消费性倾向再次推翻了知识分子的话语权力。知识分子曾经赋予理想激情的一些口号,比如自由、平等、公正等等,现在得到了市民阶级的世俗性阐释,制造并复活了最原始的拜金主义,个人利己倾向得到实际的鼓励,灵—肉开始分离,残酷的竞争法则重新引入社会和人际关系,某种平庸的生活趣味和价值取向正在悄悄确立,精神受到任意的奚落和调侃,一种粗

鄙化的时代业已来临。①

　　按蔡翔这里的阐释来看，王晓明说的那些"非文学的东西"，可以从"市民阶级的世俗性""最原始的拜金主义""个人利己倾向"，以及"平庸的生活趣味和价值取向"等维度来理解。对于这类精神特征，很多人曾在王朔作品、贾平凹《废都》以及"晚生代"作家如朱文、何顿等人的作品中获得阐释。比如《旷野上的废墟》里，参与讨论的张宏对王朔现象的评价是："王朔是与民同'乐'，'玩文学'者则独'乐'之。他们把文学当作自娱自乐的工具，独自把玩，回味无穷。"② 文学失去了崇高感、严肃性，作家和大众一起"玩文学"，这意味着作家放弃了八十年代已经复兴的五四启蒙文学传统，舍弃了自己作为知识分子的人文情怀，彻底地陷入到文字游戏和商业利欲的漩涡当中。王朔的文化调侃、朱文的"我爱美元"等一类文学书写，当然很适合用来阐述 1990 年代的"人文精神危机"问题，但如果我们熟悉张欣九十年代的创作，肯定会萌生这样一个想法：阐述九十年代"人文精神危机"时，不谈及张欣九十年代的广州题材小说的话就是一个缺憾。

　　张欣九十年代的小说，除开《亲情六处》《岁月无敌》《缠绵之旅》这些直接写文艺人士离开文化单位进入市场的遭遇之外，其他像《首席》《爱又如何》《伴你到黎明》《致命的邂逅》等都直接写现代市民阶级的都市生活，从工作遭遇、生存困境以及情感困惑等多个维度，讲述着市场经济迅猛发展时代商业、利欲如何消解了人的文化情怀和精神操守。比如 1999 年的《变数》，直接写广州一个屋檐下几个不同职业青年的生活伦理和文化理解。小说中作为

---

① 许纪霖、陈思和、蔡翔、郜元宝：《人文精神寻思录之三——道统、学统与政统》，《读书》1994 年第 5 期。

② 王晓明、张宏等：《旷野上的废墟——文学和人文精神的危机》，《上海文学》1993 年第 6 期。

姐姐的丽明一心想着远嫁香港资本家，最后确实被一个香港老人带走。作为租客的季风和小冼毕业于名牌大学，是两个流浪记者。季风是学中文的，从大学开始就习惯做"枪手"，以代写毕业论文赚了不少外快，毕业后给一些地方干部和大款做作业，替他们完成高校研究生班课程作业。季风并不是找不到工作，但他渴望自由，做流浪记者可以"钱多且不受限制"，他习惯"南北大拼凑"："有时把海南报上的消息一字不差地寄往漠河，命中率高又无被人识破的危险，小稿费单像雪片似的飞来……"作为媒体人的季风，对当时的报纸新闻有一个判断："现在的报纸除了讣告以外就没有真东西，全是假的。"季风还出主意炒作房东儿子浩明的女朋友文秀，虚构"纯情女孩拒拍三级片"奇葩新闻引得关注。炒作新闻本是浩明与季风酒后的赌注，却引来意外的惊喜。文秀对这一未经她同意的炒作表现出极大的热情，她的人生道路也发生了变化。总之，《变数》就是写市场经济时代人可能遭遇的无数变故，引发这些变故的原因是市场经济时代所推崇的钱和欲，几乎都有着不道德的内容。从《变数》这个小说来看，季风这类人所代表的知识分子、文化人已经完全不在乎礼义廉耻，为赚钱毫无底线，而底层普通人身上的良善也被利欲所侵蚀，仅剩下浩明身上的那点人文情怀也无处施展。市场经济时代是一个充满变数的时代，变数的背后是人文精神的隐没。

还如张欣 1993 年发表的小说《首席》，讲的是两个在广州做外贸的女性如何处理自己的情感和生意。欧阳飘雪和梦烟，曾经是大学同学，因为恋爱问题有过情感上的误会，她们毕业后都进入了轻工系统的玩具进出口公司做玩具外贸，不过欧阳飘雪在省玩具公司，梦烟在广州市玩具公司，省、市两个玩具公司一直是竞争对手，于是这两人成为生意上的竞争对手。"两个美女，无形中轮流成为'首席'，竭力为各自的公司创汇。然而，玩具市场就这么大，开发一个客户都相当不易，现有的这块地盘，一家玩具公司拿到多少订单，就意味着另一家同行失去多少订单。所以，首席的位置不好坐。"① 从商业小说维度来看,《首席》是讲述 1990 年代广州外贸生意的火热竞争。而从人文精神维度来看,《首席》也通过这两个都市女性在对待生意、财富和情感方面的差别,表现出市场经济时代人文精神的微妙处境。比如在争夺米歇尔这个大客户的订单时,梦烟闯入欧阳飘雪与米歇尔的对谈桌,说了一通胡话:"米歇尔,你为什么不考虑我呢? 我也不是很差呵,而且我还是一个处女,我愿意陪你睡觉,结不结婚无所谓,只要你带我出去!"② 梦烟这话虽是事业受阻、醉酒后的胡言乱语,但她后面确实献出了自己。"梦烟傍到一个大款,香港人,不仅成为她的头号客户,而且在五羊新村给她买了房,就是那种'二奶楼',即被包起的二少奶奶住的地方,现在房产升值,都要百万元一套呢。车也是那个人送给她的……"③ 为了能够在朋友／他人面前始终保持一种"首席"的骄傲,梦烟牺牲了贞洁,毁掉了深藏内心多年的真情感,她是市场经济时代的成功者,但也是传统生活伦理意义上的沦落者。放弃了精神操守,梦烟在物质生活层面或许可以光鲜亮丽,但内心生活却陷入了悲凉境地——梦烟最终也袒露说:"可悲的是……我却心甘情愿地成了别人的二少奶。"④

《首席》是直接写商业领域的残酷无情,兼及反映了 1990 年代市场经济快速推进阶段都市人内心情感的幻灭和社会文化伦理的沦丧。《首席》的两个主要人物是家庭身份背景都相对理想的都市时髦女性形象,而张欣 1995 年发表的《致命的邂逅》则以一个寒门出身的底层女性的视角来看一个知识分子家庭的人文精神问题。寒池出身贫寒,也没上大学,只是在环境相对好的吉祥超市做一名收银员。她和章迈成为恋人后,每次去到章迈家里都要遭受章迈那对教

① 张欣:《首席》,《上海文学》1993 年第 11 期。
② 张欣:《首席》,《上海文学》1993 年第 11 期。
③ 张欣:《首席》,《上海文学》1993 年第 11 期。
④ 张欣:《首席》,《上海文学》1993 年第 11 期。

授父母"冷暴力"式的歧视。而当章迈出事、入狱后，章迈父母才开始做寒池的工作，请求她不要撇下章迈："那里面是什么日子啊，没有一点精神支柱怎么挺得下来？"纯朴善良的寒池于是成为章家唯一的精神支柱，经常去监狱看章迈，也承担了照顾章迈母亲艾晓云的事务。寒池的善良，让躺在病床上接受照顾的艾晓云产生过一丝愧疚："现在的女孩子，要多实际有多实际，碰到章迈这种情况，跑还来不及呢，哪还顾得上他的家人。这倒真的令艾晓云惭愧了。她一生讨厌小市民，但此时才发现小市民身上也有大气的一面，而她，回顾自己的所作所为，一点不乏小市民的习气。"①但这些惭愧心理也只是一时半刻的柔软，等他们习惯了寒池的照顾时，也不再有怜惜和体谅，他们甚至催说寒池动用女性色相去找人替儿子翻案，毫无人伦底线。后来，章迈被作为"名记"的高中同学杜拉拉解救出狱。作为交换条件，章迈与杜拉拉结婚，抛弃了辛苦等待他和照顾他父母两年多的寒池。习惯用金钱算感情的杜拉拉，拿出二十五万元补偿了寒池。杜拉拉对寒池说："成事有价，你不会以为我单凭同学情谊就救他出来吧？！"这话点醒了寒池："她无法接受的现实是，她两年多的奔波、辛劳、痴情、关爱，及不了杜拉拉手中的区区二十五万，什么都是可以一笔勾销的。所谓万事有价，自然包括爱情、自由，甚至生命。"②而对此变故，章迈父母却是满意的，也没有丝毫的愧疚。等到后来章迈要与杜拉拉离婚时，章迈父亲说："你不要再异想天开了，好好过日子，目前我们的家庭结构是历史上最佳水平。"艾晓云也帮腔："寒池是个好姑娘，但是你们没有缘分，我们有什么办法？！到了你这个年纪，还不懂得听其自然的道理，很可能又要碰壁。"而面对章迈指责他们从头至尾不帮对他们有恩的寒池说话时，艾晓云还理直气壮地说："我把家里的传家宝都送给她了，还要说什么话？"完全是金钱交换思维。而

---

① 张欣：《致命的邂逅》，《中国作家·文学版》1995年第5期。

② 张欣：《致命的邂逅》，《中国作家·文学版》1995年第5期。

且，这个所谓的"传家宝"，寒池在章迈结婚的那天就送还了。作为知识分子的章迈父母，以及杜拉拉这一作为"名记"的文化人，都可以是1990年代市场经济初期自私、薄情、利欲至上的形象代表。底层出身的寒池，她的纯朴善良很好地反照出了章迈父母、杜拉拉等人的利欲思维和薄情寡义。知识人、文化人在市场经济时代变得自私、虚伪、无情无义，反倒在那些出身底层、努力上进的寒门子弟身上还葆有着最纯朴的善良。张欣这个小说似乎在回应"人文精神大讨论"，她理解的所谓的人文精神危机，其实只是知识分子在市场经济时代的虚伪化和利欲化，与底层劳动者无关。当时，有很多学者习惯性地从古今中外的文化传统和思想观念中寻找资源解释何为"人文精神"，但张欣《致命的邂逅》给出了更为直接也更为可信的"人文精神"解释：底层劳动者身上的纯朴和善良，存续着人世间最好的人文精神。

《致命的邂逅》中的寒池是地道的广州人，只是出身贫寒而已，可与此形象形成互补的是《此情不再》里的外来妹朱婴。《此情不再》以一个外来妹的生活遭遇讲述着市场经济时代的人文精神处境。朱婴在家乡时是"独生女，父母亲的掌上明珠，少年合唱团的领唱，学习永远名列前茅，毫不费劲地考上大学"，"一直是父母的骄傲"，同时也是有着"修长的身材，纤巧的腰身，鼓鼓囊囊的乳房和屁股"① 的靓丽女孩。朱婴作为大学毕业生，有一个知识分子家庭，接受过视金钱如粪土的教育，她把感情看得至高无上，很自信地鄙视那些"傍大款"的同学，即便自己一副穷酸样也能在那些一身名牌、珠光宝气的人面前谈笑风生。但当她遭遇了男人有钱后的变心，离开家乡奔往广州找工作也遇到各种障碍时，也发出感慨："她现在最想不通的就是，怎么混得比那些'傍大款'的人还惨？"朱婴通过与装修工人思浩的对话才意识到自己也就是个小人

---

① 张欣：《此情不再》，《天涯》1996年第3期。

物。"小人物"的自我认知让朱婴看清楚了自己为什么会被前男友冯滨抛弃:"冯滨认识了一个北京来的女孩,据说她的背景是极其显赫的达官贵人,她也欣赏冯滨的才华,要求冯滨辅助她在当地办一家大型的保险公司,资金方面已经完全落实了。"① 这是人的情感被市场、资本蛀蚀的又一案例。意识到钱的重要性之后,朱婴开始改变自己,她去应聘很多广告公司,结果是她在应聘过程中写出的广告创意全被无良公司无偿拿走。朱婴在多处发现了自己的创意广告被盗用后,她切齿道:"这个城市,到处都是骗子。"欺骗朱婴的,是唯利是图的无良企业家。市场经济起步阶段,一切都还在尝试突破过程中,企业应聘过程中的那些可能出现的知识产权问题,尚未被多数人关注到,也就成了一些无良企业无偿获得劳动者创意赚取非法利益的灰色空间。类似的灰色地带还有很多,这是市场经济快速发展的 1990 年代必然经历的转型期特征。在这个转型过程中,商业利欲的灰色空间背后更是人性的灰暗地带。灰暗的人性主导了 1990 年代无数都市男女的情感与婚姻,也影响着企业老板与员工之间的伦理关系。灰色地带的利欲挟持着 1990 年代的人性,使得传统的人文精神无处安放。

三、张欣小说的世俗—人文精神重构

市场经济时代的人文精神问题,其实就是人在物质、金钱等各种利欲面前的人性问题。张欣 1990 年代的创作,始终着力于思考欲望都市的人性可能性。当时就有评论家指认说张欣的作品是"人性的展览室":

---

① 张欣:《此情不再》,《天涯》1996 年第 3 期。

身在都市，没有人能逃脱得了物质、金钱的洗练，欲望的金苹果这时仿佛试金石，映出了人性的原像。它让丑的和美的、假的和真的、恶的和善的，都表现得如此淋漓和充分。张欣借助对这些形形色色人物在物欲面前的取舍和表现，展示自己对人生意义、生命价值、理想人格的理解。商场、情场是她表现人物冲突与抉择的两个观察点，而这两个观察点实际都聚焦在商业的制高点上。商场也可以作为利益、金钱、现实、欲望等物质层面的典型代表，情场，则可视作情义、浪漫、温馨、理想等精神层面的代表。作者借商与情、理与情的矛盾和冲撞，寄托她的震动、困惑、思考和抉择。[①]

写出市场经济初期法治尚未完善阶段的灰暗人性，这的确揭示了 1990 年代全社会的人文精神危机。但文学书写不仅仅是为了揭示丑恶和揭露问题，好的文学作品往往有着精神抚慰和人心疗愈的一面。我们前面分析《致命的邂逅》《首席》《此情不再》《岁月无敌》等作品时或许已经发现张欣还在小说中塑造了一些不被时代裹挟、能在利欲面前维持良善的人物形象。无论这些形象是否真实存在、能否在现实生活中独善其身，都意味着张欣的写作还在努力为这个所有人都为名利奔腾而下的时代树立一些"图腾柱"——这"图腾柱"是《此情不再》里冯滨对朱婴的形容："你想证明什么？你要证明给谁看？你以为你视金钱如粪土，就能成为九十年代青年心目中的图腾柱？你只是一个特例，一个傻瓜的特例。"[②]朱婴不想与已经被金钱利欲冲昏头脑变得无耻下流的前男友冯滨再有瓜葛，拒绝了冯滨希望她嫁入豪门的分羹企图。朱婴要守护自己内心的情感，

①　屈雅红：《"掘金时代"的人性展台——评张欣的都市小说》，《南京理工大学学报（哲学社会科学版）》1998 年第 6 期。

②　张欣：《此情不再》，《天涯》1996 年第 3 期。

也想坚守自己的道义，只想通过自己的努力光明正大地活着。朱婴的形象，很好地透露了张欣小说在揭示人性沦丧面之外的思想企图：要为这个唯利是图的时代重建一种世俗世界的人文精神。

何谓世俗世界的人文精神？这不同于"人文精神大讨论"中各路知识分子提供的人文精神解释，比如有很多学者提到的中国传统意义上的、新儒家的人文精神，以及西方现代思想影响下中国现代以来逐渐中国化的启蒙话语等。学界围绕"人文精神"而来的讨论，确实丰富了我们对于"人文精神"相关知识的了解。但如费振钟等人所言，这些话语都很可疑，不具有实践的可能性。"人文精神在今天的'可能性'，不仅仅是学理上的'可能性'，更主要是指'实践'的'可能性'。""今天重谈人文精神，我们应该操持一套怎样的话语，话语标准和对象应该是什么，……这些都是很具体的实践问题，困难之处也就在这儿。"① 怎样的人文精神"话语"才有可能具备"实践属性"？这可能是上世纪九十年代以来至今都未能明确的问题。但我们看张欣九十年代的小说，可以感觉到她其实是在以小说的方式探索着一种适合市场经济时代、能够被世俗世界的都市人所接受的"人文精神"。

继续以《此情不再》为例，小说主角朱婴并不是一个理想的形象，她来广州之前曾堕过胎，在很多人看来也是问题少女。到广州后，朱婴在病房做陪护时也并不人道，用绳子捆住不听话的病人，把寻死的病人推到天台去经受死亡的惊吓，以及和刚认识不久的男朋友同居乱性，等等，包括面对冯滨的无耻时骂出"操你妈"等脏话，这些行为习性都不符合一个理想的、有人文精神素养的形象，它必然与很多知识分子所界定的"人文精神"品质相冲突。但是在朱婴身上，张欣赋予了她很使人敬佩的现代品格：不随波逐流，坚持自己的为人处世原则，守护自己最真实的情感，靠自己的本领活

---

① 吴炫、王干、费振钟、王彬彬：《人文精神寻思录之三：我们需要怎样的人文精神》，《读书》1994 年 6 月号。

着。朱婴远离了无耻的冯滨，也离开了只想跟她玩玩的彼得。拒绝了各种诱惑，朱婴最后找的工作是在"夜间广播电台"做《零点伊甸园》节目主播，专门给人回答性的问题。这个工作有点难以启齿，是个让熟悉的人听出来会很没面子的职业，但这是靠自己的辛劳在生活。比起那些靠牺牲身体、漠视良心来求得发达的人而言，朱婴形象就显得高大了。当然，朱婴的所谓"高大"并不是像道德模范一样高高在上，她只是一个普通的都市女性、平凡的城市工作者。能够凭着自己的技能、靠自己的双手、有尊严地活着，这应该是每个人的基本操守和基本目标。尤其在市场经济时代，面对各种利欲诱惑，还能坚守这一最为基本的生活方式和工作伦理的，当然可以视作一种人文精神。

张欣还有多篇小说的主人公形象与朱婴相似。比如1992年发表的《伴你到黎明》，小说主角安妮作为都市新人，有很多缺点，甚至有作为第三者的道德污点，但她并没有刻意伤害他人，成为第三者也是因为克制不住的真情感。最重要的是，安妮也是始终能抵住各种诱惑的都市女性，不会为了获利而牺牲身体和尊严，她是一个有原则、有底线的现代女性。但是，安妮肯定不会是知识分子推崇的有人文精神的形象。首先，安妮不再相信文学艺术的不朽。安妮有一个曾经是二流电影明星的母亲，这个母亲"至今保持着明星身份"，"自觉辉煌过，便认为世人对她念念不忘"。安妮的生活方式和价值观与母亲有很大差异，日常对话也经常出现很有意思的"人文精神"碰撞。小说开篇处写母亲念念不忘于某个老婆婆认出了她时，安妮就调侃说："任何人和事都会过时的。"母亲回应："艺术不会！""赵丹石挥会过时吗？"安妮没有再回应，但心里话是："不可理喻。"其次，安妮的人生观、价值观都相当世俗，有一种现代都市人的计算理性，但缺乏传统意义上的温情。安妮劝她母亲与父亲离婚时，母亲说："那岂不便宜她了？"安妮的解释是："你想怎样不便宜，他又不是出身名门，你还有希望拿到若干股份？"后面母亲感慨说："人怎么可以这么势利？"安妮回应："人就是这么势利的。"母亲感慨说："安妮，你到银行工作以后，人变得冷冰冰的。"面对父母离婚，做女儿的讲利益不讲感情，这必然与传统意义上的"人文精神"相去甚远。此外，安妮形象最有意思的地方在于，张欣可能就是通过这个人物来嘲讽了1990年代许多知识分子的虚伪。安妮成为催债公司员工后，因好奇心无意间帮同事朝野完成了一项催债任务，本以为这是"替天行道、伸张正义"的事，起码也是帮忙，不应该收钱："章朝野，我告诉你，我要是为钱，根本不会跟你上去，到现在这一身透汗还没干呢！"但面对巨额提成，缺生活费的安妮并非真的不想要这份收入，只是不想将自己前面"见义勇为"式的行动功利化而已。章朝野直接点出了安妮身上的"虚伪"：

> 　　上来几个热炒，朝野缺乏表情地吃着，也不劝安妮下箸："我顶、顶讨厌的就是你们这类酸人，又想当婊子，又想立牌坊，离赚钱腥的程度还远着呢，非要做出一副金盆洗过手的样子来，干吗不要你那份钱？莫名其妙。"[1]

1990年代的市场经济发展环境，从上到下都积极鼓动民众去赚钱、去发财致富，先富是时代先锋。在这个背景下，文化人、知识分子无论是否离开了文化体制单位，也都在想方设法致富。电影改编、文化炒作等，背后都是名利在驱动。而1990年代也是"人文精神大讨论"的年代，无数知识分子大谈特谈各种精深的人文精神，对王朔、莫言、贾平凹以及新生代作家们的写作大肆批判。可以说，1990年代是个很矛盾的年代，一方面所有人都在努力地发财致富，另一方面抱怨文化沦陷、讨论人文精神危机的声音又无处不

---

① 张欣：《伴你到黎明》，《中国作家》1993年第3期。

在。这些行动和声音未必指向同一类人，但也说明了1990年代文化的驳杂和精神的混乱，类似安妮这种"既想当婊子，又想立牌坊"的现象也十分普遍。不过，小说中的安妮最终克服了这种虚伪的文化生活习性，努力工作赚钱成了干脆直爽的事情，同时她也不会在工作中"徇私舞弊"，不会拿自己的情感去当作生意的筹码。面对父亲利用自己的情感资源换取非法财富时，安妮毫不客气地斩断了这份关系，面对好朋友被骗时，安妮召集同事全力相救，这些事件都证明了安妮的正直和勇敢。安妮形象说明，市场经济时代的"人文精神"在强调人文情怀的同时，也要兼顾现代人为了生活而无可逃避的世俗一面。在世俗生活中维持一种人之为人的自尊心和正义感，这才是真正的、适合现代社会的人文精神。

从《此情不再》和《伴你到黎明》可看出张欣要建构的世俗—人文精神的基本内容，但最直接传达了这一新精神特征的还数《岁月无敌》。《岁月无敌》就是讲述年轻女歌手千姿如何在母亲方佩的教导下抵住各种诱惑，最终保持了艺术精神，守护了人格尊严，同时又获得了事业成功。千姿能够兼顾尊严和名利，完全得益于母亲方佩的指导。方佩如何做到的？我们可以从她留给女儿的告别信里看到最核心的信息：

> 千姿，你千万不要误会妈妈带你来广州，此行只在挣钱出名，这些固然重要，但更重要的是从中锻炼自己抗拒诱惑的能力，坚持诚实正直的能力，不模仿别人的能力，靠自己双腿走路的能力……假如你具备了这些能力，哪怕你不出名，或者钱财有限，相信你也能够健康、愉快地生活。
>
> 当然，金钱是重要的，但是它并不值得我们拿出整个生命和全部情感去下注，如果你轻易取舍，它也会轻易夺去你一生的幸福。

孩子，妈妈尤其要提醒你的是，女人最大的敌人并不是贫穷和默默无闻，尽管这两点会让你深深地感到人生的乏味和无聊，但更大的敌人却是时间和岁月。当风华——过去，你定会知道踏实、恬静的心态是一笔怎样的财富。你年轻时的违心接受、曲意逢迎，或者孤注一掷是多么的无谓，根本没有脚踏实地地艰苦奋斗更令人愿意细细品味。[①]

方佩去世前留给女儿的这些话，可以理解成作家张欣留给1990年代所有"下海"文人的话，甚至是留给市场经济时代所有城市工作者的话。方佩这些教诲，其实就是如何在资本统治、欲望盛行的市场经济时代留住最基本的人文精神。但同时，这种人文精神又不是高高在上的纯知识层面的观念讨论，而是现实生活中每个人都可以去实践但又不容易坚守住的生活原则。物欲横流的市场经济时代，如何练就抵抗诱惑的能力，如何坚持诚实正直、脚踏实地，如何克服贪婪、战胜我们对贫穷和默默无闻的恐惧，这很不容易，但却是我们必须领会的生活常识，也是市场经济时代最基本的"人文精神"内涵。小说最后，千姿平静下来，在深夜的台灯下一遍遍地温习母亲的话："终于在那字里行间看到了这个混沌、虚假、拜金并且物欲横流的世界里的一点微光，看到了比死更重要的这份情愫。"[②] 这"情愫"可感动无数都市儿女，这"微光"可照亮整个1990年代。

① 张欣：《岁月无敌》，《大家》1995年第2期。
② 张欣：《岁月无敌》，《大家》1995年第2期。

第四章　现代景观与张欣小说的
　　　　广州城市书写

　　改革开放之后，城市社会也发生了巨大变化，在这种巨大的社会变化中，都市经验的城市想象逐渐占据了重要地位。都市经验的"城市想象"指的是具有都市生活经验的作家对城市自身展开的想象。新时期以来，越来越多的作家去描绘"城市"，创作主体最初主要是通过"城乡对照"的方式接近和想象城市，但随着城市社会的不断变革和发展，具有都市经验的作家群越来越多，他们的"城市意识"苏醒过来，开始从城市自身出发去想象和建构城市，而一些从乡村移民到城市的创作群也从各自的立场出发，开始描绘城市，有些人甚至忘却了他们的乡村人生，全身心地投入到城市书写中，在这种情况下，乡村传统的城市想象模式日趋式微。①

以上是曾一果谈改革开放后中国作家的城市书写变化，从以往的"城市想象"，到进入城市之后的"城市描绘"，这种转型当然是时代变革带来的，也意味着中国当代作家开始真正意义上直面城市、表达城市。但在改革开始初期，甚至到新世纪之后很长一段时间里，从乡村转入城市的"城市新移民"作家对城市的描绘，也还

---

① 曾一果：《中国新时期小说的"城市想象"》，北京大学出版社 2014 年版，第 133 页。

携带着乡土时代的文化心理，看到的城市依然是"乡下人"目光里的城市。"乡下人"的目光看城市，虽然不再是纯粹的想象，却也难逃一种"间距感"。这种"间距感"，一方面带来了审视的特征，会有以乡土文明为基本立场的反思、批判甚至拒斥；另一方面，间距感也造成城市书写难以做到叙事伦理上的客观感和中立性，导致一些看似直观的"城市描绘"不够可靠。

乡土文明作为当代作家"看"和"写"中国当代城市的精神基础，它影响的不仅仅是城乡文明对比的问题，背后更是传统与现代的精神取向差异。延伸到传统与现代，就不局限于城市与乡村的生活比照，也涵括了从传统城市过渡到现代城市的景观变化和精神变革。而对于张欣的广州城市书写而言，最重要的一个转变即是改变了多数作家书写广州城市时习惯性的传统取向，更集中地书写广州城市的现代一面。因此，关注张欣小说中的城市书写，就是关注改革开放之后广州城市的现代化发展，是对广州城市现代感的考察。

一、现代目光：广州城市书写变迁梳理

广州有着两千二百多年建城史，以"千年商都"著称于世。广州虽已是中国最现代化的超级大都市，但作为岭南文化之都、历史文化名城，它也有特别传统的一面，甚至可以说，它的文化底蕴即是传统的岭南文化。学者谭晓红曾指出："作为中国最现代化的特大城市之一，她保留着城市发展历程中面积最大与最完善的老城街区，建筑与地理传承岭南风土习俗；既有韵味独特的广府文化传统，又受到海外文化的影响得风气之先，近代西方教育与东方儒家文化并存，建筑风格华洋杂陈，现代文明与传统民俗交相辉映……"①

---

① 谭晓红：《广州城市精神的近代历史探源与文化建构》，见梁凤莲著《百年城变——十九世纪以来广州的城市演变与文化形成·序》，花城出版社 2018 年版，第 1 页。

传统岭南文化、近现代时期融合中西方文化的建筑与文化等，有光孝寺、陈家祠、北京路、上下九、东山口、沙面等，这里面涵括了一些现代元素，但相对于改革开放之后迅速现代化转型过程中的广州城市书写而言，都可以视作广州的传统面向。

对于传统广州城的书写，我们可以先看看近代英国人约翰·亨利·格雷《广州七天》里的描述。作为率先开展现代化、接受现代城市文明洗礼的欧洲人，格雷看到的十九世纪下半叶广州街道，是一种近代欧洲人意义上的"现代目光"看广州城。格雷写道："这个古老的城市街道纵横，数不胜数，却大多狭窄。如果没记错的话，中国有法律规定，城市的街道不得窄于八尺。可是，广州城的一些街道之窄，让人不得不认为，上述的法律与其说是让人遵守的，还不如说是供人违反的。""这座城市也有一些宽敞的街道，但大部分在夏季里有少数阴凉之处，居民们往往需要用帆布、草席或松木板来遮阳。街道的地面不管宽窄，一律都用厚实的青石板铺成。石板底下是暗沟，雨水透过石板缝隙流入暗沟……""广州街道的商铺与欧洲城镇街道的一样，规模和外观种类繁多。大的很大，小的很小，有的整洁，有的脏乱，大多以青砖为墙，以灰瓦覆顶。""中国各行业的店铺不像英国的那样，杂乱地遍布城镇各处。恰恰相反，广州各个行业的商铺和类似建筑都坐落在特定的区域。就某一街道而言，商店也并非散落分布。每个行业都聚集在一块特定区域，这是作为行规被严格遵守的。"① 摘取的这些，都有着明显的中西方城市特征比较，尤其对清政府规定的街道大小以及各行业店铺位置的行规业矩，格雷看似中性的描述，背后是难以掩藏的现代目光，审视着传统广州城的文化结构。这种审视的目光，在描述广州城内豪宅府邸与穷人居所时表现得尤其明显。"穷人的居所无论是外观还是内部，都极其不舒服、不体面。这种房子通常只有两

---

① ［英］约翰·亨利·格雷：《广州七天》，李国庆、邓赛译，广东人民出版社2019年版，第10—13页。

三个房间，其狭小、黑暗和脏乱，环境之恶劣，让人难以想象人类能在其中居住。"[1] 这一感慨，与前一段介绍的豪华府邸比较起来，无形中彰显出一种现代目光注视下的反思品格。

亨利·格雷对近代广州城穷人住所的关注，可链接到杜埃1979年创作的《十二月的街》，这篇小说故事发生在二十世纪三十年代的广州城。杜埃在小说开头即交代广州城的冰冷："在穷人眼里，人和景物都被冻得压缩了，蜷曲了；凛冽的北风特别不放过这寒窑瓦舍、草屋席棚的都市一角。"还写到永汉大街的乞丐："十二月的永汉大街，一边是川流不息的闲散人群，一边是蹲在骑楼墙脚伸手讨饭的乞丐。有男有女，拖老带幼，他们衣履破烂，在行人脚下发出哀鸣。这支乞讨队伍，布满市中心的永汉路、长堤、西关和惠爱中路的闹市区，为这个闪着半明不灭霓虹灯的城市增添上凄怨的颤音。"[2] 作为革命题材故事，杜埃这里的"现代目光"是革命者的目光，当然也是求解放、求平等的现代目光，它以广州城的穷人、乞丐景观来对比"半明不灭的霓虹灯城"，写出反动军阀统治下广州城的腐朽和凋敝。

改革开放后，广州城也迎来新的生机，香港流行文化输入，自由市场得到发展，广州城的街道也变得热闹，千年商都的繁华开始复现。陈残云上世纪八十年代的《小街风情》《三度移家四十年》等作品就以街道的变化写出广州城的发展。以"发展"的思维看城市街道景观，这也是一种现代的目光。《小街风情》里写广州盐运西街的变化，描述雨天的小街伞景，就直接表露了"发展"的呼唤："下雨天，小街上呈现了一幅彩色的奇景。嫣红的、浅绿的、淡素的、深蓝的、乌黑的、洒花的、间条的，各种颜色、各种款样的折骨雨伞，像一条彩龙一样，缓缓地蠕动。色彩一年比一年鲜艳。

---

① ［英］约翰·亨利·格雷：《广州七天》，李国庆、邓赛译，广东人民出版社2019年版，第15页。

② 杜埃：《十二月的街》，见《杜埃作品选萃》，花城出版社1993年版，第1—3页。

闲暇时凭窗眺望，有一种喜悦感，雨伞的色泽，仿佛反映了时代的发展，生活的日新月异。"① 作者欣赏的小街伞景，意味着广州街道旺盛的生命力。雨伞的色泽反映了时代的活力，作者看到伞的鲜艳，更看到日新月异、蓬勃发展的城市，这目光是向着未来的。

朝向未来的目光，是以未来作为心理预期，在这一目光的主导下，我们看到的城市景观不再是"看到"，而是夹杂了虚构、想象的成分。而当城市的发展偏离了心理预期，或者说城市化、现代化导致了新的问题时，那种过于乐观的城市生活预期也就遭遇了危机。在这个时候，一种全新的现代性目光开始出现，这种目光更为全面，也更为矛盾。八十年代末，陈残云搬回广州文德路居住，他记录下这条古老的文化街发生的变化："文德路也变了样。白天，摆着长龙的汽车川流不息地往还，摩托车、单车，穿插其间。夜晚，车声断续而过，各种叫卖声没有了，木屐声早已绝迹。叶子浓绿的老榕树，消散了微细的声响。"② 文德路作为历史文化名街，这里的底色应该是清净的，但热闹的车声意味着城市的活力，不再是改革开放前的死气沉沉，为此在作者心目中，川流不息的车辆吵闹声并非是影响街容、干扰生活的噪音。但陈残云也用了夜晚的宁静作为陪衬，无形中透露了一种"怀旧"的心声。这种心声在他写城隍庙景观变化时，则流露得非常直接："文德路北部尽头的城隍庙，和惠福东路的大佛寺一样，已经废弃了，庙址变成了工厂，泥菩萨被封存，门外是否有诚心弟子烧香拜佛？不知道。"③ 商业的逐渐兴旺，工厂的日益兴盛，城市里属于文化的元素却依然寥落，甚至越来越少："所谓文化街，是指文德北路，用不着十分钟就走完了。现有的文化也缺少新的设备，突出的建筑就是文化大楼，而

① 陈残云：《小街风情》，见《陈残云作品选萃》，花城出版社1993年版，第17页。
② 陈残云：《三度移家四十年》，见《陈残云作品选萃》，花城出版社1993年版，第41—42页。
③ 陈残云：《三度移家四十年》，见《陈残云作品选萃》，花城出版社1993年版，第43页。

各文艺协会对面的房屋，依然破落陈旧，最近，将有可能大片地拆建。"[①] 一切都欣欣向荣，唯有文化相关的事物依然陈旧。尽管作者对拆建有期待，也掩藏不了作者作为文人面对文化依然破落的失落感。

市场经济的蓬勃发展，伴随而来的却是文化的破落、文学的边缘化，这在全国范围来看，主要还是进入九十年代之后的事情。但对于广州这座毗邻港澳的南方传统商业都市而言，商业化进程速度远超内地其他城市，市场经济对文学文化的侵蚀也更加快捷和更为严重。为此，生活在广州的文化人，他们也更早、更切身地感受到了市场经济对文学、文化的挤压，失落感、落魄感也表现得更为清晰。陈残云的广州文化街描写，那种落寞感还可以被正在进行的城市拆建所掩盖。但陈残云等老一辈作家或许没料到，九十年代大规模的城市更新，大多数都与文学无关，反而是进一步地压缩文学、文化事物的生存空间。为此，上世纪八十年代后期开始，直至整个九十年代，大多数关于广州城市的书写，在记录广州的城市变化的同时，也往往带有一种怀旧心理。我们前面探讨的张欣八九十年代的小说，是从人性精神维度考察广州城市市场复兴和商业化、现代化转型过程中出现的一系列文化心理问题。而在广州城市景观书写方面，则是另外一种维度的文化表达。

二、城市变革：当代广州城市改革记录

1978 年年底，十一届三中全会召开。"全会冲破长期'左'的错误和严重束缚，彻底否定'两个凡是'的错误方针，高度评价关于真理标准问题的讨论，重新确立了党的实事求是的思想路线。全

---

① 陈残云：《三度移家四十年》，见《陈残云作品选萃》，花城出版社 1993 年版，第 43 页。

会停止使用'以阶级斗争为纲'的口号，决定将全党的工作重点和全国人民的注意力转移到社会主义现代化建设上，提出了改革开放的任务。"① 这个会议的历史重要性毋庸多言，它真正将全社会引到改革开放的大道上，全民开始参与进社会主义现代化建设新历程。广州作为改革开放前沿地带，在"改革"和"开放"的道路上是走在最前列的。为此，1979 年开始的书写广州的城市文学，也出现了一批改革文学，这些作品与蒋子龙的《乔厂长上任记》一样，充满改革精神，对未来充满希望。比如 1979 年第 2 期《广州文艺》，时为省航道局疏浚公司员工的何厚础创作的《情满大江》，写珠江河上挖泥船司炉工合力推进技术变革、寻求更大进步空间的故事，也是应和了"四个现代化"的时代发展声音。

广州的改革故事，可看 1981 年第 4 期《广州文艺》刊发的柳嘉创作的报告文学《移山填海造花园》，记录广州引进外资建筑现代化白天鹅饭店、广州大酒店、花园酒店的工程情况，其中有对白鹅潭风景的生动描绘："瞧，美丽的白鹅潭依然流水悠悠。一张张似浮云片片的白帆，一只只鼓着后浪的机动航船，一艘艘高耸着黑色烟囱的客货轮相继驶过。那帆影与烟云把这一潭碧玉般的流水染上一层炫目的流金重彩。以沙面的漫漫长堤、婆娑绿树、艳艳花圃为衬托，在堤岸外的水域上耸立着一座高达二十八层的连云大厦。这是一座在建筑艺术上推陈出新、高低层相结合的建筑群。"这一描绘，在今天看来可能有点夸张，但放在四十年前的改革开放初期，作者以及更多广州人民，面对这些在高度以及设计方面都有着大突破的高楼建筑，其激动之情也可以理解。尤其花园酒店，作者将它塑造成了一种城市现代化建设的象征性存在，它聚焦了当时广州甚至全国人民关于何为现代化的目光和想象。"在建筑工地上，处处都是生机勃勃、热气腾腾的动人景象。白鹅潭夜月中灯火辉煌；象

---

① 中国共产党简史编写组：《中国共产党简史》，人民出版社、中共党史出版社 2021 年版。

岗山下掘土机挥动着的巨臂迎来了明媚的晨光；大花园的黄昏斑斓奇丽。"这些描述，既是作者个人激动之情的表达，更流露着一个时代、一座城市的昂扬奋进精神。

城市发展必然触及城市建设，白天鹅饭店、花园酒店等是新的、现代化的建筑，还有一些是旧城改造意义上的城市现代化问题。1985 年第 2 期《广州文艺》发表的黄锦鸿的短篇小说《乔迁之悲》，是个极有趣也很有意味的广州故事。一辈子生活在城南康乐居大祠堂的伦大侯，儿子工作后在城北买了公寓楼房，他兴冲冲地搬到儿子新家却住不习惯，为了房子的风水问题搞出很多事，为此还挨了儿媳的批评，最后赌气独自回到城南老祠堂生活。这个故事不仅有清晰的时代感，还有前瞻性。小说写出了上世纪八十年代老城区祠堂大院内部老广人的生活空间及其公共生活方式，更写出了改革开放后城市市民对公寓楼房的向往之情。但住惯了广州祠堂老宅的老人，很讲究房屋的风水问题，也喜欢在大院里自由随意地喝茶聊天，这些对于现代公寓楼房而言是难以实现的。伦大侯率先感受到了传统祠堂生活方式与现代公寓生活之间的大冲突，他在面对祠堂大院的拆迁规划时，提出希望保留祠堂大院的想法，这让他成为了大院所有人的"敌人"。祠堂大院集聚了很多户人，每户人的生活空间都特别狭窄，住在这里的家庭都希望尽快拆迁，过上公寓楼房生活。包括这个院里与伦大侯同龄的老人，因为还没感受到公寓生活可能带来的诸多不便，也都渴望祠堂大院被拆，改善生活条件。比如大侯的老友马超就骂他："你这人不是东西，太不讲义气了。自己住上新洋楼，飞上枝头做凤凰了，却想我们一辈子屈在这里，是吗？"伦大侯犯了众怒，最后只能逃离祠堂大院。伦大侯的遭遇，背后是时代转型期城市人生活方式的变革，其保留祠堂大院的声音，是率先体验了现代城市生活之后所表现出来的超时代的反思性声音。

广州的城市发展，也带动了周边乡村的发展，或者说，广州城市故事是不能脱离周边的乡村故事的。1985年第4期《广州文艺》的"都市之光"栏目，发表江川的中篇小说《猛龙过江》，小说写珠三角东滘乡因承包鱼塘率先成为"超级万元户"的亚坤，过珠江入广州城买车的故事。小说写私人买车的各方面困难，农村专业户买车，还需要在地方上向县城相关机构申报申请。但实际上，这个流程只是担心中间的倒卖，担心车流入黑市，导致不懂行的百姓受骗，这是改革开放初期的一种为防治车辆买卖乱象而出现的临时政策。比政策的时代转型期特征更突出的是，小说描述的城乡对比，从政策环境、社会风气维度写出了改革开放初期广州官商关系、行政干部作风的转变。亚坤顺利购车，让他感受到了新时期全新的官商作风。"这一切，令龙亚坤大出所料。这几年，他因为经营上的事，没断过跟商业部门打交道，亦没少吃过'官商作风'那一套的苦头。今番所见所闻，使他不胜感激。"改革开放，不仅仅是高楼大厦的建设，更有城市人的变化。《猛龙过江》写出广州城市管理者的观念变化，这是受改革开放、市场经济风气影响之后最先改变管理观念的一批人，他们是改革开放新人，同时也是传承传统"为人民服务"信念的新形象。同时，《猛龙过江》还通过父子两代人的消费观念比较，写出了改革开放、市场经济背景下个人消费观念、生活方式的改变。比如写农村万元户家庭父子两代人对待金钱的看法，儿子住豪华酒店，在父亲看来是摆阔，儿子对父亲说："又不是天天住，何必这么肉痛？你辛苦了一世，也该过几天舒服日子啦！再讲，如果不是住进这里，碰上刘衍、林惠蝉他们，多花的钱不知要比房租厉害几百倍哩……""何必这么紧张？钱使了你以为不会再来吗？如今报纸都整天登文章，提倡'能赚会花'，引导老百姓讲食讲穿，还要改变旧的传统消费观念呢！"这里不仅写个人的消费观，更说明这是被鼓励的消费观念变革，是一个时代性的现代生活方式的改变。

《花城》1982年第4期发表筱敏短篇小说《转业》，以三十二岁的俞慧为形象，写她从军队转业回广州地方的遭遇。小说用她的眼睛看改革开放之际的广州城："她顺着方格子水泥板铺成的人行道走着，走不两步就要碰着挤着别的人，有时还得侧着身子才能从人缝中挤过去，继续赶她的路。广州，唉！广州！虽然有了好几座天桥，有了三十三层、二十七层和一大群的十层八层，路上却仍是越来越拥挤。这么多的人都是从哪里涌现出来的？各条渠道都有专人把守，都有坚不可摧的铁闸威严地耸立着。可是人这种怪物就是能从四面八方拥进来，从不知道哪些缝里，举着十几二十个公章拥进来，汇集到这些街上，你挨着我我挨着你地逛商店，逛马路。"这些广州城市的新景观，都是俞慧当初离开广州去参军时没有的，这种对比，让她感受到了时代的变化、城市的变化。江川的中篇小说《猛龙过江》，写珠三角东滘乡因承包鱼塘率先成为"超级万元户"的亚坤，过珠江入广州城买车的故事。小说开篇就把"广州"塑造为有各种物质的"大都市"："每逢农闲、墟日，他们挤在渡轮里、班车上，一伙又一伙，一批又一批地拥进一江之隔的大都市——广州。买高档的彩色电视机、录音机、电冰箱；买时兴的衣裤、鞋帽；买发家致富所需要的一切……""广州城像个万花筒。""舞厅"、装上电池能哭能笑的洋娃娃玩具、让"鬼佬"服侍中国人的"咖啡厅"等，这些都是八十年代广州城市作为现代化商品聚集地的描绘，这些商品，也是八十年代中国的文化记忆。

广州是花城，也是饮食之都，改革开放也带来了饮食行业的再度繁荣。1986年第4期《广州文艺》"魅力世界"发表何厚础的报告文学《食在广州第一家》，就直接记述了改革开放后广州饮食业的兴起情况："那是一九八三年的事。那时，随着'对外开放，对内搞活'政策的实施，人民生活水平提高，对外贸易、文化交流和友好往来显著增多，广州的饮食行业进入了繁荣兴盛期。皮包鼓鼓的外商港客，见行情纷沓而至，投资、合资建宾馆，办酒店。领了个体户饮食执照的庶民，行动神速，七手八脚在街头路边搭起散棚，或弃厅作店，打洞开窗，急急就摆出了碗碟。各家酒茶楼，也跟上开放改革的步伐，纷纷四出洽谈，谋划合资经营，全面装修。转眼，广州城内酒家的设备环境，焕然一新，色彩斐然。亭台楼阁，喷泉浮雕，空调、电梯、地毯、灯饰、大理石……"这是饮食行业的觉醒，从个体户到大酒家，这种活跃的劲儿，清晰写明了改革开放政策环境如何唤醒了广州这个古老的"美食之都"。

除开花城、饮食之都的表现，还有一个城市景观不能不提，也就是八十年代广州城市的音乐茶座。改革开放带动市场经济发展，市场也会带来文化生活的变化。1979年底，广州东方宾馆开设第一家音乐茶座，成为国内文化生活、文化市场兴起的代表性事件。进入八十年代，广州的音乐茶座特别兴盛，成为一种独特的城市景观，很多广州城市题材小说也就自然而然地要提及音乐茶座。比如1986年第1期《广州文艺》发表的何民琦的短篇小说《"平田大郎"的烦恼》，小说虽是反思音乐茶座的商业化导致了"崇洋媚外"的现象，但文中也对八十年代广州音乐茶座的热闹情况有较详细的呈现。"南国都市的夜生活是浪漫而迷人的。五光十色的霓虹灯熠熠生辉，映照着这个不夜城的上空。星罗棋布在大街小巷的大排档飘散着吊人胃口的香味，招徕生意的叫喊声和顾客们的笑语声交织成一种热闹的气氛。""'新时代'音乐茶座地处闹市中心，由内地和香港两家公司合资经营。高档次的装饰格局，显示这里是高档次享受的场所。每天晚上九时一过，便有两位身着紧身旗袍的妙龄女郎恭候在自动门的两旁。她们总是亲切地微笑着，对每个付出七元外汇券或等值外币的客人甜蜜蜜地说一句：'谢谢，请！'"小说比较细致地写出了八十年代广州音乐茶座的内部情况："室内冷气像少女轻柔的小手抚拭着顾杰的肌肤，使他感到惬意。稍远处不高的演唱台上，一位烫长发的男歌星正在卖劲地唱着，感情十分投入。"《"平田大郎"的烦恼》的时代感很清晰，既有对广州城市音乐茶座内部情况的记录，也有作家对改革开放初期文化乱象的反思。走向市场的音乐，流行化、资本化之后，音乐作为艺术的内容将接受它作为娱乐产品的性质改造，这个过程中，必然会出现一些与传统的追求艺术的音乐创作相悖的商业乱象。这乱象包括艺术问题，也包括艺术市场化带来的其他问题，比如小说写的音乐产业资本家崇洋媚外心理，包括写出高档音乐茶座开始出现的身份"歧视"现象。茶座的服务对持有外币的客人"甜蜜蜜"，对顾杰这种衣着不合时尚的小个子青年则是排斥的、怠慢的。音乐成为供消费的商品，音乐的欣赏者也就成了商品的消费者，这个转换过程，是艺术的沦陷，更是人情的异化。

三、城市思维：张欣小说的现代景观

作为与当代广州城的现代建设同步成长的作家，张欣的小说着重表达的也是广州城市的现代一面，而且这个"现代"是非常当下的、改革开放市场经济获得迅猛发展背景下的"现代城市景观"。上世纪九十年代，评论家雷达就指认张欣是中国当代"较早找到'城市感觉'的人"，"读她的小说使人感到，老是用乡土情感来写城市感觉的历史应该结束，一个揭示都市情感的流动性、丰富性、复杂性的时代应该开始"。①雷达说的"城市感觉"，其实就是区别于以乡土情感作为心理基础所进行的城市书写，当然也区别于"怀旧感"意义上的城市表达。这种区别，表现在张欣小说所呈现的都市情感层面，也体现在张欣对广州城市景观的描绘上。比如1992年的《伴你到黎明》里描述的城市夜景：

> 这个城市的夜色就是灯，就是喧嚣和各路人马，街面

---

① 雷达：《当今文坛上的女作家群》，《〈瞭望〉新闻周刊》1995 年第 35 期。

上的车水马龙自不必说，霓虹灯也颇具感召力，它们制造所谓的繁华，火树银花之中，都市摩登女郎与衣衫肮脏、一身尘土的民工一路走着，互不相干的表情，显得风马牛不相及。[1]

"灯""霓虹灯"，这些并不新鲜的现代元素，一直是城市现代化、时髦化的一种标志。两个世纪前，巴黎正是通过推行街道照明这项公共工程，成为当时全世界最时髦、最现代的城市。"街道照明很好地证明，巴黎已成为欧洲最现代的首都。"[2]灯光不仅是照明，也带来趣味和情调，它烘托出一个城市的现代感、时尚感。张欣写广州城的现代，霓虹灯、火树银花、摩登女郎，这些元素今天看来可能会觉得太标签化，但这种"标签化"恰恰是城市现代化起步阶段最普遍的现象。改革开放后，毗邻港澳的珠三角城市，都希望尽快摆脱过去，与港澳、与国际上的现代都市接轨。生活在珠三角城市的青年亦是，在港台、海外影视剧等流行文化的影响下，也都不甘"落伍"，从文艺欣赏到日常生活方式，都以模仿、接受新鲜事物为时髦。如此，张欣小说呈现的城市光彩，以及城市人的摩登，并非一种标签化的习惯表达，而是八九十年代南中国广州城与广州人最真实的生活呈现。值得注意的是，张欣写广州光鲜亮丽的现代一面时，也没有刻意回避掉城市的"不现代"一面，也就是摩登女郎是与"衣衫肮脏、一身尘土的民工"连贯在一起被叙述的。改革开放后，广州因地理和政策优势，比国内很多城市发展得更快，市场化程度更高，但依然处于现代化、城市化的起步阶段，还接收着大量来自全国各地的农民工。为此，摩登青年与满身灰尘的民工是广州城内最日常的景观。这种日常景观进入到张欣的小说，

---

[1] 张欣：《伴你到黎明》，《中国作家》1993 年第 3 期。

[2] ［美］若昂·德让：《巴黎：现代城市的发明》，赵进生译，译林出版社 2017 年版，第 163 页。

也是"互不相干"、不具对比性的，作家的叙述既没有针对摩登一族的批判，也没有针对劳苦民工群体的怜悯，并列叙述只是转型阶段广州城市街景的一种近于零度情感的呈现。

富人与穷人，摩登与肮脏……这些本来具备对立属性、很难共同出现的情景，在城市书写中却得到了集中呈现。张欣这一叙述方式无意间点出了现代城市的一个基本特征：集中性。列斐伏尔甚至将"集中性"界定为都市现象的本质。在列斐伏尔的都市社会研究中，他认为都市虽然不创造什么，但它将创造物集中了起来。"城市创造了一种情境即都市情境。在那里，差异的事物一个接一个地产生且并不孤立地存在着，而是按照它们的差异性而存在。都市经常像自然那样冷漠，以其所具有的残酷方式，而对其包含的差异漠不关心。"[①] 城市建设需要不同职业的劳动者，城市经济得以运转也因不同社会角色的不同生活需求。摩登青年作为现代社会的消费者，满身尘土的民工作为城市基建的劳动者，他们有各自不同的生活方式，但都因"城市"而集中在一起。因为城市的集中性，他们的生活可以互不关心、互不相干。这种互不相干，并非孤立的存在，而是被现代城市的各类经济或社会机制隐秘地关联在一起，是"按照它们的差异性而存在"。这种因差异而集中在城市的存在，其外在的差异性直观可见，内在的生活关联却隐蔽在城市经济社会结构中不可见，于是摩登青年与民工群体虽并行在一条路上，表情却是互不关心、冷漠淡然。这种冷漠感，如果从贫穷、衣衫肮脏一方的民工身份来看，它可能会是残酷的、缺乏同情心和人情味的。张欣近乎零度情感的叙述，正好对应了城市的冷漠感。同时，因为这种不先设道德立场的表达，张欣可以更好地深入到每一类城市群体的生活中去，挖掘更多人的内在困境，而不仅仅是深入到某一类读者更希望看到的富豪或底层劳动者的生活。也因此，张欣虽有很多

---

① ［法］亨利·列斐伏尔：《都市革命》，刘怀玉、张笑夷、郑劲超译，首都师范大学出版社 2018 年版，第 135 页。

小说都写及城市底层劳动者的生存困境，但它们不同于九十年代初的新写实，也不同于新世纪前后的底层文学，而是成为了"当代都市小说之独流"。

表现城市的冷漠，当然不能局限于零度叙事。张欣的很多小说，其实都能够在着力呈现城市摩登豪族阶层的现代生活基础上，也兼顾表现了城市底层劳动者的艰难人生，像《首席》《致命的邂逅》等，最典型的是长篇小说《用一生去忘记》。《用一生去忘记》也有贫富对比性很突出的城市景观书写，比如写广州城中村：

> 城中村，通常都是繁华都市背后的暗疮，在四周林立的高大建筑下，人们很难想象它会是这样的糟糕，同时又出奇地有生命力。广西帮就住在城中村的一线天，也就是挨在一起的"握手楼"中间挤出的一点光线，俗称一线天。握手楼里的出租房经济十分活跃，别看它墙皮斑驳，破旧不堪，密如蜘蛛网的旧电线像爬山虎一样纠缠不清，但也由于它的房租便宜，吸引了许多外来打工者和挣扎在社会底层的人。①

"城中村是我国城市化过程中非常独特的社会现象。城中村的形成、维系和发展，从一个窗口透视了中国城市化道路的坎坷、神奇和多样性。"②"城中村"作为中国当代城市化发展过程中的独特现象，作家对城中村的关注，也是一种典型的独属于当代中国的城市文学创作。尤其对于广州城市文学书写而言，更不能忽视城中村的存在。不同于多数底层文学创作者带有强烈情感色彩的城中村书写，张欣的广州城中村书写，没有怀旧感、不具传统味，也不是以

---

① 张欣：《用一生去忘记》，花城出版社 2014 年版，第 24—25 页。
② 李培林：《村落的终结：十年巨变》，见《村落的终结：羊城村的故事·再版前言》，生活书店出版有限公司 2019 年版，第 i 页。

乡土世界的目光来看城市城中村，而是以城市人的目光来打量和描述。比如把城中村比喻为城市的"暗疮"，这只会是生活在繁华地带的城里人（城市中产及以上层次的人）的感受，而不会是生活在城中村的"边缘者"或"乡下人"的心理。对于那些被现代化城市所排斥的边缘群体而言，"城中村"是他们的落脚之处、安身之地，不一定会觉得温暖，但也不至于自贬为暗疮。跟踪考察研究广州城中村的学者李培林说："广州五百多万外来务工人员，能轻易居住生活于此，城中村的廉价租屋发挥了重要作用，并一定程度上成就了广州的包容。对消费者而言，城中村是郊区的价格，市中心的生活。城中村不经意间，释放了城市打工族的城居生活压力。"① 李培林还记述了一个城中村租客的心声："那里的空气永远混杂着潮湿的气息和人体的味道，人们操持着各种方言，每一扇窗户下，都有一个年轻而不羁的灵魂，梦想在这里孕育滋长。搬走的不想再回来，但这里烙印下难忘的青春。这里不是家乡，却一样有着深深的乡愁。"② 租客的心声是带有感情的回忆，但作家张欣对于城中村的书写，主要还是介绍和描述，都是很客观的表达，没有一丝丝情感层面的倾向流露。

张欣写城中村，当然不仅仅是为了记录一个"暗疮"，她是要让这个破落村子与广州城的繁华之地、富贵豪门建立关系。在《伴你到黎明》里，时髦青年与满尘民工是互不相干、表情冷漠，但到了《用一生去忘记》这部小说时，张欣要的是重建城市不同阶层、不同群体人物之间的关联。这种重建，并不是之前小说有某种拆解，而是说现代城市把人从四面八方聚集过来，将原先毫无关系的人建立可能的关系。城中村、城市富豪宅院等，这些都是城市化、

① 李培林：《村落的终结：十年巨变》，见《村落的终结：羊城村的故事·再版前言》，生活书店出版有限公司2019年版，第viii页。
② 李培林：《村落的终结：十年巨变》，见《村落的终结：羊城村的故事·再版前言》，生活书店出版有限公司2019年版，第viii页。

现代化发展所延伸、派生出来的事物，不同地域过来的人进入到差异化的城市空间之后，他们会形成怎样的关系、发生怎样的故事？张欣选择的人物，一方是从云南山区来到广州打工的纯朴青年，一方是由香港来到广州投资创业的富贵人家千金小姐。作家要在这两类生活轨迹完全不同的人物之间建构关系、虚构故事，这一叙事结构其实是一种典型的城市思维表现，即她是以城市本身的问题作为文学虚构和文化思考的出发点，以探讨不同的人进入到城市后可能的相遇和变化，最终要完成的叙事目的也是城市问题：城市带来了怎样的生活可能性，又衍生了哪些人性问题和文化问题。

"城市包括各种各样以不同的方式思考的实体，尤其是人类（当然也在以各种不同的方式思考），各种各样的'生命尺度和生命记录，有机的和无机的'，都以各种意向性的方式共振在一起。在城市中，思想因此始终是开放而且多元的。"① 张欣小说创作中的城市思维，其实就是让各种各样不同身份的人在城市碰撞，以各种意向性的方式共振在一起，由此表达出诸多身份完全不同的生命尺度和生命记录。由此，张欣小说所表现的广州城市，不是某种观念化、概念化的城市，而是由着城市自身的思维去建构人物关系，去探索人性可能性，包括去决定城市景观的呈现方式。

---

① ［英］阿什·阿明、奈杰尔·斯里夫特：《城市的视角》，川江译，江苏凤凰教育出版社 2018 年版，第 72 页。

第五章 饮食书写与张欣小说的广州文化表达

> 周槐序不记得大王什么时候停止了诉说。
>
> 因为讯问室里异常寂静，没有人说话，只有一点淡淡的隆江猪手饭的余香。[1]

这是张欣 2015 年的中篇小说《狐步杀》里两句很普通的表达，从前后的故事发展来看，这里完全可以不再提及"隆江猪手饭"。对于大多数的作家而言，写到"没有人说话"可能就结束了。后面这半句，完全多余，可以直接略去。但向来讲究干净利索语言的张欣，却不忘在最末"啰唆"一下，提醒我们早已忘记的"隆江猪手饭"。我相信这不是张欣的刻意补充，而是无意识的呼应。即便是有意识的叙事照应，我们也可以发出疑问：为什么要呼应一个于故事、于人物形象等都没关系的、无关紧要的"隆江猪手饭"？

拎出"隆江猪手饭"这么一个小细节来讨论，为的是提醒我们注意张欣小说叙事中的饮食书写问题。在张欣的小说中，与饮食相关的元素特别丰富，几乎是无处不在。对饮食问题感兴趣的读者，对张欣小说展开集中阅读的话，会发现饮食意象极其丰富，甚至相信饮食知识会是张欣小说创作过程中的"口头禅"。

张欣对饮食元素的钟情，当然与她所着力书写的广州城市故事

---

① 张欣：《狐步杀》，见《张欣自选集》，天地出版社 2018 年版，第 525 页。

相关。广州是著名的"美食之城",古代以来就有"食在广州"的说法。广州作为岭南文化中心,不仅有传统的广式茶点,也汇聚了顺德菜、潮汕菜、湛江菜、客家菜等各式各样的粤菜。改革开放之后,广州城市经济发展迅速,外来人口膨胀扩张,大量来自外省的城市新移民也带来了新的口味和新的菜系。今天,"食在广州"不再是传统意义上的"粤菜在广州",更是全球化性质的"好吃的都在广州"。生活在广州,饮食不仅仅是身体需求和日常话题,更是一种生活方式和精神追求。讲述广州城市人的人生故事,又岂能离开广州的饮食?

一、岭南饮食与文学广州

广州是岭南古城,"食在广州"的说法早在唐代即已出现,当时称作"南烹""南食"。刘恂的《岭表录异》记载了唐时岭南人多以海鲜为食的基本状况,对"海虾""嘉鱼""竹鱼""石首鱼""紫贝""虎蟹"等海鲜食物有介绍,同时也介绍了岭南人使用姜、葱、韭、椒、桂等调味料的情况,这是我们了解唐时岭南饮食文化的重要文献。当然,最具影响的岭南吃食书写,还数诗文领域。唐代文人尚游,很多文人游历岭南时都会触及广州的吃食,还有被贬入岭南的文人,更是对"南食"充满感情。初唐诗人沈佺期流放岭南时曾作《题椰子树》,"日南椰子树,香褭出风尘",表达对岭南椰子的欣赏。最为人熟知的是韩愈《初南食贻元十八协律》,描述一道丰盛的岭南海鲜盛宴,鲨、蚝、蒲鱼、蛤等,诗人感慨是"莫不可叹惊"。再如张九龄的《荔枝赋》:"南海郡出荔枝焉,每至季夏,其实乃熟,状甚环诡,味特甘滋,百果之中,无一可比。余往在西掖,尝盛称之,诸公莫之知,而固未之信。唯舍人彭城刘侯,弱年迁累,经于南海,一闻斯谈,倍复喜叹,以为甘旨之极也。"盛赞家乡岭南的荔枝，认为荔枝是世间百果都无可比的滋味。

唐时的岭南饮食，只是个别文人的钟情。到宋时，伴随着政治文化经济中心南移的历史背景，人们对南方、岭南饮食才有了更普遍的关注。梅尧臣的诗文里，出现大量的南方吃食意象，比如鳜鱼、鲥鱼、荔枝、橄榄、金橘等。王安石也有诗文指出岭南物产丰富、饮食丰盛，"珍足海物味，其厚不为薄"，"蕉黄荔子丹，又胜楂梨酢"，都是对岭南食物的赞美。曾巩《送李材叔知柳州序》也说及岭南物产之美，"果有荔子龙眼蕉柑橄榄，花有素馨山丹含笑之属，食有海之百物，累岁之酒醋皆绝于天下"。最著名的宋人写南食，当然是苏东坡，写岭南荔枝有"日啖荔枝三百颗，不辞长作岭南人"，还有很多诗文写及岭南人食用蜜唧、薯芋、槟榔等。苏轼善于"化俗为雅"，将很多一直以来被文人贬损的民间吃食上升为雅致食物，对后世影响很大。有学者说，"苏轼岭南饮食书写尤其是蔬食书写在当时及其后都得到了广泛的响应"，以至于此后贬谪岭南的文人都能以欣赏的目光，以甘贫自守的志趣，言蔬食的养生之道。①

明代时，汤显祖被贬岭南，在广州停留了二十余日，写下的诗作里表现出诗人对岭南吃食的念念不忘："杯怜椰子细，酒得寄生清。"（《小金山同陈浔州冷提运送军府夜酌四首》）再看明代岭南诗派的诗作，尤其广州南园五诗人的作品，写及饮食也是常事。比如南园五先生里的孙蕡，写了很多山林之文，也经常勾勒岭南人家的吃食画面。如《荔湾渔隐》有"门前荔支熟，屋后钓舟闲"；《捕鱼图》有"荻芽短短桃花飞，鳜鱼上水鲥鱼肥。脍鱼烧笋醉明月，蛮歌唱和声咿咿"。有学者说："对于岭南的日常生活，南园五先生采取了一种自然审美态度。对于前代流寓诗人，岭南是陌生的他乡，他们的日常生活常常处于一种少见多怪的惊奇之中；而岭南对于南园五先生来说，是亲切的家乡，他们对日常生活采取了一种自然的

---

① 曹逸梅：《中唐至宋代诗歌中的南食书写与士人心态》，《文学遗产》2016年第6期。

审美态度，岭南因而有了与前代不一样的情感和温度。"①的确，孙蕡、王佐等人作为长期生活在岭南的诗人，他们的诗作，对岭南生活，包括岭南饮食的表现，都有一种日常生活化的审美取向，相对外来文人的书写，显得自然亲切。

"天下所有食货，粤东几尽有之；粤东所有之食货，天下未必尽有。"这是清代屈大均《广东新语》的话，经常被引用。屈大均在"食语"里对广州的吃食进行了细致全面的介绍，成为后人谈及"食在广州"时不能不提的经典文献。当然，真正让广州饮食大放异彩的，是清代大史学家、文学家赵翼，1770年调入广州任知府，震惊于广州饮食的丰富与奢华。赵翼虽清廉，却讲究饮食，提升了广州吃食的文化意涵："署中食米日费二石，厨屋七间，有三大铁镬，煮水数百斛供浴，犹不给也。另设水夫六名，专赴龙泉山担烹茶之水，常以足胼告。演戏召客，月必数开筵，蜡泪成堆，履舄交错，古所谓钟鸣鼎食殆无以过。"②"演戏召客，月必数开筵"，或许，这一习惯慢慢成了广州太史第府的传统。葛亮2022年出版的新长篇小说《燕食记》即写了清末民初广州太史第府的召客宴席。"太史第请客，原不是什么新鲜事。每年从秋风新凉'三蛇肥'，可以一直摆宴到农历新年。来头大的宾客，也并不稀奇。本地大员、中央南下政要，加上殷商巨贾、文人墨客，虽不说络绎不绝，可每每也是将河南老少的眼界胃口，都提高了几成。"③太史第府的宴席，是同粤剧、粤彩等岭南艺术配合而呈现的，如此搭配，粤菜也变得艺术感十足，做法上也逐渐讲究。比如《燕食记》写太史第府的"上汤"做法："上汤味厚，用二十只老鸡、十多斤的精肉和金华火腿，熬了一夜。"④太史第府的宴席，作为富贵阶级门面场合的

---

① 陈恩维：《文学地理学视野下的明初岭南诗派研究》，上海古籍出版社2019年版，第142页。
② 周松芳：《岭南饮食文化》，广东人民出版社2019年版，第23页。
③ 葛亮：《燕食记》，《花城》2022年第2期。
④ 葛亮：《燕食记》，《花城》2022年第2期。

吃食，做法越来越讲究，粤菜逐渐成为艺术品，同时也声名远播。

就文学层面来看，近现代文人对于岭南饮食的书写，也有颇多记录。像康有为为"陶陶居"题写牌匾，成为广州饮食界的佳话。陶陶居1880年诞生于广州第十甫路，最初是专营苏州风味酒菜，兼营茶室。1891年康有为回到广州创办"万木草堂"，常到陶陶居品茗茶点。当时的老板见康有为学生多、名气大，想借其名声提升茶楼声誉，就请他题写了招牌，留存至今。康有为之后，清末、民国时期很多文人都愿意到陶陶居饮茶品点心。最有名的是1927年鲁迅在广州期间，多次前往陶陶居饮茶。鲁迅的日记里有记载的如："18日，雨。……午后同季市、广平往陶陶居饮茗。……夜在晋华斋饭。"[1] 还对广州饮茶文化有所点评："广州的茶清香可口，一杯在手，可以和朋友作半日谈。"当然，鲁迅不仅仅饮茶，也吃菜。鲁迅在日记里记录的，除了去陶陶居，还有北园、南园、别有春、陆园茶室、八景、国民、福来居等茶楼、酒家。鲁迅写及的饮食里，他最喜欢广州的杨桃。许广平是广州人，鲁迅初到广州时，许广平多次赠来"土鲮鱼"："1月24日：广平来并赠土鲮鱼四尾，同至妙奇香夜饭。""30日：广平来并赠土鲮鱼六尾。"[2] "土鲮鱼"是产于粤省顺德最为肥美的美食，肉滑味鲜，风味佳。鲁迅多次记述，可想象其味道确为不俗。

进入当代，写广州的作品多了起来。欧阳山的《三家巷》写的广州城市青年走向革命的故事，也有很多处写及岭南的饮食。如写林开泰炫耀自己见识广时，胡编了西方鬼子一顿饭要吃什么菜，其想象的饮食名称就很岭南特色："南乳扣肉""炖海参""全鸭""蒸禾虫""蒸虾卵"。[3] 秦牧写了很多广州风物，在吃食方面，也有多篇散文谈岭南饮食。像1978年写的随笔《吃动物》，直接说明

---

① 鲁迅：《鲁迅著译编年全集·捌》，人民出版社2009年版，第53页。

② 鲁迅：《鲁迅日记》，人民文学出版社1976年版，第544页。

③ 欧阳山：《三家巷》，人民文学出版社2018年版，第25页。

了广东人的吃动物："我是广东人，广东人吃东西的范围是比较广泛的，有些人甚至讲过这样的调皮话：'地上四条腿的东西，除了桌子，我什么都吃。天上飞的东西，除了飞机，我什么都吃。'这话也许说得过分一些，但是广东确有许多人吃东西范围异常广泛……"[1]秦牧在这篇小文里，写了很多广州肉食，尤其记述了自己小时候吃鳄鱼肉的感受："鳄鱼肉和上等鱼肉一样，非常鲜美。吃过一次之后，我就永远记住它的好滋味了。"[2]还如陈残云，五十年代写的《珠江岸边》，写解放后贫穷人家也能上茶楼、吃肉，提及了一些岭南美食，鱼、虾、蚬、扣肉等。新时期之后，八十年代陈残云新写了很多广州题材文章，提及岭南饮食的也不少，《小街风情》《家居杂感》等是为代表。像《家居杂感》里专门记录了茶楼酒家里鸡的做法："白切鸡、柱侯鸡、盐焗鸡、骨香鸡、酥炸鸡、脆皮鸡、纸包鸡、茶香鸡，等等。蒸、炒、炆、炖，样样俱全，据说款式有一千几百样。"[3]没有一只鸡能走出广州，陈残云介绍如此多"鸡"的做法，再次确认"食在广州"名副其实。

八十年代写及广州饮食的，不能不提章以武的中篇小说《雅马哈鱼档》。《雅马哈鱼档》的题材和故事都很岭南。开鱼档，必然会写及一些鱼的菜式，如鱼蛋粉、姜丝葱花鱼片粥、鱼胶、鱼丸等。小说甚至直接提到"食在广州"之说："广州人爱吃、会吃，可谓'食家'，'食在广州'之说，便是因广州盛产'食家'而来的。在那些闹市区及其边缘，稍空旷处，并排着一摊摊一档档的大排档，热腾腾，明晃晃的，经营着各式各样的小食，有适时冬令炖品：令北方兄弟瞠目结舌、畏而远之的炖蛇、炖狗，还有银丝云吞面、牛肉拉肠粉、及第粥、盐焗蛋，双皮奶、莲子茶。五花八门，香气四溢，令人垂涎欲滴。"[4]

---

① 秦牧：《吃动物》，《秦牧作品选萃》，花城出版社1993年版，第109—110页。
② 秦牧：《吃动物》，《秦牧作品选萃》，花城出版社1993年版，第118页。
③ 陈残云：《家居杂感》，《陈残云作品选萃》，花城出版社1993年版，第21页。
④ 章以武、黄锦鸿：《雅马哈鱼档》，《花城》1983年第6期。

九十年代以来，广州出现张欣、张梅、梁凤莲、黄爱东西、黄咏梅、何卓琼等一批女性作家，她们关于广州的文学书写，涉及岭南饮食的内容就更为普遍了。像黄爱东西笔下的老广州，写茶楼的部分介绍了很多广式点心；梁凤莲的《西关小姐》《羊城烟雨》等小说，经常性地提及岭南吃食，如"什么家乡咸水角、蜂巢香芋角、娥姐粉果、干蒸蟹黄烧麦、冰肉千层鳞片酥、煎萝卜糕、马蹄糕、马拉糕、白糖伦教糕、手工鸡丝春卷、叉烧酥"[1]等。这类内容相当普遍，我们不再一一例举。总而言之，上世纪九十年代之后，广州作家书写广州城市故事时，普遍都会提及广州的美食，这种提及往往是很直白的菜式名词呈现。对于广州城市文学而言，岭南饮食相关内容的出现，直观来看可理解为作家在彰示一种地域特征。但对于长期生活在广州的作家而言，创作过程中征用饮食内容，直接写出饮食的具体名词，更可能是一种无意识。"食在广州"，不仅仅是广州的食物丰富，更是广州人普遍都注重日常饮食。饮食相关的文化知识，已内化为广州人的生活常识。广州的作家写广州城市故事时，如若要写清楚一日三餐吃什么，无需刻意调研，都是信手拈来。

二、张欣小说与饮食叙事

与一些作家写广州城市题材故事时会刻意突出粤菜元素不同，张欣写当代广州故事，多数时候不会刻意凸显粤菜的重要性，而是把粤菜与其他菜系、包括其他国家的饮食一起纳入自己的小说创作视野。因此，张欣并不是为了写粤菜而写广州故事，而是因为写广州故事而必然写及广州的饮食。因为这种不刻意，张欣笔下的当代

---

① 梁凤莲：《羊城烟雨》，花城出版社 2017 年版，第 117 页。

广州人的都市生活反而更日常、更自然。全球化时代，发生在广州的故事，生活在广州的人，不管是传统老广，还是外来移民，基本离不开粤菜，但也不可能只吃粤菜。当代广州人的饮食是多元繁杂，写当代广州故事，也必须兼顾各种类型饮食。张欣在《深喉》里曾借小说人物直言说广州是一座"以食出名的城市"，"走遍大街小巷，没有吃不着的东西，想怎么吃就怎么吃"。①这已经暗示全球化时代的广州，"食在广州"的内涵也已经全球化。

可以对张欣小说中提及的吃食做一个不完整统计，比如鲍汁镇鹅掌、浓汤大碗翅、荷叶蒸水鱼、萝卜牛杂、盐焗鸡、红葱头蒸鸡、景颇鬼鸡、松茸炒腊肉、鲜花炸蛋、菌王汤、香菇冬笋焖土鸡、鸡汤烫鱼片、土豆烧牛肉、砂锅粥、脆皮鸡、烧鹅、熏猪蹄、酱猪蹄、红油猪耳、潮州鱼蛋粉、水煮花生、木瓜炖雪蛤、木瓜炖官燕、木瓜翅、多宝鱼、吊烧鸡、太爷鸡、叉烧、咸鸭蛋、煲仔饭、炒田螺、艇仔粥、皮蛋瘦肉粥、拉肠粉、肉蛋拉肠、云吞面、腊肠、猪扒饭、烤生蚝、椰青炖鸡、鲜虾炒蛋、支竹羊腩煲、水东芥菜捞鹅肠、腐乳虾仁跑蛋、九江双蒸、双皮奶、咸水菜心、片皮鸭、蛋饺煲、铁板酿豆腐、蒸鲍翅、酱油饭、扬州炒饭、过桥米线、桂林米粉、酸菜鱼、油焖大虾、九转大肠、四喜丸子、爆两脆、大王豆浆、小笼包、冻蟹、重皮蟹、卤水鹅、煎牛扒、螺蛳粉、红烧鱼、吞拿鱼沙律、金枪鱼沙律、蒜蓉切片面包、芝士烩时蔬、煎蛋、萝卜配排骨、西红柿炒鸡蛋、腌制羊排、荷包蛋、豆角烧茄子、卤水拼盘、果肉豆腐、黄豆酱炒麻叶、青榄猪心炖汤、酸笋炒肉、芦笋炒虾仁、葱爆海参、牛腩粉、文昌鸡、厚蛋烧、木须肉、山黄瓜、油豆角、黏豆包、鸡仔饼、椰子糖、陈皮梅、加州卷、麦乳精、汉堡、鹅肝、黑菌、烤肉、西瓜汁、芝士蛋糕、洋河大曲、银耳糖水等。这里面有粤菜，有川菜，有湘菜、杭帮菜，等

---

① 张欣：《深喉》，花城出版社 2014 年版，第 125 页。

等，当然也不缺日本料理、西洋等海外菜式。这里面的大多数菜式，也都是小说人物吃饭时点菜出现的菜品，并没有展开描述，很多时候是可有可无。但恰恰这些可有可无的元素，很真实地表达出作家张欣对日常生活细节的重视。写都市人的日常生活，不交代人物生活中最日常的吃食，不将这些或者有特色或者没特色的菜式写清楚，又如何彰显人物的阶层、性格和趣味？不同的菜式选择意味着不同层次的生活方式，背后是不同的阶层和家庭背景、知识教育，甚至文化格调。比如在小说《锁春记》里，海归贵族、银行世家作为上层社会人士，日常饮食是西式大餐，而开川菜馆的老板在小说中则是财大气粗、没有文化的土鳖粗人。当然，如此明显地以吃食来划分人物的阶层身份，也是很多都市小说的惯性笔法。张欣的饮食书写，最突出的特征还是不经意间的征用，即便有意也意味着她对广州城市饮食文化的熟悉，可以在讲故事时信手拈来。这种熟悉度，也体现在张欣小说中有很多表述都与吃食有关。比如《深喉》里腐败官员沈孤鸿，将女人比喻成菜——"女人就是女人嘛，只要自己觉得好，不就是最爱的那一道菜？管她是鱼翅还是白菜，爱吃才是最重要的。"[1] 这种形容虽不特别，但为何不是一件衣服、一份礼物？生活在广州的人，连腐败官员的话里也半句不离吃食。还如人物呼延鹏，想吃川菜时内心想的是"特别想吃川菜，只觉得嘴巴里淡出个鸟来"[2]。"淡"是粤菜的主要品质，也只有生活在广州、熟悉粤菜风味的作家、人物才会如此自然地这样想象和这么比喻。

当然，张欣写广州的吃食，也有一些是重点突出广州的粤菜和茶点，尤其广式茶点谈及最多。茶馆、茶楼作为一类遍布广州城市各个角落的文化空间，是张欣小说人物经常聚会聊天的场所，成为重要的故事场景。像《锁春记》里开篇不久主人公世博的姐姐芷言

---

① 张欣：《深喉》，花城出版社 2014 年版，第 229 页。

② 张欣：《深喉》，花城出版社 2014 年版，第 167 页。

和妻子宛丹见面谈话，芷言打电话是很自然、很断然地告知宛丹去水沐莲香茶艺馆见面，这显然是她们的日常去处。这两个有心事、各自又有心气的女性，到茶馆后喝茶对话时有一段描写很可一看：

> 果然，宛丹准时地来到了茶艺馆。
>
> 她们只是点了点头，算是打过了招呼。不过一时间都不知道说什么好，就都看着茶艺馆的小姐手指翻飞地泡茶，芷言点的是高原玫瑰，很快，一股淡淡的玫瑰茶香在空气中浮动，似乎缓解了有些尴尬的气氛。
>
> 小姐走后，两个人开始品茶，但是心意都不在茶上。芷言好言劝道："嫂子，你还是搬回家去住吧。"
>
> 宛丹不吭气，只是默默地喝茶。
>
> 芷言叹道："你又何必这么执着呢？"
>
> 宛丹看了芷言一眼，心想，真正执着的是芷言你啊。……（引者注：此后三千多字是宛丹的心理活动，写她回顾芷言、世博兄妹过于亲密的关系如何影响了她与世博之间的夫妻情感。）
>
> 茶水已经没有颜色，泛白的玫瑰花瓣在水中了无生机。可是在这里见面的两个女人，大部分的时间都在沉默，或者说是在无言中交战。
>
> 宛丹终于叹道："芷言，你聪明，美丽，真应该有自己的生活啊。"
>
> 芷言道："我生活得很好。"[①]

茶馆、喝茶在这里并不仅仅是作为空间背景而出现，而是参与到了人物的对话过程，甚至帮助作家完成人物心理的表达。岭

---

① 张欣：《锁春记》，花城出版社 2014 年版，第 18—23 页。

南、广州茶艺馆服务员泡茶的过程，看似是一个讲究仪式的流程，但对于很多刚刚见面的南方客人而言，尤其类似小说中芷言、宛丹这两个有心事又不好直接表明的女人而言，这个泡茶的过程就是缓和尴尬的重要中介。人物看茶艺师傅泡茶，是欣赏这个茶艺，更是在调整心情、缓解氛围，这与酒吧、咖啡厅等快餐式文化空间完全不同。同时，默默喝茶，这既是品茶，也是想心事。茶水没有颜色了，喝茶的人也都知道，挑明心事的时机到了。张欣把茶馆喝茶与人物内心关联起来，那些细微的饮食元素也就成了最具意味的故事情节，推动故事发展，也帮助作者完成人物塑造和人性表达。

茶艺馆、茶楼这类饮食元素，是为小说创造独特的文化空间，提供氛围，而其他具体的粤菜，也有不少可助力小说叙事。像我们开篇提及小说《狐步杀》中的"隆江猪手饭"，就不只是提及，而是明显在帮助作家推进故事。"隆江猪手饭"，严格而言这菜并非广州特色，而是来自粤东惠来县隆江镇，属于潮汕菜，当然大范围也是粤菜。隆江猪手饭有千年历史，据民间的传说与韩愈有关。韩愈当年在潮州办教育、修水利，深得人心。当地富商为表达感谢，请大厨献艺宴请韩愈，其中就有一道猪脚，弹嫩糯香，肥而不腻，韩愈尝后赞不绝口，问及来处后便亲自题写了"隆江猪脚"。这个来源今天已难找到文献支撑，但就这传说本身也意味着这道菜式有故事、有历史、有文化。"隆江猪脚"发展为"隆江猪手饭"，是作为一种城市快餐流行开来的，今天已遍布整个广州城。小说《狐步杀》写的是民警办案，下班时间点突然来的案件，审讯嫌犯大王，熬到深夜才意识到要吃饭，只能是选择快餐。

> 忍叔又叫小周去买了三个盒饭，三个男人不言不语埋头吃饭。
>
> 是四大民间名吃之隆江猪手饭，另外三样是兰州拉面、桂林米粉和沙县小吃。开店开得全国上下遍地开花。

白米饭上肥美的猪蹄肉搭配解腻的酸菜异常好味，犹如羽泉不能分离。房间里飘散着猪油特有的香气。

"世界上还有这么好吃的东西，我怎么不知道？"大王突然说道，还笑了一下，整张脸像暗灰的顽石突然裂开了一道缝。

忍叔和小周吓了一跳，下意识地互望一眼。

"隆江猪手饭你没吃过吗？很出名的。"忍叔奇道。

"我连听都没听说过。"大王眯缝着眼睛，显现出享受美食的陶醉。

小周心想这个世界有太多的不可思议，无论科技多么发达，人类膨胀到以为自己无所不能，还是找不到一架失联的客机。大王所生活的阶层不仅没有民间疾苦，同样也没有世俗之乐。

他活在自己的世界里，情绪失控也不出奇吧。

饭后，大王开始诉说，他的语气平淡，像是在另一个空间遇到了另一个自己。[1]

张欣这里不仅介绍了隆江猪手饭的情况，写出它的味道，同时也让这一吃食作为中介，推动故事发展，甚至帮助作家讲述了一个令人感慨的城市现象：富贵人家不懂民间疾苦，因此也没了世俗之乐；人如果只活在自己的世界里，看不到比自己的生活更宽广的存在，很容易走向情绪失控，像大王这样一气之下竟然杀害了自己的亲弟弟。一个"隆江猪手饭"带出这么多道理，着实令人感叹。还有，犯下杀人大罪的大王，在面对法律制裁前，遇上这道在普通人看来最普通、最廉价的快餐，吃得如此陶醉，近似于人生最后的时间领略了人间至味，从此再无遗憾，吃完也就开始了诉说。这份

---

① 张欣：《狐步杀》，见《张欣自选集》，天地出版社 2018 年版，第 522 页。

隆江猪手饭，打开了嫌犯的心扉，也帮助作者启动了后续的故事。《狐步杀》借饮食书写来推进小说叙事，这在中国当代小说中或许也是一大创意，只有身在美食之城的作家才会用得如此自然。

三、饮食男女：广州的城与人

饮食元素作为叙事要素，这是饮食文化参与小说叙事的一大表现。更可探讨的，或许还是饮食背后的人，以及人生活于其中的城。张欣的小说，讲述的都是广州都市故事，写下了很多都市男女。生活在广州这座现代化城市的男男女女，都是现代意义上的饮食男女。饮食男女，吃是最基本的需求，呈现都市男女的吃食，就是写出当代广州人的性情和追求。从广州人的吃食需求中，也可透视广州城的文化变迁。

《锁春记》里的茶艺馆，作为一种城市文化空间，喝茶可以建构一种独特的文学氛围。对于广州的茶点文化而言，茶楼、茶馆不仅仅是喝茶，更包括了吃饭、闲聊。广州饮食主要是体现在广式点心文化，包括了饮茶和吃饭。很多老广州人习惯去茶楼会朋友，冲上茶，要几个点心，从早上聊到晚上。《锁春记》里芷言在茶艺馆泡玫瑰茶，这已经是很当代、带全球化特色了。张欣虽着力写广州故事，但并不会刻意要用传统的茶楼来彰显广州文化，反而是侧重于表现广州传统饮食的新变。类似《狐步杀》一开篇写广式茶楼，也要说明传统茶楼为何不再景气，指出年轻人多是去香港人开的永盈、表哥茶餐厅。港式茶餐厅愿意紧跟时代变化，有很时髦很豪华的装修，还提供免费的 WiFi。而广式的老旧茶餐厅，随时都有关门的架势，只剩老一辈人还爱去。① 当然，老辈人与年轻人的不

---

① 张欣：《狐步杀》，见《张欣自选集》，天地出版社 2018 年版，第 459 页。

同选择，背后不仅是经济景气不景气的问题，更是城市生活方式在改变。年轻人去新式茶餐厅，是现代化、快节奏生活所迫，只是去吃饭而已，并不为别的。老辈人去老旧茶餐厅，是享受慢生活，像小说中的忍叔，点一壶茶是图便宜买个座位聊天。小说写及这两类人的茶餐厅选择，不经意间也透露了广州城市文化正在转型。新世纪以来的当代广州，海外以及香港、深圳式的快节奏生活方式已逐渐侵入，不再是慢节奏的传统岭南都市。张欣小说所讲述的广州生活，基本也是现代快节奏城市背景下饮食男女的人生故事。

长篇小说《锁春记》是张欣小说当中与饮食最相关的一部，小说女主角之一叶丛碧是个美女厨师，同时也是一个负责饮食栏目的电视节目主持人。叶丛碧是现代都市最典型的"饮食男女"形象，她生活中的一切都围绕着吃食而来。作为饮食节目主持人，叶丛碧开始时主持的《饮食天地》是比较传统的菜式介绍，比如请名厨大厨来讲经典粤菜、日本料理、顶级西餐、天香楼杭帮菜等，都是经典菜式，讲求高端品位。本是大制作，收视率却直线下跌。面对惨状，叶丛碧以一道酸菜鱼和一瓶九江双蒸请教了幕后制作净墨。在净墨的设计下，《饮食天地》改版为《边吃边笑》，主持人是"美女"配"野兽"，节目内容不再侧重高端菜系，而是介绍一些与老百姓有直接关系的家常菜，且要一边讲厨艺一边说有关联的笑话、段子。结果，新节目播完三期后，收视率开始提升。我们可以看看这个新栏目的内容：

> 新改版的饮食栏目第一期推出的是秘制猪肚包鸡，就是将整只鸡塞进原只猪肚里，加入胡椒等配料煲制，这时葱花和肉末齐齐做神秘状，报告观众一个绝密配料，那就是一种叫辣桑根的中药，中药铺里有的卖，它不仅能够暖胃、驱寒、祛风、护肝补肾，还可以带出猪肚和鸡的香味。终于两个人把这道菜炮制出来，色香味俱全很是诱

人，取材又十分普通。接着，肉末又说了一些酒桌上的笑话，整个节目的风格是轻松搞笑的。[1]

节目变化和收视率变化，背后当然是大众传媒时代的城市文化新变。在以往，关于广州城市文化的理解，从饮食维度来看，基本会强调经典的广式点心，甚至要追溯到太史菜、谭家菜，这是很传统的一面，可以看到广州本土饮食的历史流脉和文化底蕴。但如今，讲解广州饮食，再局限于高端的茶楼点心，可能就非常片面了。今天关于广州饮食的介绍，往往会考虑到普通市民的家常菜。比如引文介绍的秘制猪肚包鸡，这是一道简单易学的家常粤菜。可以说，改革开放以来，广州的市场经济发展迅速，广州的大众文化也得以繁荣。而广州的大众文化，不可忽略大众的饮食文化。或者说，广州城市文化的大众化转型，饮食的大众化是其中的重要组成。

上世纪八十年代，陈残云《小街风情》曾记述改革开放后广州自由市场出现时的小街情景："整条小街都摆满了小摊档，猪肉、牛肉、鱼肉、鸡、鹅、鸭、瓜果、蔬菜、蛋品、卤杂，丰富的物品和多彩的色泽，吸引着就近的家庭主妇和周围的居民。"[2]自由市场一出现，小街里冒出来的全是吃食，这当然缘于吃食是最不可缺的日常所需，但也透露了一个基本事实：广州城市自由市场的最大活力，最直接地体现在饮食领域。广州饮食业的经济活力，一直持续至今。据《广州蓝皮书：广州商贸业发展报告（2018）》的信息，广州城市的餐饮企业已超过12万家，住宿餐饮业零售额稳居全国各大城市前列。2017年，广州住宿餐饮业更是以1143.24亿元的零售额位居全国第一，总量超过上海、北京。[3]

---

① 张欣：《锁春记》，花城出版社2014年版，第31页。
② 陈残云：《小街风情》，见《陈残云作品选萃》，花城出版社1993年版，第16页。
③ 罗桦琳、张小英：《广东广州：住宿餐饮业达千亿元超越北上位居全国第一》，《中国食品》2018年第15期。

广州饮食产业规模大，背后是广州城市市民、大众的饮食消费需求高。广州人说的"食系十足，着系九六"，就是指吃比着（穿）更为重要。对此句民谚，《广州传》里特意解释说："意思是吃才是最实惠的，因此对吃十分讲究，寻访美食是一种生活乐趣。"① 把吃食作为生活乐趣，是广州人最基本的生活追求，这种文化习性一直维持至今，并且辐射、影响着外地来到广州的城市新移民。张欣在自己的微信公众号里有一篇小文，写自己为什么喜欢广州，列了二十五条，其中有三分之一是关于吃："什么点心"；"有深夜食堂和消夜，24小时可以找到东西吃"；"有全国和部分世界的餐馆，包括西藏菜和印度菜"；"有最好吃的鸡，没有之一"；"开着奔驰去吃大排档"；"水果天堂"；"海鲜生猛"。还有一条是关于穿的："穿得太好会被人笑话，'张生在忙什么，拍戏啊'。"② 张欣也算是外来移民作家，她对广州城市如此认同、喜爱，背后很重要的原因是来自广州饮食文化。

周松芳介绍改革开放后的"食在广州"时，也强调了广州城市饮食新的大众化特征："改革开放以来，在饮食多样化方面，还没有哪一个城市能跟广州抗衡，没有哪一个地区能跟珠三角抗衡，没有哪一个省份能跟广东抗衡。更不能抗衡的，则是广州餐厅的国别种类。比如建设六马路，号称广州最小资的一条街，所凭借的，不是风花雪月的商店游玩，而是十数国百数家各式餐厅酒吧咖啡馆；这里的酒吧、咖啡馆的功能，颇有别于其他处的，正是其食物供应的丰富多样。这些餐厅酒吧咖啡馆，愈夜愈热闹，作为也愈益摆出街巷，以另一种方式，重现大排档鼎盛时期的风采，成为'食在广州'不可或缺的有机一环。至此，当再无'食在广州'与'食在……'之争了。"③ 可见，当代意义上的"食在广州"，"食"已多

① 叶曙明：《广州传》，广东人民出版社 2020 年版，第 735 页。
② 张欣：《喜欢广州的理由》，微信公众号：岁月无敌问张欣 https://mp.weixin.qq.com/s/P0scyp2c5C6366BXsJ77Vg.
③ 周松芳：《岭南饮食文化》，广东人民出版社 2019 年版，第 76 页。

元化，广州已现代化、国际化。生活在广州的"饮食男女"，所吃食的菜品已五花八门，口舌所需也越来越花哨。饮食的大众化，背后是城市的现代化，当然更是人表现在吃食层面的欲望化。

《锁春记》里饮食电视栏目的收视率变化，流露的是广州市民生活、城市饮食文化的变化。而就小说中叶丛碧、净墨等都市男女而言，也的确是典型的"饮食男女"。"饮食男女"不仅仅是口舌层面的吃食欲望，更是男女情感层面的身体欲望。后者也是《锁春记》着力表现的主题，比如叶丛碧和净墨初次见面时，净墨就用了一个与"吃"有关联，但主要是性层面的笑话："净墨一本正经道，丛碧你记住，我是色魔，专吃窝边草，知道为什么吗？丛碧笑道，为什么？净墨道，因为我不是兔子啊。逗得丛碧前仰后合乐开了怀。"[1] 色魔、吃窝边草，这是开玩笑，却也是净墨与丛碧暧昧情感的开始。丛碧作为饮食节目的美女主持人，节目火爆之后，成为很多餐饮商家的美食模特、广告代言人，她的形象也逐渐融合着"美女＋美食"，照片挂在各大酒楼最显眼处，配字是"劲辣劲香就是我"，很直白地彰显着现代都市男女的"食色性"需求。

都市饮食男女，向往美食，也渴望美人。为了美食和美人，现代都市人可付出一切。《锁春记》里，净墨有才华，但人长得丑，"黑黑壮壮的，五官生得老实"，又梳一个马尾，像一个土著人，这形象对于自视甚高的美女主持叶丛碧而言，总也无法接受。为此，有才华、人品好的净墨苦心追求丛碧，付出再多努力，也无法与世家子弟、银行高管世博对丛碧的吸引力相比。叶丛碧与世博的见面，也是因为饮食。在一个高级会所酒会现场，丛碧负责煎牛排，世博从她手上要了一份六成熟的牛排，然后就开始了相互的念念不忘。世博忘不了丛碧的煎牛排手艺，丛碧忘不了的是世博的帅气。不久，世博邀请丛碧到家里帮助做一顿西餐。丛碧无法拒绝世博的

---

① 张欣：《锁春记》，花城出版社 2014 年版，第 27 页。

磁性声音，再见到世博时直接成为了迷妹。小说写了丛碧细细打量世博之后的心理："当一个男人有了附加值之后，怎么就变得这么顺眼，这么帅，甚至他身上微显出来的一点点霸气也那么让人心动呢？"[1] 从此，世博成为丛碧跨不过去的"美色"坎。被世博姐姐芷言"赶"出家之后，落寞之中与净墨确定了恋爱关系。但与净墨的爱情，在世博一个约吃饭的电话面前是不堪一击："丛碧大喜过望，早已把净墨抛到九霄云外。"[2] 此后，丛碧与世博开始了断断续续的交往。这份爱情当中，作为美女主持人的丛碧，发狂般地爱上了世博的帅气及其身份背后的财富。最后，丛碧哮喘病发作，她担心的也是影响世博的形象，没能及时就医以至于不治身亡。这是一个为爱情、为美男子、为财富身份而失去自我、牺牲一切的女性形象，很典型地说明了现代都市男女作为"饮食男女"的性情和命运。

张欣有一篇随笔，写当代都市男女的欲望问题："社会虽然是高速发展了，但也同时带来一些虚幻的仙境，似乎满大街都是盖茨和罗伯兹，只要我们肯，他们就乖乖跑来接驾，以前不敢想的事，现在是精神世界大放卫星，因为这是一个每天都发生神话和奇迹的年代。"[3] 乱花醉欲迷人眼，现代大都市，到处都是靓女美男，又有几个饮食男女拒绝得了这份诱惑？都市有无数的爱情神话，但都市更是欲望超市，神话和奇迹背后往往都逃不开利欲交换。"两手空空又没有背景的人，是不敢做梦的。"[4] 生活在当代广州的饮食男女，美食或许容易接近，做俊男靓女的梦很可能就似近实远了。

---

① 张欣：《锁春记》，花城出版社 2014 年版，第 57 页。

② 张欣：《锁春记》，花城出版社 2014 年版，第 71 页。

③ 张欣：《盲目》，见《上善若水》，江苏文艺出版社 2008 年版，第 272 页。

④ 张欣：《千万与春住》，花城出版社 2019 年版，第 39 页。

第六章　女性形象与张欣小说的城市文化叙事

卡尔维诺写都市欲望时，曾用一个隐喻来说明城市、女性与欲望的关系：

> 从那里出发，再走上六天七夜，你便能到达佐贝伊德，月光之下的白色城市，那里的街巷互相缠绕，就像线团一样。这一现象解说了城市是怎样建造而成的：不同民族的男人们做了同一个梦，梦中见到一座夜色中的陌生的城市，一个女子，身后披着长发，赤身裸体地奔跑着。大家都在梦中追赶着她。转啊转啊，所有人都失去了她的踪影。醒来后，所有人都去寻找那座城市。没有找到城市，那些人却会聚到了一起，于是，大家决定建造一座梦境中的城市。每个人按照自己梦中追寻所经过的路，铺设一段街道，在梦境里失去女子踪影的地方，建造了区别于梦境的空间和墙壁，好让那个女子再也不得脱身。①

陌生城市里赤身裸体的女子，当然是欲望的化身。所有人都去寻找这女子，也就是向着欲望而去。找不到这座城市，于是这些人聚到一起建造了城市。男性建造的城市，是按着他们梦境中的城来建的，而这梦境中的城，又是由这赤裸女子的踪影所决定的。建

---

① ［意大利］卡尔维诺：《看不见的城市》，张密译，译林出版社 2012 年版，第 45 页。

造城市，就是追逐欲望。在卡尔维诺这里，城市是女性，或者说，女性是城市的中心、欲望的中心。从卡尔维诺的寓言出发，我们或许可以带点夸张地说：如果乡土文学是男性为主导的权力世界，那么，城市文学则是以女性为核心的生活世界。这里所谓"主导""核心"当然不是现实意义上的力量主体，而是文学审美维度的情感中心。乡土世界讲究文化传统和文明秩序，乡土故事往往是权力的游戏；现代城市把人从传统的秩序中解放出来，包括女性，都获得了新的可能。城市是一种聚集，聚集着无限多的可能，这"可能"即是各种各样的欲望——欲望的核心，是女性。

一、女性、欲望与中国都市文学

谈论城市文学，最直接的联想或许正是女性和欲望。古典小说中最著名的都市小说，要数《金瓶梅》和《红楼梦》，加上"三言二拍"，都是女性角色为主的欲望故事。而对于近现代以来的中国都市小说而言，女性形象、欲望问题一直是最受关注的话题。近代最受认可的都市小说《海上花列传》，是为上海高等妓女"作传"。韩邦庆细致地展示了当年上海"花界"的繁盛和上海人生活之浮华，塑造的沈小红、李漱芳等女性形象，至今令人感慨唏嘘。现代都市小说经典《子夜》，小说一上来就让一个还沉浸在古老世界的老太爷接受上海时髦女人们的"刺激"，在意味着都市欲望的电光声色中晕死过去。更不要说后来海派文人刘呐鸥、穆时英、施蛰存等人的作品，所谓新感觉，很大程度上即是都市生活中围绕女性而来的声色欲望之感觉。刘呐鸥说以前女的对于万物是退让的，决不主张，而现代都市里的女性则是真正的"go-getter"，"要，就去拿"，"她们的行动及感情的内动方式是大胆、直接、无羁束，但是在未发的当儿却自动地把它抑制着"，以至于男子只能是"内心是热情在奔流着，然而这奔流却找不着出路，被绞杀而停滞于眼睛和嘴唇间"，"于是女子在男子的心目中便现出是最美、最摩登"。① 新感觉派的摩登，不单是浮华都市的物质生活之摩登，更是男女之间把玩情性诱惑的心理之摩登。针对新感觉派作家的女性书写，张英进曾指出，女人形象很适合表达动荡的城市流动感和循环感，她们是现代城市新感觉的一部分："在摩登时代里，扑朔迷离的女人就像流动的时间一样，不再是可以固定的。与此形成对照的是，在传统城市中，女人（尤其是妓女）总是固定在特定空间里，随时准备伺候男性冒险者……"② 这种扑朔迷离的"不固定"特征，意味着现代都市女性不再是被动的、男性欲望的承受者，她们既被物化为男性的欲望对象，同时也表达着自身作为女性主体的欲望，她们也是欲望的流露者、索求者。尤其到了丁玲、萧红、张爱玲等人的笔下，女性自己抗争走出传统的家庭，追寻属于自己的权利、爱情和事业。更如老舍，《月牙儿》还是写都市女性最终都不得不沦为男性的欲望对象，但《骆驼祥子》里的北京女人虎妞，却可以主导了家庭和事业，甚至主导了自己的性的欲望。

进入当代，都市文学更与女性、欲望问题难分难舍。五十年代周而复的《上海的早晨》，写上海工商资本家的生活，虽然是揭露、批判资本家的唯利是图，但小说细致呈现的资产者的日常生活，也无意间流露出了城市生活背后的物质享受和日常欲望。吴秀明等学者就指出："周而复对城市的态度并非如左翼文学那般恐惧或排拒，即使在城市空间被政治意识形态渗透所剩不多的情况下，他依然没有完全遮蔽城市生活富有诱惑力的欲望形态。"③ 城市作为欲望的

① 刘呐鸥：《现代表情美造型》，左怀建、吉素芬主编《中国现代都市文学读本》，浙江大学出版社 2017 年版，第 523 页。

② 张英进：《中国现代文学与电影中的城市》，秦立彦译，江苏人民出版社 2007 年版，第 212 页。

③ 吴秀明等：《洋场遗风与改造运动交织的暧昧历史：重读〈上海的早晨〉》，《福建论坛（人文社会科学版）》2008 年第 6 期。

象征，是被批判、需要改造的"资本主义空间"，但文学对于这个"腐朽空间"的呈现，本身也是一种欲望的展示。

新时期以来，伴随市场经济、城市化、现代化的发展步伐，当代城市文学在女性塑造和欲望书写方面也是愈来愈突出。八十年代初，香港制作的《上海滩》以一种怀旧式的叙事展示了现代上海的繁华景象，刺激着刚刚改革开放的大陆观众去追逐新的都市之梦。文学方面，"八十年代文学在文化上的内涵是越来越倾向于城市了"①，像《哦，香雪》这个乡土小说所塑造的女性"香雪"，已经清晰地向往意味着新生活的都市生活。"在香雪的乡村视野中'火车''乘客'和'列车员'都变成了城市和现代工业文明的替代物，香雪对现代文明的渴望也是整个中国对以城市为主的现代文明的渴望。"②路遥《人生》里的都市也代表着欲望。高加林离开农村姑娘巧珍，奔往城市女孩黄亚萍，这种情感关系已经揭示了当代很多都市题材小说最基本的情感结构：都市有女性，都市是诱惑，都市扼灭着乡村世界的纯朴和善良。

还如八十年代中期刘索拉、徐星等人现代感突出的城市题材小说，《你别无选择》《无主题变奏》里躁动不安的都市男女，比现实生活更早地演绎了现代都市人的欲望化生活。《无主题变奏》里男叙述者第一次见到女朋友老Q时，那形象有着十足的都市感、现代感："她穿了一件鸡心领的黑纱半袖衬衣，浅蓝色的牛仔裤，梳着一个马尾巴辫儿。她整个的身体被一身瘦瘦的衣服包裹着，显得圆鼓鼓的；最能显现出曲线的部位随着皮鞋跟儿诱惑人的响声，有节奏地颤动着，好像无时无刻不在向四面八方发散着弹性；加上两只流连顾盼的眼睛，真能颠倒了每天站在街头巷尾期待着艳遇的芸芸众生。"外加一句"那双腿的优美姿势就像一匹健壮的马在不安地

① 李洁非：《现代性城市与文学的现代性转型》，陈晓明主编《现代性与中国当代文学转型》，云南人民出版社 2003 年版，第 51 页。
② 曾一果：《中国新时期小说的"城市想象"》，北京大学出版社 2014 年版，第 47 页。

等着一个好骑手"，女性身体完全被欲望化，且是男性心理所想象的多重欲望：男性被女性身体诱惑，男性认为这"花枝招展"的女性本身亦是主动在诱惑男性。一切似乎返回到了新感觉派阶段的都市生活，女性作为都市景观，复魅了现代的摩登范。但一切又都不再一样，女性老Q是美丽的诱惑，但不是危险，反而个性突出、任性的男性叙述者才是现代生活中的"危险存在"。当代意义上的城市女性和男性欲望都有了新的内涵，或者说，城市更为庞大，女性更为多面，欲望也更加复杂。

九十年代以来，城市化进程加速，书写城市的作家越来越多，城市题材作品呈膨胀式增长。八十年代末虽有池莉、刘震云等人的新写实小说把城市生活刻画得一地鸡毛、庸常无趣，令人窒息，像是要掐灭人们对城市生活的欲望想象。但王朔、贾平凹以及新生代的朱文、何顿、韩东、卫慧等作家的都市小说，如《废都》《我爱美元》《生活无罪》《上海宝贝》等，都市再次成为欲望横流之地。《废都》所描绘的西京世界，唐婉儿、柳月等都市女性个个栩栩如生，她们围绕着庄之蝶，演绎了一个腐朽堕落的欲望化都市。卫慧《上海宝贝》更为直接地写都市女性的爱情和性欲，CoCo摆荡在中国男孩和西方男人之间，几乎是世纪末中国女性都市欲望的一份寓言。九十年代的城市文学，当然还有王安忆的《长恨歌》、毕飞宇的《上海往事》、陈丹燕的《上海的金枝玉叶》等，都是以女性为主角的都市小说，王琦瑶的身段、小金宝的情感、黛西的优雅与坚韧，这些经典的都市女性形象，牵动着二十世纪中国城市的苦难历史和人性欲望。

进入新世纪，中国作家对于城市生活的表现也一如既往地主要依靠女性来完成。世纪初朱文颖的《高跟鞋》《水姻缘》，都是表现女性生活为主，前者专写上海"十宝街"里富有阶级纵情声色的堕落生活，后者写现代城市生活的消费主义本质，一切看似古朴、雅致的传统事物，都不再是与世隔绝的干净存在，通通被现代城市的消费逻辑纳入都市人的欲望化生活。还如新世纪初盛行的底层文学，郑小琼的诗歌写的是女工的生存境遇；盛可以的《北妹》《道德颂》《水乳》等小说都是女性主角，钱小红的遭遇很透彻地揭示了市场经济时代传统伦理沦陷、新道德尚未建立之际底层女性的"性处境"。还有曹征路的《问苍茫》《霓虹》、胡学文的《淋湿的翅膀》、刘继明的《我们夫妇之间》等表现城市底层生活的作品，也是女性形象最引人瞩目。对城市底层女性苦难遭遇的书写，本质上都是对城市化过程中人性欲望膨胀带来严酷后果的罪恶揭示。当然，我们还可以列出很多比较成功的都市女性形象，如王安忆《天香》里的天香、石一枫《世间已无陈金芳》里的陈金芳、魏微《化妆》里的嘉丽、蔡东《无岸》里的柳萍……无数的都市女性，讲述着当代中国城市的诱惑与哀伤。

以上对近现代以来中国都市小说女性形象的简略梳理，要说明的是女性形象对于我们理解城市文学的重要性。张欣的小说，基本上都是以塑造女性为重，她笔下最成功的人物形象，基本都是女性角色。像早期短篇《你没有理由不疯》里的谷兰、《爱又如何》里的可馨和爱宛、《首席》里的梦烟和飘雪、《伴你到黎明》里的安妮、《岁月无敌》里的千姿；尤其长篇小说《用一生去忘记》里的刘嘻哈、《对面是何人》里的如一、《深喉》里的透透、《终极底牌》里的张豆崩、《我的泪珠儿》里的沁婷和泪珠儿母女、《浮华背后》里的莫眉和亿亿母女、《依然是你》里的管静竹、《为爱结婚》里的陆弥、《沉星档案》里的陶然，以及《浮华城市》里的商晓燕、夏遵义和文竹，等等。我们可以无限地罗列下去，女性到了张欣笔下，都是活脱脱的有性格，令人印象深刻。而且，这些女性，基本上都是都市美女形象，站立在广州的街头，都是一道亮丽的城市景观。这道景观，时刻招徕着男性目光，她们就是行走在城市里的美丽诱惑。

二、张欣小说中的都市女性

穿衣镜前，欧阳飘雪左右手各提着一套时装，时装平撑在衣架上，分别是卡佛连和华伦天奴。柔软而高级的质地，优雅的浅色，毫不张扬的样式，无不透出无言的高贵。她下意识地在身上比了比，到底是自己穿熟的衣服，竟像亲密爱人一样的服帖。

镜中的女孩美丽中已有几分憔悴，一想到还要为时装配以相应的丝袜、皮鞋和手袋，便觉得疲劳不堪。她对着镜子撇了撇嘴，迅速地把行头挂回衣柜。[①]

以上选段来自张欣 1993 年发表的短篇小说《首席》。《首席》塑造了两个靓丽的都市女性，欧阳飘雪和梦烟。她们曾经是闺蜜好友，但后来成为情场上的对手，工作后又都进入玩具公司做外贸，成为商场、事业上的竞争者。小说开场是欧阳飘雪和梦烟的碰头对戏，所引段落是飘雪准备前往与梦烟见面时的装束选择。但飘雪最终并没有选择卡佛连或华伦天奴时装，而是穿了一件米白色纯棉 T 恤和一条牛仔裤赴约。飘雪到了咖啡厅之后，作家也以她的视角介绍了梦烟的装束："不知道梦烟是什么时候来的，此刻已经坐在一处临窗的卡座里，一手托腮，侧脸望着窗外，她穿一条黑色的连衣裙，领口偏低，令她颈部的玉肤冰肌如杏仁豆腐一般滑润，配上一根极细的铂金项链，无比动人。梦烟的装束，是那种刻意的随便。"[②] 梦烟这种"刻意的随便"，与飘雪"相煎何太急"心理作用下放弃高档时装选择随性的 T 恤衫牛仔裤，在性格和心理姿态上或许形成了一种对照。但这两人在衣着上的"随便"，其实也是广州

---

① 张欣：《首席》，《上海文学》1993 年第 11 期。
② 张欣：《首席》，《上海文学》1993 年第 11 期。

女性的一种独特形象：不会太在意衣着，更注重内在的舒适，即便像梦烟这样讲究气质，也会刻意显得低调。

作为上世纪九十年代市场经济浪潮下的新社会女性，张欣让飘雪和梦烟这两个女性以相互较量的心理去完成情感和事业双维度的竞争，所要揭示的时代问题可想而知。两个人不同的衣着风格，背后是性格的暗示。而性格的差异，在这个物欲横流的大都市，很可能就是导致不同人生轨迹、不同命运结局的心理缘由。梦烟性格偏执，且可以为了目的不择手段，她无法信任飘雪，和解也就不可能，也听不进意见。飘雪性格随意，不太在意外表，注重实力和品性，为此她愿意出力帮助粤北山区小厂。这两个人，如果按理想的方向走，当然是品行有污点的梦烟败给飘雪。但故事自然不会这么简单，梦烟事业虽然在一段时间内遭遇滑铁卢，婚姻失败后也放弃操守做了富豪客户的"二奶"。但飘雪又从梦烟的丈夫那里获知，梦烟一直都在坚守自己内心的感情，外面传言的与公司干部搞婚外情也是诬陷。飘雪找到梦烟后有一段对话，很真实地揭示出九十年代市场经济环境下的人心变迁：

> 飘雪道："你丈夫今天到公司来找我了，你的事我知道一些……"
>
> 梦烟冷漠地做了一个那又怎么样的表情。
>
> 飘雪望住她一会儿说："你这样对江祖扬为什么不让他知道？"
>
> "为什么要让他知道？我为我自己，我愿意这么做。"
>
> "可我不明白，你既然这样做了，为什么又要与富商打交道？真的是为了房子和车，和许许多多的靓衫吗？"
>
> "同样都是没感情，就找最富的。"
>
> "这不是你的心里话。梦烟，别撑着了……那件事你可以起诉，你应该用法律保护自己。"

梦烟冷笑道："你是真的天真，还是做天真状？打官司是为了要个说法，没有人对说法感兴趣。"

飘雪不解地望着她。

梦烟点着一支烟，吐出白色的烟团说："我把那个人约到僻静的咖啡厅，我拿出刀来说你不说实话我就割腕，他吓坏了，说出了实情，我录了音。可是公司领导都不听这盘带子，他们说，都改革开放了，有没有这种事并不重要……"

飘雪气道："他们怎么能这样说？这种事对一个女人来说非常重要！"

"他们说，现在的问题是你们两个人之中必须有一个人离开业务部，我们只有用公司的利益做标准……而当时，我一个大客户都没有了。"

"梦烟，对不起，我没想到客观上对你的伤害那么大……我很抱歉……"梦烟淡淡地说："说这些干吗……一个女人，刚烈怎么样？好强又怎么样？抵不住别人一句话，就能叫你的工作、名誉、自尊、清白统统泡汤。既然是不按牌理出牌，我为什么不能想办法叫别人出局呢？"

欧阳飘雪无言以对。

梦烟突然侧目对她说："你要说的话说完了没有？"自飘雪进屋，梦烟未倒一杯水，显然，这是逐客令了。[1]

在一个无人能够理解自己、感情没处安放、笑贫不笑娼的时代，女性选择成为富人的情人，以维持一种理想的生活和事业，这令人不齿。但作为女性，梦烟沦落至此，又单纯是女性个人的原因吗？原本好强、刚烈的梦烟，被他人的一句话、一个诬陷，一切就全都归零，甚至陷入万劫不复的深渊，这个时候，我们的道德要求

---

[1]　张欣：《首席》，《上海文学》1993年第11期。

如何能只施加于这个受害者？还如飘雪，她坚守的诚信和公平，最后也没能换来理想的成功，个人情感也如梦烟一般无处安放。飘雪所在的公司，上上下下只图眼前利益，上司为救急，拿客户的版权不当回事，葬送了两大客户，飘雪个人的坚守和努力也终究是零。最终，还是梦烟获得了事业上的首席之位，风光无比。

《首席》的两个女性，是市场经济时代都市女性的两个版本。她们美丽，工作能力强，但在一切都以金钱利益来衡量的时代，她们年轻的身体、扎实的专业能力、充沛的干劲，最后又能安放在何处？小说最后，飘雪告诉梦烟，她们曾经的恋人离开佛寺去了北京从政。梦烟回复说："我不知道，这个世界上还有什么东西是可以留住的……""梦烟的眼里，尽是迷茫，全没有了刚才作秀时的从容、镇定、首席风范。"① 男性奔向的是权力，不会为女人停留；时代通往的是财富，不会为任何一个人停住。女性在这个时代，或许可以获得财富，在事业上风光无限，但她们的情感呢？时光呢？身体的美丽在时间面前终将溃散，内心的情感在财富面前，似乎也已付诸东流。张欣写《首席》，以及更多的小说，批判反思的人性和时代问题或许很多，但感慨世道、唏嘘人生却是基本底色。

飘雪和梦烟是上世纪九十年代的商场女性，她们的职业是外贸，很有时代特色和城市特色。同样特征的，还可看 2003 年出版的长篇小说《浮华城市》，这里的女性职业是房地产经理，也是新世纪广州城的热门职业。《浮华城市》也有很多直接的时代性文化诊断，如创业成功的床上用品企业老板文竹，她丈夫朱广田则是房地产公司总经理，这两个成功夫妇经常为谁该回归家庭争吵不断，但没有一个人愿意为家庭、为孩子而放弃事业："朱广田希望她回归家庭，可是文竹心想，为什么牺牲事业的就必定得是女人？就算牺牲了也没多大关系，问题是时代不同了，社会上的太多悲剧让文竹

---

① 张欣：《首席》，《上海文学》1993 年第 11 期。

根本就不敢回归，有多少男人在艰苦奋斗的时候，需要女人和安定的家庭来支撑他的工作，一旦成功，他们便花天酒地，包二奶养小蜜……罢了罢了，总之这个世界的铁律就是没有经济基础就没有安全感，女人年轻漂亮的时光能有几天？"① 新世纪的城市女性，已经不再敢于为了孩子和家庭放弃自己的事业。注意，这是"不敢"而不是"不愿"。二十世纪是女性追求独立的世纪，女性追求事业、经济独立是女性个人的自由追求、平等需要。但是，在商业化时代，新的经济环境下，女性不再因为个人有多强烈的事业心而不愿意回归家庭，而是恐惧于男性的不负责任。当代城市女性的不安全感，来自男性的不可靠，最可靠的还是金钱。家庭不再是港湾，而是与其他商业领地一样的计算得失、比拼利益的空间。后来，文竹为了获得更大的成功，把自己的得力助手、同时也是儿子最认可最信任的家教老师派去其他公司做卧底，孩子再度叛逆，最后溺水身亡，作为卧底的员工也被她出卖入狱。事业心、财富欲膨胀至此，已然异化成赚钱的机器，成为城市里的魔鬼资本家。

《浮华城市》里最核心的女性并非文竹，而是朱广田房地产公司的得力干将、售楼小姐商晓燕。开始时，商晓燕形象极其正面，她愿意与陷入经济困境的冯苇一厮守恋爱、准备结婚，知晓公司在房产信息方面存在欺骗行为后，宁愿自己掏钱弥补客户也不想被人指责没有信用，同时坚决与不诚信的公司划清界限，辞职不干。无疑，商晓燕的这些品质，在逐利轻义的现代商业都市里极其难得。但是最后，这个女性也成了破坏他人家庭的第三者，更不再愿意与没有经济实力的男人结婚生活。开初时，晓燕对同事说的"宁肯大俗也要爱钱"嗤之以鼻、当作玩笑，但到后来她对失业陷入困境的男人说："我们为什么要过苦日子？越是相爱就越是要过好日子啊。"② 这种大的价值观改变，背后自然是她的经历造就的，甚至可

---

① 张欣：《浮华城市》，人民文学出版社 2004 年版，第 25—26 页。

② 张欣：《浮华城市》，人民文学出版社 2004 年版，第 189 页。

以直接说是让她失望的男性造就的。她遭遇了老板朱广田的求婚，但朱广田并没有能力让妻子文竹同意离婚，最后不了了之，这是一大失望。更让她失望的是，初恋男友冯苇一害怕失去工作，而对老板爱上自己女人却没有任何作为。后来，冯苇一找商晓燕想复合，晓燕有一句经典的回复："你太不明白了苇一，因为你心里只有你自己，从我们认识开始，你觉得你付出过什么吗？在天都不动产，无论是你的走还是你的留，都是在你的利益不受任何伤害的前提下作出决定的……"[1] 即便是商晓燕真正爱过的柯智雄，最后也为了自己所谓男人的脸面，扇了晓燕一巴掌。"有爱又有什么用？还不是反目成仇。"[2] 如此惨烈的情感遭遇，商晓燕又如何能够一如既往地依靠男人、相信爱情？并不是女性不愿意与男性同甘共苦，而是被都市欲望异化了的男性不再值得像商晓燕这样的女性去付出、去守护。

与不再相信爱情的商晓燕形象形成对比，还可看《锁春记》里的叶丛碧，后者从另一个维度讲述女性继续爱可能带来的结局。在《锁春记》里，张欣塑造的叶丛碧贪慕虚荣，但小说对这个形象并没有丝毫的苛责，反而是给予了更清晰的同情和怜悯。叶丛碧爱上世博，这份爱并不是罪过，她最终的意外死亡，也是出于对世博的爱。在这个爱情故事、意外事故中，需要批判的并非丛碧的贪慕虚荣，而是世博作为男性的自私与冷酷。爱美食、追求富贵、贪慕才华和颜值，这些欲求在张欣的文学字典里从来不是什么大问题，她关心的是这些最日常最普通的人性欲求背后的人心世界。雷达先生曾评论说："《锁春记》是张欣关于女性自身的一部心经。""这部作品着力塑造的三个女性，她们都是优秀的，她们的生命轨迹却不寻常，而且心灵在不同的境遇里发生了畸变，最后一个个结局凄凉。"[3] 张

---

① 张欣：《浮华城市》，人民文学出版社 2004 年版，第 165—166 页。

② 张欣：《浮华城市》，人民文学出版社 2004 年版，第 273 页。

③ 雷达：《当代都市小说之独流》，见张欣《锁春记·总序》，花城出版社 2014 年版，第 3 页。

欣笔下的都市女性，从来都不是"贪慕虚荣"四个字就能够解释的，她们身上有着都市社会诡杂的情感心理，更有着当代中国驳杂的都市文化。

张欣在其2005年出版的长篇小说《为爱结婚》的序言里说："在情感的迷宫里，为爱结婚似乎已经成为一种至高的境界。这在过去也不能说不是问题，任何一个年代，总有人为了生存、家境或者人事关系结婚……而在今天，残酷的现实生活就更加是风刀霜剑严相逼了。"① 张欣塑造的人物，尤其女性形象，基本都不是批判和审视的姿态，而是深入她们的生活现实和内心境遇，发现她们现实的难处和心理的困境。"我认为好的作家便是不会盲目地歌颂真善美，但也绝不是单一甚至狂热地产生恶之花，而是写出人性的挣扎。"② 在爱与不爱、情感与生活之间，都市男女们该如何选择？让爱情故事获得美满结局，于小说创作而言或许容易，读者接受起来或许也是皆大欢喜。但张欣的写作一直都不愿意如此"通俗"，她笔下的爱情故事，恰恰是反抗这些圆满，当然也不是刻意去毁灭这些可能性，那是另一种意义上的通俗。张欣要剖析的是，在面对现实的压力以及城市的各种诱惑时，处于恋爱当中的都市男女将会遭遇怎样的内心折磨。张欣笔下的都市女性，她们渴望爱、追逐爱，但更多时候是纠结于爱还是不爱。她们纠结的内心，包裹着无尽的辛酸。或许，看透张欣笔下的女性，就是看透这个时代的精神状况。

三、女性形象与城市文化

上一章谈都市饮食男女问题时，谈及《锁春记》里的美女主播叶丛碧，这个女性形象在小说中会厨艺、贪恋富贵子弟，是一个典

---

① 张欣:《绝境》，见《为爱结婚·代序》，云南人民出版社2005年版，第1页。

② 张欣:《绝境》，见《为爱结婚·代序》，云南人民出版社2005年版，第3页。

型的当代都市女郎。"饮食男女"这一概念强调的是"食色性",但与食色性关联着的人物和故事,并非只有吃食和情欲一面,更有不可忽视的文化信息和精神内涵,后者可能更值得我们关注。为此,我们不应该简单地将叶丛碧等一类女性划入都市饮食男女了事,要看到她们背后的城市文化。

就张欣小说女性形象所揭示的城市文化而言,我们可先看 1996 年张欣中篇小说《此情不再》里的一段话:

> 朱婴累得倚在门口道:"朱沙沙,你是不是跟我爸爸有仇,然后全部发泄在我身上?!"朱沙沙笑道:"拿人钱财,替人挡灾,我说过的,钱多的事会辛苦一些。"朱婴气道:"你这是成心,我整天看见什么老板、经理的找你看专家门诊,怎么就不能给我介绍个事?!"沙沙正色道:"你初来乍到,又不会广东话,我介绍你去做花瓶啊?!"朱婴恨得弹起,"我会是花瓶?!我是大学生!高智商!"沙沙冷笑道:"那你怎么连个老太婆都搞不掂?!"
>
> 朱婴无言以对,冲着门外大力甩掉脚上的运动鞋。听见沙沙在她背后说,你来的时候像个重症伤害,想你也不是来休假的吧。广州是这样的,非常现实的社会。[①]

讲广州城市的"现实",类似意思的话在张欣小说中还有很多,比如:"其实,他们都知道自己并不适合自己,可是年轻人最难面对的就是独处,广州是一个物化的社会,有谁会理别人的事?"[②] 还如《岁月无敌》:"广州多现实啊,我在电视台见得多了。漂亮一点的女孩子都觉得自己能成星,为了拍一个 MTV,跟谁睡都行,那你不

① 张欣:《此情不再》,《天涯》1996 年第 3 期。
② 张欣:《此情不再》,《天涯》1996 年第 3 期。

完了？"① 不胜枚举。就《此情不再》而言，这篇小说的女主角朱婴，凭着犟劲离开北方的家乡投奔了远在广州的姑姑，靠自己却找不到工作，被姑姑介绍到医院做极其辛苦的陪护。做完一天陪护的朱婴终于见识到广州这座城市的"现实"——这里的"现实"其实就是现代城市的伦理底色，它不会照顾谁的个人情绪和过往伤痛，要想留在这个城市，必须凭本领做事。除开这种"城市现实"的感受性表达，朱婴这个来自北方的广州都市女性，还直接拿广州与北京、上海进行了对比："与北京、上海相比，朱婴觉得广州这个都市蛮尴尬的，既没有厚重的文化积淀，又没有昔日辉煌的殊荣，地方嘛，又那么一点点，想一展拳脚，也是空有志，枉凝眉。若做个不恰当的比喻，北京是正宫娘娘，上海就是受过宠爱的小老婆，广州不过是个刚刚收房的丫头，或是拼命想红也红不起来的三流歌手。"② 这当然是上世纪九十年代的城市比较，新世纪之后，广州也不再是"刚收房的丫头"，其现代化程度不会比北京、上海等城市更弱。改革开放以来，北京、上海、广州、深圳、杭州，包括更多的中国城市，经历市场经济的发展和现代化的城市更新之后，城市之间的文化差异性越来越小，开始共享着共通的现代城市文明。为此，对于张欣新世纪之后的小说，除开一些清晰的地理标志、饮食标签会携带上广州城市特征之外，更多的时候，或者说小说更核心的层面，张欣是在讲述整个现代中国城市的文化精神问题。

《锁春记》里的女性，我们只谈过叶丛碧，其实小说中芷言、宛丹也是核心人物，她们身上流露出来的城市生活习性，茶艺、饮食维度的趣味只是一些最直接的广州城市特征，但她们身上所呈现的"病症"反而最能揭示现代城市的文化问题。比如"微笑型抑郁症"患者芷言，习惯性地"把美好和微笑展示给了别人，而她自己

① 张欣：《岁月无敌》，《大家》1995 年第 2 期。
② 张欣：《此情不再》，《天涯》1996 年第 3 期。

始终生活在一种压抑之中"①。"有专家指出，微笑，很有可能是最终'内伤'，包括逞强也要笑到最后，高危人群都是学历较高的成功人士。微笑抑郁并不是慢性疲劳，尽管它也是一点一滴增加积累的，最为可怕的是，它很难被人认知，人类要认识自己并不是一件容易的事。"②芷言的病症，是典型的现代病、都市病。她把对父亲的爱，转移到兄长世博身上，于是把毕生的热情投入到帮助兄长发展事业，希望兄长仕途顺利，抚慰泉下有知的父亲。从弗洛伊德精神分析学视角来看，芷言对世博的关爱，是一种恋父情结的转移。但芷言把兄长的事业当作自己的事业之后，就容不得世博有半点差错，世博的差错和失败，她会认定为自己的错误和失败。把自己的欲望投射到他人身上，于是不允许他人走出自己的控制范围，陷入一种可怕的"精神控制"。更大的问题是，芷言并不觉得这是问题，她已陷入到一种自我化的世界，认为自己的意见是最理性的、最好的，认为兄长世博按照她的意见走下去仕途必然会顺畅无比。但人都会犯错，世博也有自己的情感，世博的妻子宛丹更有自己的欲求。芷言与世博的关系，在情感交流方面几乎取代了世博妻子宛丹的位置，导致世博的婚姻陷入困境。世博遇到叶丛碧之后，萌发了新的爱情需求，这当然走出了芷言为他设计的为官路线，于是她开始为世博解决各种婚外恋带来的麻烦。芷言帮世博处理了很多麻烦，但她解决麻烦的手段最后也成为了世博为官路上最大的麻烦，于是最后她解决了自己（自杀）。

像芷言这样一个把生命价值寄托在他人身上的女性，何以是最城市的？不是芷言这个人的生命选择最城市，而是芷言这样一种时刻都想要保持绝对清醒和理智的人物形象，这种只许成功、不许失败的人生要求，最典型地喻示了现代城市文明作用于个人生命可能抵至的一种异化结局——抑郁症。小说中，净墨与芷言有一个对

---

① 张欣：《锁春记》，花城出版社 2014 年版，第 172 页。

② 张欣：《锁春记》，花城出版社 2014 年版，第 172 页。

话，净墨指出芷言的生命没有春天。小说最后，芷言去世前给净墨寄了一封信，她强调自己的不后悔——"我至死都不后悔"。为兄长付出一切，把兄长的事业当作自己的事业，这对于兄长以及对于自身而言都是一种偏执。如何理解芷言偏执的生命选择？芷言的博导、心理学教授指出："人类到底是理性的动物，还是由本能和潜意识机制来激发行为，永远是一个争论不休的课题。"[1] 这份答案提供了很大的解释空间，但我们更可以从城市文化视角来解读。有学者指出："超大都市里，时间和空间都被工程化，都被用来孤立、耗尽和抽象我们；大都市将我们逼得走投无路，迫使我们去建构新的乌托邦意识。"[2] 现代城市是一种生产性的空间，内在地要求着繁殖和发展，把时间、空间都内嚯化、工程化。以这种生产性的城市作为生存空间，或者作为一种生活情境，它塑造了现代人的基本性情：要不断地去建构属于自己的乌托邦。芷言的乌托邦是从她的父母亲那里移植过来的，也就是替父亲"看住哥哥"。如何看住？芷言认为"在中国，如若没有清醒的政治头脑，无论多么聪明和有才华，都不可能立于不败之地"[3]，于是大学选择了政治专业，希望以自己的政治头脑来"看住哥哥"，包括母亲去世后去读心理学研究生，以心理医生的身份护住哥哥的健康。世博成为银行高管后，芷言以军师兼心理医生身份守护在哥哥身边。由此，芷言逐渐将世博的事业成功当作自己的"乌托邦"。最终，芷言在这个"乌托邦"的反向作用下，将自己的生命工具化，也将世博以及围绕世博事业的一切都抽象化。耗尽一切，只为了实现这个"乌托邦"，这就是芷言的人生。她最后所谓的不后悔，并非真正的不后悔，而是她至死都要让自己相信：她付出的努力是值得的，为了哥哥世博的未

---

① 张欣：《锁春记》，花城出版社 2014 年版，第 173 页。

② 陆兴华：《人类世与平台城市：城市哲学 1》，南京大学出版社 2021 年版，第 274 页。

③ 张欣：《锁春记》，花城出版社 2014 年版，第 16 页。

来，自己的牺牲是值得的。将自己工具化得如此彻底，芷言这个形象才是真正的都市女性。

《锁春记》小说的最后，作家特意揭示了一个令人唏嘘的城市事实：曾经有三个美丽的女人，在不知不觉中俯下身去，成就了一个男人的辉煌。[1] 这个男人未必能够真正抵于辉煌，但小说中三个美丽的都市女人却的的确确俯下身去牺牲了。这是一个新的城市寓言：现代城市，女性是男性的欲望对象，同时也是男性获取更大欲望的牺牲对象。现代城市并没有超越传统的乡土，它只是在乡土的基础上延伸出新的"乌托邦"而已，这个"乌托邦"象征着无穷无尽的欲望。

---

[1] 张欣：《锁春记》，花城出版社 2014 年版，第 175 页。

第七章　青年形象与张欣小说的城市经验书写

　　孟繁华先生多年前曾诊断说中国的"城市文学没有青春"："九十年代以后，当代文学的青春形象逐渐隐退以致面目模糊。青春形象的隐退，是当下文学被关注程度不断跌落的重要原因之一，也是当下文学逐渐丧失活力和生机的佐证。"① 这是在探讨《涂自强的个人悲伤》时提出的观点，这里所谓没有青春，并不是没有青春人物形象，而是至今而言城市小说中提出的青年人物形象普遍都比较模糊，还没有表征性的人物。或许，女性形象在城市题材文学作品中最为突出，像上一章我们梳理的文学史上的王琦瑶等城市女性形象。但城市文学中的青年形象绝对不会少于女性形象，甚至可以说，当代中国城市文学中的人物，绝大多数都属于青年范畴。只不过，如果要追问城市文学中哪些青年形象塑造得最为成功，除开涂自强，确实难以想到其他人物，这是一个很需要关注的问题。对此，我们可以从张欣小说中的广州青年形象入手，探讨这些青春形象的时代属性和城市特征，同时也思考这些青年形象为何难以成为当代中国城市文学的表征性人物。

---

① 孟繁华：《建构时期的中国城市文学——当下中国文学状况的一个方面》，《文艺研究》2014 年第 2 期。

一、城市文学与青年形象

虽然很难想出几个人人皆知的城市青年形象，但二十世纪以来的中国都市文学并不缺青年形象。郁达夫《沉沦》被誉为现代都市文学的先驱，这个小说的叙述者、主人公即是一位留洋日本的中国青年。这个患有抑郁症的青年，直白地表露着自己的性苦闷，成为呈现"现代人的苦闷——性的要求和灵肉的冲突"的经典之作。《沉沦》持续地搅动着上世纪二十年代以来中国都市青年的生理欲念和心理苦闷，可惜这个小说的主人公只是一个"他"，没有名字，不然"他"可以是中国城市文学中最首先想到的表征性人物。或许，郁达夫预料到现代城市里太多抑郁症患者了，他用"他"就可以指向任何一个都市青年。城市意味着一种宿命，任何人被现代城市所主宰，都是"沉沦"：每一个"他"都将在城市的欲望里沉浮。《沉沦》最后，郁达夫让"他"走向自杀，同时喊出了："祖国啊祖国……你快富起来、强起来吧！"这最末的呼救，从另一个意义上喻示着现代青年的反抗性特质："他"不是一个只有性苦闷的青年，更是一个求改变、寻新生的青年。

对于现代文学史上的青年形象，赵园曾指出："不但明确地意识到对象的作为青年，注目其为青年所固有的特征，而且以'青年'作为一种社会力量来观察和描绘。"[①] 作为社会力量的青年，在小说中的形象特征也就大体相近。像丁玲笔下的莎菲（《莎菲女士的日记》）、蒋光慈笔下的王曼英（《冲出云围的月亮》），包括茅盾《蚀》里的周定慧、孙舞阳、章秋柳，《创造》中的娴娴等女性青年，她们是一种时代性的社会力量，以不同的生活遭遇体现着当时都市女性求自由、求解放的思想意志。茅盾在解释其包含了《创

---

① 赵园：《艰难的选择》，上海文艺出版社 1986 年版，第 220 页。

造》在内的《野蔷薇》小说集中的五篇小说时有言："五篇小说都穿了'恋爱'的外衣。作者是想在各人的恋爱行动中透露出各人的阶级的'意识形态'。"① 都市青年的爱情等等，无一不是服务于革命意识形态。即便四十年代末香港城市小说《虾球传》里的虾球，最后也是成为革命青年。但虾球的经历特别丰富，作为底层贫穷家庭的孩子，离开母亲成为城市流浪儿，误入黑社会做狗仔、马仔，当扒手、做赌徒、蹲监狱等，这些经历是揭示出乱世时代的都市罪恶，也让人物成长、转型得自然贴切，最后找到人生方向、加入游击队成为革命小战士。总体而言，虾球这个人物也属于"迷失—寻找—反抗"精神框架的性，但虾球身上容纳了更多的时代细节和城市文化，是现代城市文学史上具有表征性的都市青年形象。

十七年时期小说中的都市青年形象，像欧阳山《三家巷》、杨沫《青春之歌》、王蒙《青春万岁》等，这些革命题材小说中的青年形象，在小说中也是生活在二三十年代，因此有现代都市革命青年的精神底色，但作为新中国成立之后有着清晰的革命历史小说思想结构的小说，也展示出更正面、更昂扬的面貌。有学者分析说："与现当代文学史上多数以青春为主题的小说一样，《三家巷》中的青春，亦非赤裸的无所依附的青春：这是一群被现代中国建构实践所冲击并参与这一实践的'新青年'。""究其实质，《三家巷》之'新青年'与此前'五四时代的青年'们，具有高度相似性……更准确地说，他们是与现代中国诞生史同构共生之人。他们是'大历史'的产物，更是'大历史'的实践者和创造者……"② 《三家巷》的都市青年，他们的生活与"大历史"紧密地融合在一起，是"历史整体性与总体性的具体构件"。因此，《三家巷》的都市青年，主要是与革命历史、与国家命运相关的革命青年，而不是与广州这座

---

① 茅盾：《写在〈野蔷薇〉的前面》，《野蔷薇》，开明出版社 1994 年版。
② 张均：《当代文学中的青春与革命——重读〈三家巷〉》，《粤港澳大湾区文学评论》2021 年第 1 期。

都市相关的都市青年。或者说，都市在小说中的作用，只是人物的活动空间、小说的故事背景，很难讨论这些青年形象背后的都市文化。为此，文学史上关于《三家巷》青年形象的界定，主要是在革命历史维度，而不是在都市文学、城市文化领域。

要真正将青年形象与都市文化关联起来，讨论城市文学意义上的青年形象，还是得新时期、八十年代之后。孟繁华说："八十年代的文学，是一个青春帝国的文学：伤痕文学潮流过后，高加林、白音宝立格、孙少平，以及知青形象、右派形象、现代派文学中的反抗者、叛逆者形象等，一起构成了八十年代文学绵延不绝的青春形象序列。这些青春形象同那个时代的港台音乐、校园歌曲，以及崔健的摇滚、第五代导演的电影等，共同构建了八十年代激越的文化氛围和扑面而来的、充满激情的青春气息。任何一个时代的文化心理、氛围和具有领导意义的潮流，都是由青年担当的。"① 但这里面最有影响的青年还是传统乡土青年，高加林、孙少平在县城生活过一段时间，却也是失败的经验，最后还是回归乡土。真正意义上的城市青年，还是《你别无选择》《无主题变奏》等现代派小说中的青年。比如《你别无选择》中的青年孟野、森森、李鸣、董客，是新时期追求自我、探索未来、反叛传统的青年形象。孟野是个音乐狂，有才气、不喜欢按章办事，有反叛精神，看淡爱情等世俗生活。李鸣则是"一直想退学"的迷茫青年，看不到希望于是逃避，最后虽有回归，但也前途未卜。这些艺术系大学生，通过艺术表达着他们的时代情绪，而这些文艺气息浓重的情绪同时也是现代的都市生活感受。作为改革开放初期的作品，八十年代现代派小说中的青年，还需要面对传统的、保守的声音，他们的探索、反抗、迷茫或新生，是文化转型时代青年个体的情绪反映，他们与时代一样，正处于转型焦虑和阵痛中。但正因为这种时代感，八十年代现

---

① 孟繁华：《失去青春的中国文学——当下中国文学状况的一个方面》，《当代作家评论》2014 年第 1 期。

代派作品中的青年，更主要还是时代青年，而非都市青年。作为时代青年，他们有八十年代青年的基本特质，他们情绪、思想的精神来源，也与全社会的青年有着共同性，都在与传统的力量搏斗，都是在接受西方现代思想之后的精神流露。

有清晰的都市意识、直接被城市生活所塑造的青年形象，需要在九十年代的新生代小说家作品中寻找。当时的新生代作家代表邱华栋曾述及自己进入大城市后的感受："这种大都市外在的高楼大厦，大饭店背景下的存在对我的压迫与刺激很大，我老觉得高楼大厦要倒下来压住我，地铁就像地狱里奔行的列车。"[①] 新生代作家对城市有了真切的生活感受，他们笔下的都市青年也都开始凸显都市特征。邱华栋的小说《闯入者》《手上的星光》《夜晚的诺言》等，都有着清晰的都市景观描写，作家也很自觉地将人物融入城市。其中，长篇小说《夜晚的诺言》是典型的青春成长小说，写主人公乔可的大学生活和城市初体验，很能看到一个城市如何塑造一个青年，以及这个青年面对大城市时的迷茫与追逐。邱华栋之外，新生代作家笔下的人物，最有影响力的要数朱文的"小丁"。在《什么是垃圾什么是爱》《尖锐之秋》《弯腰吃草》等小说中，小丁作为城市游民，只能是边缘角色，他充满迷茫、困惑，看不到自己之于城市、对于时代而言有什么存在价值。小说中，小丁将自己比做社会的疣、城市的苍蝇。"我怎么觉得自己就像是这个社会的一个疣呢？活着却不是这个身体上的一部分，呼吸却没有温度，感觉不到这个身体的新陈代谢，我是一颗增生出来的疣。"[②] 能如此比喻，意味着小丁有很清晰的自我意识和时代认知，并不是那种无知的迷茫，而是清醒的颓废，他清楚地知道自己自甘边缘、不合流于时代意味着什么。黄发有曾评论说："人人成为商品的潮流正是小丁陷入异化了的自由沼泽的文化根源。在这个交换原则成为最高准则、处处

① 张东：《一种严肃守望着理想——邱华栋访谈录》，《南方文坛》1997 年第 4 期。
② 朱文：《什么是垃圾什么是爱》，华夏出版社 2014 年版，第 95 页。

都是相互利用的陷阱的时代里，一个脆弱的个体要想不使自己变成物，也似乎只能在残缺中自由。他要想不成为物化现实的影子，似乎就只能成为隔绝于现实之外的破碎的游魂。"[1]朱文等从思想活跃的八十年代成长起来的新生代作家，面对市场经济迅速发展、消费文化开始侵蚀社会方方面面的九十年代，这种对比的冲击、理想的幻灭，必然带来颓废和绝望。因此，乔可和小丁们可以视作九十年代中国都市青年的表征性人物。

二、张欣小说中的青年形象

论及1990年代新生代作家小说中的都市人物形象，已经可以过渡到张欣小说的都市青年形象了。在前面探讨张欣九十年代都市小说的人文精神问题时，我们曾讨论了《亲情六处》《缠绵之旅》《伴你到黎明》等小说，这些小说中所讲述的，并非人物的青春故事，但宽泛一点而言，这些形象与朱文笔下的"小丁"等人物一样，可以算入都市青年形象。像《亲情六处》里的青年维沆和俐清，都是大学本科刚毕业的剧团艺术生，他们步入社会要面对的也是全新的都市现实。九十年代，很多地方剧团开始自负盈亏，经营不下去的剧团纷纷解散，能活着的少量公有剧团也是惨淡得很，待遇极差。找不到理想去处的俐清和维沆，想方设法进到一些高档俱乐部，希望认识一些老板、总经理、小K之类的人物，当个公关小姐，甚或被包养，接受资本包装成为明星。维沆不愿意"堕落"，想继续表演，最终就只能是跟"同是天涯沦落人"的伙伴们合作以表演为生，开办"亲情六处"，把作为艺术的话剧表演转换为作为生意的生活情景表演。《亲情六处》塑造的余维沆、简俐清、焦跃平等人

---

[1] 黄发有：《在游荡中囚困——朱文和〈什么是垃圾什么是爱〉》，《文艺争鸣》2000年第2期。

物，是极具时代特色的都市青年，他们在事业上的困境，以及情感上的困惑，与邱华栋、朱文等新生代作家笔下的都市青年有着共同的时代境遇和精神特征。

1990年代是人文理想遭遇市场经济大崩溃的时代，这期间的青年作家刻画了很多都市青年形象，这些形象普遍是在直面一个物欲横流的时代，他们感受着全社会的精神溃退，同时自身也在这个时代横流中或孤立坚守或随波逐流或消隐寂灭。进入新世纪，全国范围内的城市现代化建设进一步推进，同时更多的青年作家加入写作队伍，更多的青年形象出现。尤其新一代的"80后"作家，自九十年代末《萌芽》的新概念作文大赛隆重登场后，越来越多的青年作家通过网络新媒介的方式加入文学创作领域。这批"80后"作家基本都是出生、成长于城市，他们笔下的青年形象，也多为城市青年。"'80后'青春叙事把自我的成长与城市化交织在一起。"[1] "80后"青年是伴随着中国的城市化进程成长起来的，这个"城市化进程"往往意味着城市各方面的建设和治理都尚未成型，普遍是不够文明、不够现代的问题城市。比如，九十年代的很多城市集聚着大量争抢第一桶金的唯利是图人物，还有很多黑恶势力流窜在城市的郊区深巷。另外，"80后"在成长过程中也开始直接感受到消费文化、大众文化、亚文化的侵蚀。比如源自西方现代、后现代思潮以及港台地区的酷文化，对中国的影响正是表现在"80后"新一代青年身上。我们可看新世纪初社会学学者对于青年酷文化问题的阐述：

> 中国的新新人类是八十年代以后出生的，在改革开放、社会不断进步的环境中成长。他们没有受到"左"的影响，不顾及什么伟大的神明，想说什么就说什么，想做什么就做什么，活得自由洒脱；他们很少受传统价值观念

---

[1] 祁春风：《自我认同视野下的"80后"青春叙事》，山东大学博士论文，2015年，第96页。

的束缚，他们的价值选择多种多样：个性的、新潮的、奇诡的，我们不妨看一看北京青年爱去的"酷地儿"：三里屯酒吧街、异国餐馆、小剧场、星巴克、迪厅、三联书店、网吧等，不同的场所代表不同的内涵与情绪，无论是酒吧街大排档似的随意、咖啡客暂时的悠闲，还是书店里求知若渴的满足，在青年眼中，每一种选择都是享受一个过程、体味一种生活，这就是最重要的。酷的理由千千万万，但是最根本的只有一个，那就是年轻。他们的价值观表现出强烈的创造性、探索性和前卫性。[1]

酷文化的兴起是在中国总体的社会变革和体制转轨的历史背景下发生的。自改革开放以来，中国处于一个全方位的变革时期，从社会结构来说，是从农业的、乡村的、封闭半封闭的传统社会向工业的、城镇的、开放的现代化社会转变；从社会体制来说是从高度集中的计划经济体制向社会主义市场经济体制的转变。与此同时社会文化也发生相应的变迁与转型，传统与现代的碰撞，先进与落后的对垒，中西文化的冲突融合，在这种背景下，酷文化趁势而入，被敏感的新新人类认同和接受，加之商家的推波助澜，得以流行开来，并引领大众文化发展的潮流。[2]

酷文化当然不止于某一种类，而是一系列二十世纪亚文化的总称，它对中国"80后"青年有很深的影响。这些影响也在"80后"作家的小说中得到体现。像当时韩寒、张悦然、春树、李傻傻、孙睿等"80后"作家的创作，普遍都带有酷文化特征。其中最典型、讨论得最多的是春树的《北京娃娃》，这部小说直接以"坏女孩"

---

① 龚长宇：《酷文化·青年价值观·社会转型》，《青年研究》2002年第2期。

② 龚长宇：《酷文化·青年价值观·社会转型》，《青年研究》2002年第2期。

为宣传标签，所讲述的故事也是女主人公青春期的性经验，她出入各种意味着酷的城市空间，比如酒吧、网吧、俱乐部等。"在青年亚文化的支撑下，春树在自己的作品中大胆表现了一种残酷的生活方式。"① 以残酷的青春为叙事卖点，呈现一代青年被现代、后现代酷文化侵蚀下的都市生活体验，这是一个以反叛为个性、以放纵为酷的新世纪都市青年形象。

《北京娃娃》的小说叙述者是"我"，这个"我"当然不能等同于作家春树。但这种第一人称的叙事选择，作家与叙述人之间的共情感更容易建立。况且，叙述者与作家也的确属于同代人，作者真正的城市生活感受必然会融入到叙述者身上。强调这个叙事特征，要提出的问题是："80后"新新人类性质的都市青年形象，除开倾听"80后"作家的讲述之外，是不是可以考虑一下他们的父辈的声音？反叛、叛逆的青年，他们的父母辈又该如何接受、理解？如此，我们可以纳入张欣小说中的都市青年形象。张欣生于1954年，八十年代开始写作，无论是从年龄代际来看，还是从写作的代际来看，都可以算作"80后"青年作家的父母辈作家。张欣2003年出版的长篇小说《泪珠儿》(再版后改为《我的泪珠儿》)，所塑造的泪珠儿形象，也是追求酷感体验的叛逆青年，这些青年未必是"80后"，但却是九十年代、新世纪初很具典型性的"都市酷儿"。

《我的泪珠儿》主角并非青年泪珠儿，而是泪珠儿的母亲沁婷。沁婷当年从师范大学毕业后，很有情怀地选择去山区当乡村女教师，体验"世外桃源"世界的山清水秀。后来，沁婷生病发烧，迷糊之际被人性侵。浪漫的梦想破灭，她离开山村回到广州。性侵却给她留下了一生的噩梦：生下一个孩子泪珠儿。开始时，她无法接受这个孩子，生下就义无反顾地把孩子送去了福利院。但她始终放不下这个孩子，当事业成功、发财富裕之后，她去福利院将泪珠儿

---

① 薛月兵：《叛逆青春的书写困境与超越——以春树作品中的"坏女孩"形象为例》，《山西师大学报（社会科学版）》2012年第1期。

领养回来。所以,《我的泪珠儿》讲述的是一个母亲领养自己亲生女儿的故事,这个被领养的亲生女儿泪珠儿就是我们要重点谈的都市酷儿。

在泪珠儿上大学、变得叛逆之前,她并不知道领养自己的沁婷就是自己的亲生母亲。泪珠儿被沁婷领养的时候,年龄已经不小,她对自己作为福利院孤儿的经历记忆深刻。因为有这种被遗弃的创伤记忆,她被领养、入住广州最豪华校区的住宅之后,也没有改变自己的身份认知,一直以被父母遗弃的孤儿自居,也一直保留着很多福利院时期的收藏。上学后,泪珠儿也天然地仇视那些富家子弟,尤其对家庭背景闪亮、备受老师和同学们欣赏的谢丹青充满恨意,而与出身家庭不够理想、被同学们欺负和排挤的巴男成为好朋友。"不知道为什么,泪珠儿对那些名门望族的后代有一种天然的敌意,她每每幻想着只要自己有能力、有可能,一定冷漠残酷地对待他们。她不知道这算不算是穷人与生俱来的烙印。""泪珠儿与巴男关系比较好。毕竟他是弱者,是被压迫被损害的一类,泪珠儿就愿意跟他亲近。对泪珠儿来说,这是本能。"[1] 作为读者,我们不一定愿意相信这是一种本能,但能够理解小说这样讲故事的情感逻辑。泪珠儿自认是被遗弃的孤儿,也就是穷人的孩子,被领养也不过是过着寄人篱下的日子。泪珠儿如此偏执的自我定位,导致她自暴自弃,不认真学习,也听不进任何人的意见。比如当泪珠儿恶作剧诬陷谢丹青被发现后,班主任让她找妈妈来谈话,她回应是自己没有妈妈(她一直喊沁婷阿姨),班主任为此劝她做人不能没有良心,沁婷给了她这么好的生活,不能无情无义。对此,小说写出了泪珠儿的心里话:

> 班主任一听就炸了。她说,严安同学,做人不能没有

---

[1]　张欣:《我的泪珠儿》,花城出版社 2014 年版,第 13 页。

良心。严女士对你那么好，这是有目共睹的，你却说出这么无情无义的话来，连我都替你脸红。是的，你的身世是很让人同情，可这总不是你怪癖的理由吧?！更不是你憎恨全世界的理由，我希望你好好想一想自己的问题。

她的话并没有对泪珠儿起到振聋发聩的作用。泪珠儿心里照样恨恨的，她心里想你说什么都没用，我是不会听进去的，因为你对我和谢丹青从来都是两种表情，两种态度。如果严女士是我的亲生母亲，我想你是不会这样对待我的。

所以泪珠儿觉得但凡天下的人都是虚伪的，都是不值得相信的。[①]

把自己定位为弃儿，亲生父母都可以将自己遗弃，外人又如何能够信任？为此，泪珠儿早已在内心认定这个世界不再值得她去信任，包括领养她的沁婷，包括关心她的老师。对世界、对他人不再信任，上大学后离开了沁婷，行为也就越发地乖张叛逆。为了与巴男租房同居，她去酒吧、啤酒屋做啤酒妹招揽客人。后来，宫外孕怀上了巴男的孩子，做完手术后泪珠儿才真正意义上接受沁婷。但当泪珠儿不经意间读到沁婷的日记，发现自己居然是沁婷的亲生女儿后，她对母亲、对世界刚刚萌发起来的信心再次崩塌。她无法相信自己的亲生母亲会遗弃自己，更不能相信亲生母亲领养自己并且一直隐瞒不语。这个发现按正常逻辑来看可能是皆大欢喜，但对于泪珠儿来说，这是巨大的欺骗，更是信念的颠覆。亲生母亲领养了自己，这样的事实她难以置信，同时也直接否定了她一直以来的心理和行事法则，等于宣告她过去的朋友选择、生活方式选择等都是自以为是的矫揉造作，进一步说是母亲的遗弃和欺骗导致她一生的

---

① 张欣:《我的泪珠儿》，花城出版社 2014 年版，第 18 页。

错误。为此她恨透了自己的母亲，从此彻底地从沁婷的生活中消失了。泪珠儿回到学校就选择了退学，开始放纵自己，去酒吧当陪酒女，跳脱衣舞，甚至拍裸照和地下小黄片制成光碟流入黑市，最后在公安局打击黄赌毒行动中被抓获，送到劳教中心。

泪珠儿这样一个都市青年，就小说而言似乎只是一个被遗弃的女儿对母亲的报复式叛逆，可能难以阐释为具有普遍概括力的都市青年。但如果我们结合小说中沁婷形象来理解，可能就会理解到作家的高明用心。沁婷作为《我的泪珠儿》的女主角，主体内容是围绕她而来，小说写她与女儿泪珠儿的关系之外，更写她的工作、事业。当初遗弃女儿，既因为这不是她想要的孩子，也因为她有更大的事业抱负。包括领养回泪珠儿之后，她的精力也都投入在她风光无比的事业上，只是在金钱、物质上养育了泪珠儿而已。所以当泪珠儿发现她的秘密后，她想要女儿明白她的苦衷时，泪珠儿喊道："我不明白，我永远都不会明白，你为什么会为了表面上的风光，在精神上永远遗弃了我，你为什么就不觉得我比福利院其他的孩子更需要爱？而我一直都在寻找，甚至在梦中都在寻找我的亲人。"[1] 同时，泪珠儿看到真相后，意识到沁婷这样在外面风光无比的职业女性，背后却如此龌龊、肮脏，也就看破世界秘密一般不再相信任何的正面教育：

> 她决定退学，正面教育对她来说太苍白了，难道她将来就做一个严沁婷这样的人吗？不，她对浮在社会表层的滥情太痛恨了，它让每个人都显得含情脉脉，但其实人心才是恶魔。她要写一本书，揭露一个是为了同时揭露另一个，她不怕把自己抛出去，让人们在鄙视她的同时也痛心吧！如果她心里也有一个魔，那就是她敢于同归于尽。[2]

---

[1] 张欣：《我的泪珠儿》，花城出版社 2014 年版，第 220 页。
[2] 张欣：《我的泪珠儿》，花城出版社 2014 年版，第 221 页。

从泪珠儿的心声可以看到，她憎恨的对象并非局限于自己的母亲，更是整个城市成年人世界的虚伪。越来越繁忙的当代都市，家庭对孩子所谓的爱，往往都不及他们对自己事业的热忱。或者说，城市生活让无数的家庭沦为工作、事业的奴仆，可能获得了金钱和物质，但却失却了对子女的爱。为了事业，可以遗弃子女，为了赚取更多的资本，可以不再关心孩子的内心需要。或许，八〇后以及更多的都市青年，都是在这样的家庭环境中成长起来的。于是，都市青年所谓的叛逆和求酷，主要的缘由或许并不在于所谓的外来的酷文化侵蚀，更核心的根源其实是他们的成长过程中缺少真正的爱。甚至，很多城市青年，从小就生活在一种虚伪的家庭氛围中。现代城市把所有的成年人都捆绑在无穷尽的生存欲望上，需要陪伴、渴望父母之爱和温暖家庭的孩子，又怎能健康、正气、昂扬着成长、成才？叛逆的新新人类不是某个外来的亚文化造就的，真实的情况应该是：亚文化是缺爱的孩子成为叛逆青年后自然生成的。城市继续延伸，一代又一代的家庭被城市的生活逻辑主宰，都市青年流露出来的亚文化特征也在不断更新。

小说最后，泪珠儿策划杀害了自己的母亲，刀子捅下去时，黑暗中传来母亲的声音："……严安（引注：泪珠儿的名字），是你吗？"这样的恶果，切断了老一辈人的恶，青年一辈又能去往何方？都市的恶形成了代际链条，"迅速地排列起来"，坚不可摧。都市青年，还有未来吗？

三、城市经验与青年的未来

为什么青春那样可贵！咱们有能力，有青春，有朝气，那是锐不可当，无坚不摧的！咱们看三十年之后吧！到了一千九百五十一年，也就是到了后半个20世纪，那时候，三家巷，官塘街，惠爱路，整个广州，中国，世界，都会变样子的！那时候，你看看咱们的威力吧！世界会对着咱们鞠躬，迎接它的新的主人！①

如此清晰地肯定青春、相信未来，今天听起来已经有了隔世之感。这声音与张欣的声音来自同一个城市：广州。一百年前的广州，《三家巷》里的青年投身革命，的确也成就了未来。一百年后的都市青年，积极、昂扬充满希望的声音已经微弱难显，没有苦闷，更没有反抗，盛行的是"躺平"了"吃瓜"。

金理在梳理当代青年遭遇都市的文章里，开篇时用邱华栋《沙盘城市》里的京漂青年以及卫慧《上海宝贝》里青年倪可们的喧躁，指出十九世纪以来中西方都市文学中青年形象的反抗性体质：

这些年轻人，不满于都市生活的压抑，表达出对抗与征服，尽管或许出于幻想，或许还谈不上"征服"，但无疑有一种冒犯、撒野的兴头。"这一天"的这个时刻，借用特里林的描述，从属于"十九世纪小说发展历程的伟大传统"：青年遭遇都市。在这样一脉文学传统中，我们可以看到巴尔扎克、司汤达、亨利·詹姆斯、德莱塞、福克纳……这些大师笔下的青年人大多具备如下性格特质与生命状态：当庞大的都市在面前展开时，他们内心充满野心与狂想，身上迸发出"一股兴冲冲的劲儿"，欲与未知的世界角力。尽管这场角力以及背后不断膨胀的欲望往往会在某个时刻功败垂成，但是他们之所以来到城市，正源于在欲望的鼓励下追寻一个"可能的自我"。②

---

① 欧阳山：《三家巷》，中国青年出版社 2012 年版，第 61 页。

② 金理：《当代青年遭遇都市——青春文学与城市书写的一个现象考察》，《当代作家评论》2014 年第 4 期。

有一股劲去追寻自我，能够与未知的世界角力，这是都市文学的一种"伟大传统"。但金理指出，这种"伟大传统"已经消逝。邱华栋、卫慧笔下有反抗性品质的都市青年，在新世纪之后中国的都市文学中逐渐丧失。金理总结了两种新的都市青年状态：一类是郭敬明式的"拒绝成长"的孩子，一类是"平抑了欲望，甚至消解了绝望后，外表淡漠、心如死水的人"。"拒绝成长"的青年，在生活中不会有所谓的左冲右突，看似中立，还在都市面前保持着纯朴的一面，但实质是以沉默无声的状态迎合着消费社会的基本逻辑，"大量自我封闭、拒绝成长的形象背后，恰恰受制于消费主义的意识形态，是对市场社会主流价值的全面认同，从而不断再生产着既存体制下的权力关系"。"心如死水"的一类，是"漂"在都市里的无力、无奈、绝望青年。新世纪的这两类城市青年，与郁达夫时代的青年完全不同了。他们不再苦闷，或者可以无视苦闷，不会有所谓的反抗。新世纪之后，伴随网络文化、大众文化而来的，是都市"丧文化"的盛行。"佛系青年""衰人""废青""宅女""躺平"等概念的背后，是全世界范围的青年精神状态。

　　丧文化最集中地表现在都市青年身上，有学者指出："丧文化最好的践行者就是城市蹲族。早期的城市蹲族概念指向的主要是北上广深一线城市里的那些受过大学教育、家庭出身不错，从理论上应当拥有一份好工作、好前途的年轻人。但是，奇怪的是，这些年轻人不按父辈或者社会主流观念为他们拟定好的剧本生活，拒绝工作，选择消极避世，赖在家里或者隐匿地生活在城市偏远的出租屋里，靠打游戏等'网上冲浪'方式懒惰度日。从发展趋势看，这样的城市蹲族正在由北上广深等一线城市向其他二三线城市蔓延开来。"①

　　都市青年为什么走向了丧，这背后的缘由当然复杂，但很重

---

①　叶娟丽：《躺平：概念流变及其他》，《广州大学学报（社会科学版）》2022年第4期。

要的一点是：青年已不再相信这个世界有所谓真理。在张欣的小说中，不仅有泪珠儿这样走极端的叛逆青年，也有《深喉》中呼延鹏一般的热血青年，还有《用一生去忘记》里刘嘻哈那样能够守护良善、不被家庭和世道风气改变的形象。不过，呼延鹏的热血最终也被强权浇灭，刘嘻哈天真的信念也在资本侵扰下被无情地扼杀。强权和资本，这两大力量无处不在。当代青年或主动或被动地接受着这样一个令人哀叹的事实：强权和资本才是这个世界最有用的真理。

　　先看《用一生去忘记》里的刘嘻哈。刘嘻哈父母早逝，但有个大资本家爷爷。爷爷刘百田带着刘嘻哈，离开香港来到广州投资，成为房地产大佬。刘嘻哈一直生活在爷爷的爱护和富豪家庭的自由氛围中，因此养成了一种自由自在、但不懂世情的人小姐脾气，这大小姐癖习不是娇滴滴的女人气，而是嘻哈任性的公子范儿。因为自小生活无忧，所以不懂人间疾苦。但爱好漫画的原因，也有对世间不公抱有愤慨，充满正义感。大学毕业后，刘嘻哈找好友兔子协助幻想创办漫画杂志、以画漫画为业。一次偶然机会，嘻哈爱上了医院一个年轻医生，开始主动追求。但这时候刘百田逼她与高干子弟曹宁宁结婚，以此形成资本家与政治的联姻。同时，刘嘻哈又发现爷爷在对待员工、青年男保姆四季不小心犯下绑架罪的问题上过于无情。出于对四季可能获十年牢狱之灾的同情，刘嘻哈与爷爷做了交易：爷爷宽恕四季，自己答应同曹宁宁结婚。但等刘嘻哈结婚后，她发现爷爷欺骗了她，四季并没有获得减刑。质问爷爷为何欺骗时，刘百田语气温和地回应说："拣宝（刘嘻哈奶名）啊，你已经成家了，而且找到的是可以托付终生的人，百年之后我对你的父母也有交代了，我现在告诉你最后一个人生箴言，那就是对待与你最亲的人，也不要相信他所有的话。"[1] 面对爷爷的欺骗，刘嘻哈

---

[1]　张欣：《用一生去忘记》，花城出版社 2014 年版，第 164 页。

恍然大悟，世界观被颠覆："她的亲爱的爷爷，一直是她的保护神，在她心目中有着至高无上的地位，却在那一刻让她同样铭心刻骨地看清了什么是冷酷，失信，谎言，势利。"[1]与爷爷"决裂"后，刘嘻哈与曹宁宁的婚姻也出现问题，搬去与闺蜜好友兔子合租共住，不久又发现兔子和自己喜欢的男医生好上了，她所遭遇的一切，似乎印证着爷爷说的话：最亲的人也不要相信。遭受亲人好友的欺骗，一个天真、对生活充满爱、对世界不公有满腔愤懑、还愿意同情他人的青年，性情被完全改变。此后，刘嘻哈再无阳光面孔，她去出版社做最辛苦的校对工作，在工作中抵抗生活的虚无。但当生活终于调整过来，有一个安静日子想开始自己的创作生涯时，爷爷刘百田又将全部财产的继承权给她，直接导致了他身在香港的儿子的不满，于是这个家族又开始了内部争夺财产的纷争，刘嘻哈也再无安静日子。资本的无情，资本家的任性，毁了一个青年可能的独立生活。从刘嘻哈的遭遇来看，这是个富豪家庭出身的都市青年，本来可以是最理想、最能有所作为的青年，却也是连自己的婚姻、事业都无法自主，这份悲哀感怎能让人不沮丧？

再看《深喉》，这个作品有反腐小说的结构，但核心还是讲述一个热血青年理想的破灭。呼延鹏原是毕业于中国人民大学新闻系的高才生，大学时年轻气盛，一心想留在北京干大事业。但在广州媒体《芒果日报》主编戴晓明的召唤下，来到广州做媒体记者。"在与戴晓明的一次长谈之后，呼延鹏突然就决定南下，因为他觉得戴晓明这个人极有胆识，又独具个人魅力，在人治现象不可改观的中国，跟对了人才能成就一番事业，这已是不争的事实。"[2]也就是说，呼延鹏完全是为理想、因情怀而来到广州的，这与金钱、权力欲望无关。投身媒体行业后，呼延鹏开始初生牛犊不怕虎式地针砭时弊，以媒体记者的身份全力专注于追问事实、寻找真相。有才

① 张欣：《用一生去忘记》，花城出版社 2014 年版，第 169 页。
② 张欣：《深喉》，花城出版社 2014 年版，第 2 页。

华、有思想，一心为正义理想、为真理信念而奔波的呼延鹏，很快成为南方媒体界的闪亮人物，同时也吸引了报社时尚版记者、靓丽女青年透透，成为一对璧人。但这对璧人的爱情生活中，一直面临着物质困窘问题。透透虽然很爱呼延鹏，最后还是在物质与爱情之间选择了物质，与日本化妆品公司中国区总代理、日本男人龟田结婚。这是呼延鹏爱情层面遭遇的溃败，他不是败给日本男人，而是败给了城市生活所需要的高成本：豪华房子、品牌衣物、贵重礼品等。而在事业上，呼延鹏一直追查的凶杀案事件，最后查到了一位高级干部时，写好了一篇揭露真相的重磅文章，却被自己最信任的领导戴晓明搁置。戴晓明知晓所涉干部有很深的背景，担心稿子发出去会给自己的升迁造成障碍。小说写了戴晓明与呼延鹏就稿子能不能发的对话：

戴晓明说："《坚冰下的隐秘》我看了，老实说的确是好文章，但是现在不能发。"

"为什么？"

"咱们每天收那么多红头文件，为什么还用说吗？毕竟是负面新闻嘛。"

"我也想过我们自己的报纸可能不好用，毕竟言词太激烈了，那我也只好拿到《精英在线》上去发表了。"

"不行，我明确告诉你不行。"

"这又是为什么？"

"你哪来这么多为什么？……而且我跟你这么说吧，《精英在线》也不会用你这篇稿子。"

"我不相信谁真的能一手遮天。"

……

"我想我特批一个数目的稿费，就算报社把这篇文章买断了。……"

"然后呢？"

"没有然后，但是你也没有损失。"

呼延鹏看着戴晓明，半天没回过神来。如果不是亲耳所闻，他真不敢相信这是戴晓明作出的决定，如果说徐彤让他对人性有过一次深刻认识的话，那么戴晓明此刻的一番话，给他的是一种彻底的幻灭感。[①]

戴晓明曾经是什么也不怕的办报牛人，敢办一份有正义感、有时代责任心的报纸，一直是很多年轻人心目中的榜样，更是呼延鹏大学毕业后的职业导师。如今，却"跟那些毫无作为的人一样，开始自保，开始做一个平庸的人，办一份平庸的报纸"。在呼延鹏看来，这说明之前的戴晓明并非真正要做什么大事，只是要建构一个他自己满意的土围子，"好在里面当山大王"，如此也就不再是改革者、优秀报人，"充其量是一个会赚钱的能人，一个让自己的利益最大化的商人"。[②]戴晓明的"虚伪"，也就意味着所谓全国最早的报业集团、万人瞩目的报业文化，不过是一个空壳，这对于呼延鹏来说，也就是自己投入全部热情的媒体行业根本就没有希望，这里面的幻灭感可想而知。后来，戴晓明也被卷入腐败案，被双规入监。小说最后，呼延鹏去看守所看他，戴晓明说出了自己对于权力与人性关系的看法："权力既迷人又可怕，迷人在于它难以窥探的秘密，它总是能吸引人臣服、折腰、谄媚奉迎和顶礼膜拜，可怕的是在于它要统治一切的本性……有人说权力可以使掌权者丧失理智和人性，而权力丧失后，往往可以恢复人性，接近真理。""在一切可以改变人的因素中，最强烈的是酒，其次是女人，再次是强权，最后才是真理。"[③]说到"真理"，说的人和听的人都不约而同地笑

① 张欣：《深喉》，花城出版社 2014 年版，第 212 页。
② 张欣：《深喉》，花城出版社 2014 年版，第 213 页。
③ 张欣：《深喉》，花城出版社 2014 年版，第 281—282 页。

了起来。没有人再相信什么真理，或者说，真理在现代人的心目中已经降至最不重要的位置。一代青年的偶像是个伪君子，这对于呼延鹏、对于这个时代还相信真理、信任媒体良知的青年人而言，是个巨大的讽刺。

失败感、无力感、沮丧感、绝望感，这或许是当前城市文学作品中都市青年的普遍性情绪，也是最能引发当下中国城市青年人共鸣感的精神气息。但我们也需要看到这些悲伤、抑郁性情感背后所潜藏的务实一面。尤其对于张欣笔下的广州故事而言，青年人的务实也是显而易见。比如《用一生去忘记》里刘嘻哈的丈夫曹宁宁，他虽是高干子弟，却欣赏刘嘻哈身上的那种不羁和踏实，也一直爱着刘嘻哈，最后即将面临离婚时也能重新擎起"信任之旗"。在一个所有人都在相互欺骗的环境里，曹宁宁给出的信任，不光是温暖一个人、挽救一份爱情，对于所有读者来讲，也是重新燃起我们对人性、对爱情、对世界的希望。包括在《深喉》里，偶像虽然塌陷了，理想虽然破灭了，但青年呼延鹏也获得了新生，他找到了真正在负重前行的槐凝作为新的偶像／对象。呼延鹏从槐凝的人生经验中看到了自己人之为人的价值、意义并未幻灭："他感到了被人需要的温暖，感到了他自己还真实地活着，他的心还在，他的伤感、他的忧郁，他所受到的震动，他的悲天悯人的情怀还在。生活从来就没有改变过，改变的只是我们心中细致入微的体验。"[1] 曹宁宁、刘嘻哈、呼延鹏等，他们首先是作为一个个体生活在这座城市，被他人伤害、被生活欺骗，这些城市遭遇并不会摧毁他们作为完整个体的身体和灵魂，这些经历反而可能转化为有价值、有意义的城市经验，丰富他们的内心，让他们的胸怀更为博大、精神愈加坚韧，从而走向更广大的世界，去关心关怀更多具体的个体。芒福德说，城市迫切需要的革新并非物质设备的扩大和完善，而是通过把

---

① 张欣：《深喉》，花城出版社 2014 年版，第 250 页。

艺术和思想应用到城市的主要的人类利益上去——"我们必须使城市恢复母亲般的养育生命的功能，独立自主的活动，共生共栖的联合，这些很久以来都被遗忘或被抑止了。因为城市应当是一个爱的器官，而城市最好的经济模式应是关怀人和陶冶人。"① 张欣以及更多当代作家所创造的都市青年，他们在故事中的结局未必理想，但都是作为一种城市生活经验活在小说中，并持续地召唤着更多都市青年去阅读、去感受，然后以更多的爱加入到建设新城市的实践中。

---

① ［美］刘易斯·芒福德：《城市发展史——起源、演变和前景》，宋俊岭、倪文彦译，中国建筑工业出版社 2005 年版，第 586 页。

第八章 消费叙事与张欣的后现代城市观念

> 在现代城市里，有大量职业，比如总代理、贸易代理之类，以及在大城市里所有那些不确定的谋生方式，它们没有任何客观的形式和明确的行为。对于这些人来说，除了赚钱之外，经济生活，亦即他们的目的论序列的网络，没有任何明确的内容。金钱，绝对的实体，对他们来说是一个定点，他们的活动以无边无际的范围，绕着这个定点运转。[①]

齐美尔指认现代城市人的生活从根本上而言是围绕着金钱转，金钱、货币取代了传统生活的目的和意义。金钱具有纯逻辑一般的客观性，在金钱的衡量下，一切职业的差异、一切生活的意义，都被等同化。在大城市生活的人，唯一的目的就是尽一切可能地赚钱。为了这唯一的目的，城市人只需要一般性的理智，不需要相信某种有除赚钱之外价值的专业知识。或者说，任何专业知识都等同于赚钱的方法和工具。金钱是现代生活中绝对的实体，城市人的一切活动，都围绕着这个实体而开展。与金钱相关的活动，最主要表现为消费活动。传统的消费活动通常指向具体的物质消费，但现代城市生活的消费早已超出物质消费阶段，已进入以文化消费、符号

[①] [德] 齐美尔：《金钱与现代生活方式》，朱生坚译，见薛毅主编《西方都市文化研究读本》（第三卷），广西师范大学出版社 2008 年版，第 34 页。

消费为主的"消费文化"时代。后现代文化理论家詹姆逊总结说："文化是消费社会最基本的特征，还没有一个社会像消费社会这样充满了各种符号和概念。"[①] 这里作为消费对象的"符号和概念"，既包含物质维度的符号化、文化化，也含括精神、情感维度的象征化、欲望化。总之，以金钱为中心的现代生活逻辑，与一切都可成为消费对象的城市生活现实，二者相辅相成，共同锻造了当代城市人的思维方式和生活伦理。

张欣的城市小说，不光故事内容、人物形象层面有着明显的城市元素，在故事逻辑、叙事精神层面也清晰地彰显着城市思维和城市伦理。上一篇，我们探讨的是小说的城市文化元素以及人物形象问题，这一篇，我们将讨论更为宏观的城市思维和城市精神问题，主要从张欣小说的城市叙事、城市伦理特征入手，以期拓展张欣小说的思想内涵和精神空间。讨论城市叙事，首先遇到的就是消费叙事问题。消费叙事并不局限于小说中的消费现象，更是从一种宏观的叙事思维来看，张欣处理她小说中的很多问题，都带着消费时代的文化特征。简单说，张欣笔下的广州城市生活，一切都与消费相关。阅读张欣的小说，我们会切实地感觉到，我们的城市文化的确处于后现代意义上的"消费社会"，起码是正在进入这样一个"社会"的途中。

一、城市文学与消费文化

讨论城市文学，大多数时候我们是将发生在城市的故事、以城市生活为题材的小说都视作城市文学作品。就现有的城市文学定义来看，也都会突出城市题材、城市空间。比如研究中国古代城市

---

① 转引自卢瑞：《消费文化》，南京大学出版社 2003 年版，第 44 页。

文学的周晓琳、刘玉平的界定是："城市文学属于文学的一个特殊类别，从空间划分，与乡土文学、山水文学相对应而存在。具体是指以城市这一特定空间形态为观照视角，以城市的物质构成、发展状态、文化品质、人文景观以及城市居民的生存方式、性格特征为主要表现对象的文学。"[①] 这种界定对于古代城市文学研究而言当然是最合适的，但对于现代以来的城市文学研究而言，只强调城市空间、城市题材的城市文学界定经常受到质疑。很多作品会涉及城市，甚至故事完全是发生在城市，但作者的写法、所表现的情绪、情感和思想还是传统、乡土的，那这种作品能唤作现代意义上的城市文学吗？为此，强调现代意识、城市精神的城市文学概念受到很多人的认同。比如左怀建、吉素芬编辑现代都市文学读本时给现代都市文学下的定义："所谓现代都市文学，就是具有现代都市意识（即都市审美意识）的文学。"[②] 但什么才是都市意识？这似乎也是一个难以厘清的概念。左怀建、吉素芬也对"现代都市意识"给出了自己的界定："要具备现代都市意识，就必须首先承认现代都市存在的合理性和合法性；而要承认现代都市的合理性和合法性，文学艺术对于现代都市就不仅仅是批判和否定的，还应有对现代都市的认可和肯定。"[③] 这里强调的是作家关于现代都市的立场、态度、认知问题，不应该是纯粹批判、否定，而是以肯定为基础，在认可现代都市的基础上进行质疑和批判。但何以判定作家的质疑和批判是否有肯定和认可作为思想基础，这也不是一个清晰的问题。为此，很多学者可能会认同"城市意识"对于我们判定城市文学极其重要，但具体谈论城市文学时，并不会如此严格地去辨析。尤其面对当代城市文学时，所谓"城市意识"往往也是模糊不清、无处不在的，以至于和那些不提城市意识的城市文学界定并无差别。以至

---

① 周晓琳、刘玉平：《中国古代城市文学史》，人民出版社 2013 年版，第 1 页。

② 左怀建、吉素芬：《中国现代都市文学读本》，浙江大学出版社 2017 年版，第 5 页。

③ 左怀建、吉素芬：《中国现代都市文学读本》，浙江大学出版社 2017 年版，第 5 页。

于 1983 年在北戴河召开的中国当代首届城市文学理论笔会时，给城市文学下的定义是："凡以写城市人，城市生活为主，传达城市之风味，城市之意识的作品，都可以称作城市文学。"[①] 这里虽然也强调了"城市意识"，但它与前面的"写城市人、城市生活"并不构成必要的组合关系，而是并列式的综合，也就是"城市意识"可有可无。

对于当代中国的城市文学而言，"城市意识"大多数时候关联的是"现代性"问题。1991 年，陈晓明讨论城市文学时指出："中国当代文学中出现的'都市意识'显然是受了西方现代主义思潮（尤其是存在主义）的影响……其主题强调的重点在于：都市空间构筑的压抑感、孤独焦虑心理、个人与社会与他人的偏离、无处皈依的末世情调等等。"[②] 用"现代性"来充实"城市意识"，对于我们理解当代中国城市文学的城市意识而言很有启发，但"现代性"概念本身也是驳杂的。卡林内斯库就总结了"现代性"的五副面孔，包括现代主义、先锋派、颓废、媚俗艺术和后现代主义。到底哪副面孔属于城市意识？陈晓明选择了"现代主义"，那其他面向如何兼顾呢？像很多以媚俗面孔出现的通俗小说，该如何界定？可见，现代性意义上的城市意识，它的外延也是极其广阔的。

面对诸多界定的困难，或许我们可以选一个相对容易考察的小说要素作为抓手，比如从消费问题入手，通过考察小说有着怎样的"消费文化"，以此把握一部城市题材小说的城市意识。当然，"消费文化"也并不简单，但大致可以分作前现代的消费、现代生产型社会消费和后现代消费社会的符号消费。前现代时期，主要是农业和手工业发达，消费行为也多发生在生活必需品层面，注重的是实

① 陈晓明：《城市文学：无法现身的"大他者"——全球化语境下的当代都市文学》，社会科学文献出版社 2007 年版，第 3 页。
② 陈晓明：《末路寻踪：在都市与历史之间—— 一九九〇年〈花城〉中篇小说综评》，《花城》1991 年第 5 期。

用性、耐用性。前现代社会即便是奢华的享受型消费，更多时候也与权力、贵族身份等相关，不是一种纯粹的商业文化。进入现代社会，资本主义工商业发展，机械化大生产获得普及，批量化生产也意味着大众化消费的出现，同时也因为产品的充盈，消费开始注重品质和精神所需。"人们开始越来越注重精神上的各种享受，而不仅仅满足于物质产品的丰富了。另一方面则是社会生产方式的变革带来了观念的变革，使这些用品的享用变得合法化，对其追求就成了人们社会生活的重要内容。"[1] 而进入后现代阶段，消费不再局限于物质和精神两个维度，而是生活中的一切都与消费相关。这所谓一切，是指整个社会的文化现实和生活逻辑，都被消费主义主导。比如现代阶段所注重的精神需求，是一种相对贵族化、高雅化的需要，带有知识分子情怀。但后现代阶段的精神需求，大多数时候是文化工业意义上的娱乐消遣，即便继续强调精英、高端、纯粹，背后也是消费主义文化逻辑在主导。如管宁所概括的：

> 后现代文化是现代社会发展到晚期，即进入消费社会后，由于经济领域生产方式的转换和社会领域组织结构的变化，意识形态领域为适应这种变化而形成的一种新的价值观念体系。这一观念体系与既往的不同之处，不仅在于它更直接地表现出文化与现实社会经济活动之间的关系，表现出大众广泛的参与程度；同时还在于它的开放性，以及在这种开放中表现出的更加突出的权力作用——既往文化所具有的独立精神品格日益淡化，逐渐演变为可进入市场和社会运作，并获得话语权力和商业利润的文化资本。在许多时候，后现代文化所尊奉的理念，不仅是消费社会

---

[1] 杨魁、董雅丽：《消费文化——从现代到后现代》，中国社会科学出版社 2003 年版，第 107 页。

物质和文化生产以及人们生存方式的一种文化表达，同时还与现实的经济活动密切相关。[①]

后现代消费社会，有广泛的大众参与度。尤其在城市，每个个体都必然加入到这个消费网络中，城市人的生活方式本身就是通过消费方式来表现的，这包括了文化生活、精神生活，都被纳入到了消费体系中。同时，传统的权力和资本力量也借着消费社会的政治经济学逻辑获得了新的形态，有消费的地方就有权力和资本，这也导致了后现代社会的个体独立性越来越弱，文化、精神的纯粹性逐渐丧失。

显然，"消费文化"并不等于具体的消费行为，它关联的是一个时代、一座城市市民的生活方式和思维方式。把握城市文学作品中的消费问题，可以帮助我们更具体地觉察一个文本的"都市意识"。比如现代阶段茅盾的《林家铺子》，这个小说直接写城市一个小商家在帝国主义、官僚势力的联合摧残之下瞬间破产的故事，它所处理的"消费"就裹藏着前现代的权势逼迫和现代资本家的资本掠夺。显然，《林家铺子》，包括《子夜》《春蚕》等，都是左翼文学观念的产物，负载着清晰的中国无产阶级革命的使命意识，具体的"消费"或"交易"也呈现出半殖民地半封建的色彩，作品的"城市意识"是一种求自由、求正义、求解放的意识，它混杂着前现代城市小商人的生存逻辑和现代城市小资本家的生活思维。即便如新感觉派的多数小说，也还是现代都市的消费，"消费"主要体现在现代物质的欲求以及都市男女之间的相互诱惑，还是生理层面的欲望在主导着小说人物的都市感觉。像穆时英《被当作消遣品的男子》这篇，写男性作为女性消遣品，女性成为欲望的发出者、主导者，这在欲望主体的性别问题上有突破性，但这里的身体还是身

---

① 管宁：《消费文化语境中的文学叙事》，福建师范大学博士论文，2005年，第10页。

体，心理也还是心理，人的身体、心理等并没有上升到符号价值维度，所以新感觉派的都市小说还是现代都市小说（不仅仅是历史阶段上的中国现代，更是美学意义上的"现代"），而难以划入"后现代"。即便到了新时期阶段，八九十年代的城市小说也是以现代消费、现代城市意识为主。像朱文的小说《我爱美元》、何顿的《生活无罪》等，还是表现一种爱金钱、求物质、要享受的直白的欲望消费。但新生代作家也有部分作品触及了后现代意义上"消费文化"，像邱华栋九十年代的《环境戏剧人》，里面写及深圳这座新兴城市时，叙述者有一段关于城市的剖白：

> "你看这座城市，它已越来越使人在欲望之海中变成平面人。因此，我成了一个良好的平面设计师。在这座城市没有钱你什么也别谈论爱情。爱情同样也在被购买、被标价、被转让、被出租、被展览、被包装。这座城市是一座奇迹，一座虚幻的城市，但它美丽，它让人活得简单、干脆、快速。我憎恶北京自高自大的气质，我更喜欢这里。但我惧怕人，我害怕与人握手、交谈，我宁愿一个人对自己说话……"他望着窗外说。[①]

城市靠金钱、资本运转，爱情之类的传统玩意儿也都必须转化为金钱。这还不止，城市还改造了人，使人爱上它之后，变得更简单、干脆、快速，也就是最直接的算计型人格，一切都通过数据说话，不需要拖泥带水的感情，不需要与他人交往的人情世故，更不需要讲究何种精神气质。小说最后还直言："城市已经彻底地改变与毁坏了我们，让我们在城市中变成了精神病患者、持证人、娼

---

① 邱华栋：《环境戏剧人》，《都市新人类》，中国广播电视出版社1997年版，第45—46页。

妓、幽闭症病人、杀人犯、窥视狂、嗜恋金钱者、自恋的人和在路上的人。我们进入都市就回不去故乡。"① 城市把人变成了"商品""病人""罪人",同时城市人也沉浸在这种城市生活而不自知或知道了也无法退出／返回。当代城市的政治经济逻辑,已经把所有人卷入其中,无法自拔。"在这可怕的城市里","我们永远都不能卸妆,并准备再一次登场",这就是后现代城市的文化逻辑:城市给你无尽的舞台,你的生活始终都在表演状态,一直在寻找精神家园,但永远也找不到归宿。

二、消费叙事与张欣小说的城市意识

广州有"千年商都"之誉,广州的城市文化尤以商业文化著称。张欣笔下的当代广州都市故事,也普遍有着清晰的商业文化相关元素。比如张欣八十年代写的小说《鸽血红》,里面的主要人物洁玲就是把握改革开放大潮,率先下海做生意的形象,并且做生意发财的欲望彻底地改造了这个女性:"洁玲越来越不能容忍一丁点的平庸,她对于出人头地对于金钱的追求压倒了一切。她千方百计地认识人,并且尽可能地认识有用的人,从中筛选出老万。当然不能武断地说他们的婚姻毫无感情基础,但当时老万的确是外贸进出口公司分管茶叶生意的老业务员,就他那个范围而言,炙手可热。是他教会了洁玲做生意,而洁玲也教会了他抛妻弃子,被公司开除公职,然后轻松地和她一块走上了另一条发大财之路。"② 做生意、发财的欲望,已经超越了传统的道德约束,开始侵蚀城市家庭,包括洁玲让老万抛妻弃子,也包括洁玲面对家人、朋友各种道德非议

① 邱华栋:《环境戏剧人》,《都市新人类》,中国广播电视出版社1997年版,第53—54页。
② 张欣:《鸽血红》,《张欣文集——世事素描》,群众出版社1996年版,第29页。

时的傲娇姿态。小说虽然是在反思一种风气变化，但更流露出一种全新的城市现实：传统的道德观念，在做生意发财、充裕的资本和奢侈的生活享受面前，已经开始变得弱势。赚钱能力意味着消费能力，消费的变化意味着生活方式的变化；而为了过上一种新的城市生活，也意味着要去赚取更多的金钱、资本。读《鸽血红》，可以感受到一种新的城市生活、城市伦理在崛起，但《鸽血红》里的消费主要还是物质消费，是提升生活品质的消费，城市生活方式也是通过更多或更好的物质、服务来完成。这意味着八十年代的广州城市还没进入后现代阶段，作家的城市意识也是现代意义上的城市文化认识。

到九十年代，张欣小说的商业气息更为浓重，金钱、物质的欲求性消费开始主导人的生活选择和价值理念。比如我们多次讨论的《首席》一篇，两个女性形象都是在广州从事玩具外贸行业的工作，典型的商业性质职业人物，其中梦烟为了维持理想的城市生活消费，放弃了内心的道德操守，成为富人的情人；而飘雪的老板以及身边的同事们，也都不再把爱情视作需要真正的"爱"，都将爱情视作换取金钱利益的工具。还如《变数》，小说中除了主人公浩明还在坚守一些传统的人情道德，其余每个人都只想着发财致富。浩明的姐姐丽明，每天都在做梦被富豪看上、通过嫁人改变生活，最后通过网络找到一个年纪很大的香港商人，毫不犹豫地把自己嫁给了"富人"。而浩明的女朋友文秀，也甘愿被媒体娱乐，想通过媒体炒作来招引资本家的"照顾"，幻想着成为明星。在浩明家里租住的业余记者季风，名牌大学中文系毕业，却干着"枪手"的勾当：代写论文、替干部、富家子弟写作业，替人捉刀代笔写电视剧……净干些有利可图的文字活儿。包括浩明的母亲，眼里也只有钱和利，不会过问钱怎么来的、儿女的脸面和真幸福等。可以说，金钱、财富是《变数》的核心动力，所有人都围绕着金钱而苟且地活着。为了钱，这些人可以出卖信仰、出卖人伦、出卖身体、出卖名誉等。总之，什么都必须兑换为金钱，再没有什么不是为了钱而有必要坚守的了。

《首席》《变数》等创作于九十年代的小说，虽有着清晰的现代城市思维，即小说里的人物已经沦为金钱、资本的奴隶，逐渐主动放弃传统的伦理道德，转变为彻底的为看不见的、永无止境的欲望而忙活不止的城市人。但张欣给这些小说还保留着一股特别传统、保守的力量，想拉住时代的马车，让九十年代的人走慢一点，去记住人性中的一些美好成分。《首席》里的欧阳飘雪，能克服困难无怨言地帮助粤北穷困山区的、不入流的玩具工人，还能坚持自己的做人和行事原则，即便最后失去了"首席"地位，作者也给予她很清晰的未来"首席"：开始向未来的市场投资。即便是《变数》，也还有浩明这个重人情、讲良知的务实青年。作为主角，浩明的正面形象可以抵消他身边所有人的无德与不堪。但也因为飘雪、浩明这类绝对正面的角色存在，导致张欣九十年代的城市小说还不够"后现代"，也即城市经济对个体生活的渗透力还不够密实：还有飘雪、浩明这些"漏网之鱼"，他们还可以在现代化大都市里独善其身。

新世纪之后，张欣小说中的消费文化更为突出，不再刻意塑造类似欧阳飘雪、浩明这样的正面形象，多数时候是小说中所有人物、包括叙述者都参与到城市消费文化逻辑当中。新世纪初创作的《浮华城市》，只有夏遵义这个人物还相对保守，她一直等待着背叛爱情的丈夫柯智雄能够省悟过来、回到自己身边，但最后还是跟着作为资本家的柯浩雄走在了通往北京的机场上。在小说结尾，作家留下了一个需要读者去选择的时代性难题："她该怎么办呢？没有人能够给她答案。正如在每一个当代人的内心深处，永远深藏着一个巨大的问号，那便是出走还是留下？突围还是困守？"[①] 我相信在张欣写这部小说的二十一世纪初，还是有很多读者愿意看到夏遵

---

① 张欣：《浮华城市》，人民文学出版社 2004 年版，第 277 页。

义转过身来回到柯智雄身边，回归一个完整的家庭。但同时也可以肯定，在二十一世纪已经过去二十年的今天，多数读者会支持夏遵义无反顾地与柯浩雄去北京开启全新的生活。选择何种生活，这对于夏遵义而言，是一个内心的声音问题，是她到底还愿不愿意相信爱情的问题。但对于读者而言，这可以是一个时代性的文化问题。如果夏遵义没有任何心理负担地奔赴富裕的新生活，说明爱情、传统的家庭伦理对一个有孩子的女人不再具有约束力。而且，夏遵义是《浮华城市》里唯一一个还没有被资本、金钱异化的都市女性，如果最后她也跟着资本家走了，那就意味着这部小说没有一个人物不被都市的资本主义生活所吞噬。或许，张欣给夏遵义留下这个疑问，是在考验不同时代的读者：我们还会相信当代城市还有人把爱情看得比金钱更重要吗？这个疑问可链接到张欣2011年出版的长篇小说《不在梅边在柳边》，小说开始时写乔乔与蒲刃、冯渊雷之间的爱情选择，乔乔作为知识分子家庭、大学教师的女儿，最后还是选择了富家子弟冯渊雷，放弃了寒门子弟蒲刃，即便乔乔与蒲刃之间才是真爱。从张欣创作夏遵义到塑造柳乔乔，不到十年，年轻人的爱情至上信念再无市场。

《不在梅边在柳边》更全面也更彻底地揭示了当代城市生活的"消费主义"本质。柳乔乔父母作为高校知识分子，在女婿的选择上倾向于女儿获得物质利益和安稳生活的保障，这或许还是自古以来的父母之常情。但小说更写了贺润年、贺武平这个暴发户资本家的消费特征。暴发户贺润年从最初做冒牌产品，抓住改革开放的政策红利创造品牌神话，成为行业老大。有钱之后的贺润年像大多数的暴发户一样，通过财富换取"贵族气派"：

> 贺润年请来普歇尔伯格和他的搭档雅布，这两位设计界大师来自加拿大。贺润年对他们的设计理念一窍不通，只听说是世界设计界教父级人士，通常只为国际品牌企

业、酒店集团、奢侈品旗舰店等豪华部门服务，极少给私人住宅做设计，而且设计费用高昂。为此贺润年等了整整两年，才算跻身于迪拜的酋长、小国的元首这一类服务对象的队列中，令他感受到独一无二的荣耀。

然而所有的等待似乎都是值得的，贺润年的住宅翠思山庄的确是用简约风范打造现代奢华的典范，同时又是自然风光和艺术美学的缠绵之恋。独立的园林、回廊是传统的东方元素，中景是千灯湖的私家湖畔与一片茂密的荔枝林，远景是风云岭延绵的山脉，景观品质无可比拟。①

这是暴发户用经济资本换取文化资本、象征资本的过程。贺润年之所以要花巨资换来世界级设计大师的贵族文化装点，个人层面是抹除自己暴发户的底子，于公司企业层面就是"化腐朽为神奇"，让他的"松崎双电"成为尊贵、品质的象征。还有他对儿子贺武平的教育，送到美国贵族商学院学习金融财务，也支持贺武平去欧洲游学，学习艺术史、星相学。这些都是花钱的爱好，同时也是贵族身份的象征。贺武平学习艺术，音乐修养也很出色，再以他的身家作为基础，很快跻身商业、艺术等多个领域，成为明星级人物。比如松崎的年会是大型音乐会，邀请名指挥、名乐团，完全不是一个暴发户、本土商企的做派，这当然也是用金钱换取艺术，以艺术象征企业文化，再以这种文化换取更豪迈的企业未来。小说也直言说："事实证明，财富和艺术才是真正的绝配，那真是郎有情妹有意，能够制造出令人眩晕的美感。"②用财富换取艺术，拥有艺术的商人又通过艺术和财富"再创辉煌"，这就是后现代城市的一种商业秘密。为商业助力的，不仅仅是艺术，还有慈善等。在张欣2017年的长篇小说《黎曼猜想》里，茅诺曼接手管理青玛公司后，首先

---

① 张欣：《不在梅边在柳边》，《张欣自选集》，天地出版社2018年版，第20页。
② 张欣：《不在梅边在柳边》，《张欣自选集》，天地出版社2018年版，第21页。

就是花钱做公益，她对公司高管们说："青玛公司必须做环保，这是一个化工企业的规定动作，因为有污染有效益就得回报社会，这关系到公司形象和在消费者心中无形的地位，是无论多少广告费都达不到的效果。同时，在全国各地捐建一百所希望小学，也在政府那里得到良好的印象分，以后在与政府互动或者需要他们帮助时才有对话的基础。"[1] 公益、慈善事业对于企业而言，并非纯粹的为了帮助他人、服务社会的慈善行动，而是一种新的象征资本，意味着一个企业有公益文化，公司老板有服务社会、回报社会的精神境界。艺术投资、公益投入，这些对于现代企业而言都是看不见交易的大交易，是看不见商品的大消费，但这些看不见的交易在后现代文化逐渐突显的城市资本生活中，已变得越来越重要。

后现代城市语境中，资本家、企业的行为逐渐重视那些意味着象征资本的文化投入，沉浸于城市消费文化生活中的个人更是如此。《不在梅边在柳边》里最主要的人物梅金，她的成长、成功经验更是一个出卖身体灵魂换取身份地位的典型故事。贺武平的买凶杀人还是最传统、最简单粗暴的犯罪，但梅金是沉醉于自身花钱买人生的成功神话，她相信这个新的资本化时代根本不需要杀人，钱可以将一切原始的罪恶转化为漂亮的故事。即便梅金失算了，但代价是对方的自杀殒命，这更加突出了小说要表现的当代资本化经济和生活逻辑，以更强烈的现实感令人不得不相信这是一个一切都可交易的欲望化时代。《黎曼猜想》里有人物留下箴言："所有的事，都是交易，都不过是一盘生意。"[2] 张欣正是以"所有的事都是一盘生意"这样的城市意识来安排她的故事，让小说中的人物去直面当代城市生活的"生意"本质，于是当代人变得冷漠无情，当代生活到处是利欲交换，包括号称最纯粹、最传统的艺术和慈善，通通都被纳入到资本化城市的经济生活逻辑中，再无一个人、一件事与金

---

[1] 张欣:《黎曼猜想》，花城出版社 2017 年版，第 73 页。

[2] 张欣:《黎曼猜想》，花城出版社 2017 年版，第 7 页。

钱利欲无关。

三、《不在梅边在柳边》：后现代城市消费文化

使用"消费文化"这个词是为了强调，商品世界及其结构化原则对理解当代社会来说具有核心地位。这里有双重的含义：首先，就经济的文化维度而言，符号化过程与物质产品的使用，体现的不仅是实用价值，而且还扮演着"沟通者"的角色；其次，在文化产品的经济方面，文化产品与商品的供给、需求、资本积累、竞争及垄断等市场原则一起，运作于生活方式领域之中。①

选段来自英国学者迈克·费瑟斯通上世纪九十年代推出的《消费文化与后现代主义》一著，他说明了"消费文化"不仅仅是使用价值意义上的商品交易，更意味着消费者的生活方式和社会结构。相对于詹姆逊、鲍德里亚等人的批判性视角，费瑟斯通对当代社会的大众消费文化是持积极态度的。在费瑟斯通看来，大众的产品消费，不仅是实用价值，更可以通过具有符号价值的文化产品消费，打破不同的身份界限，凸显个人生活风格的差异和个性化追求。"一个人的身体、服饰、谈吐、闲暇时间的安排、饮食的偏好、家居、汽车、假日的选择等，都是他自己的或者说消费者的品味个性与风格的认知指标。"②这是当代消费文化区别于传统消费生活的一大特点。当代城市生活中的"消费文化"，并不局限于具体的消费行为，它更是作为一种价值观念，影响着城市人的生活方式和伦理思维。

《不在梅边在柳边》里的梅金形象，是典型的通过"消费"完

① 〔英〕迈克·费瑟斯通：《生活方式与消费文化》，刘精明译，见薛毅主编《西方都市文化研究读本》，广西师范大学出版社 2008 年版，第 357 页。

② 〔英〕迈克·费瑟斯通：《生活方式与消费文化》，刘精明译，见薛毅主编《西方都市文化研究读本》，广西师范大学出版社 2008 年版，第 355 页。

成了身份转型的人物。梅金出身穷苦，在贵州一个偏僻山村的农民家里成长，能上大学全靠社会资助。但一心想改变命运的梅金，到广州上大学后，并没有像大多数大学生那样享受大学生活，而是想方设法赚钱、攒钱。身在广州这样的大都市，没有钱就意味着这座城市的繁华与她无关。为了让自己成为真正的都市人，梅金找兼职工作的选择是哪里工资高去哪里，并不会考虑这份兼职是什么性质。发现做酒吧陪酒女来钱最快，且可以拥有最时髦的妆容打扮后，于是梅金开始了出卖"身体"的步伐。最开始是酒吧打杂做侍应生，但在酒吧无止境的赚钱欲望下，梅金最后也顺理成章地将自己的身体完整地卖出去了，用贞洁换取了一个好价钱，获得了人生的第一桶金。在酒吧陪酒女的攀比氛围当中，开初时所谓的"卖艺不卖身"，最后都要沦陷，从"艺术"到身体，逐渐把自己身上的一切当商品卖出去。而且，酒吧老板还教育梅金："一个女孩子，够穷，够美丽，够想出人头地，就可以是她不择手段的全部理由。"包括"自尊心"，也是需要钱来支撑，"没钱就没有自尊"。[①] 人要有自尊心，这些本是人的内在品质，在传统的、正经途径的价值观教育中，它是不可能与金钱、消费对接的。相反，传统的教育强调的是内心修养，自尊是人有人格、有涵养的由内而外的表现。但是，梅金在酒吧的"人生导师"小豹姐的城市生活经验告诉她，没有钱就没有自尊，自尊是靠金钱、靠美丽的外表建立起来的。梅金在酒吧兼职赚到钱后，她的变化是从身体到内心的"滋润"："有了钱，身体开始悄悄地发生变化，虽然还是一身学生装束，但梅金自己能够体会到点点滴滴的滋润，就像地里的庄稼被浇水施肥了一样。"[②] 出卖身体获得金钱，而金钱也可以帮助身体更值钱。知晓身体与资本之间的隐秘关系之后，梅金开始投资自己的身体，做隆胸手术，各种美容美体和高品质化妆品，包括从小豹姐那里学习保

---

① 张欣：《不在梅边在柳边》，《张欣自选集》，天地出版社 2018 年版，第 37 页。
② 张欣：《不在梅边在柳边》，《张欣自选集》，天地出版社 2018 年版，第 41 页。

持身段的方法、调情的技术等，这些都是帮助"身体"更值钱的投资。自尊需要钱，自信也需要钱作为基础。酒吧老板小豹姐还教育梅金："女人有了钱才有自信，否则再美也是一脸的穷相。""梅金最感激小豹姐的就是她让她找到了自信，就如同灰姑娘穿上了水晶鞋，让她从此走上灿烂人生。"[1] 身体的美需要金钱作为底子，否则"美"终究是皮相。本来，身体的美应该搭配的是内心的高贵、精神的不俗，但是在现代城市生活中，在张欣笔下的都市女性认知中，与女性身体美貌相配的，是金钱、资本。有了钱、有了美之后的梅金，完全摆脱了之前乡村穷女孩的模样，包括外在容貌、举止神态以及内在的自尊自信感等，都发生了质的变化。比如她有了"从容淡定"的基本神态，恰恰是这种神态让她与其他都市美女不同，因此在飞机的头等舱上吸引了富二代贺武平。贺武平第一次见到梅金，是被梅金的气质、神态所诱惑："尽管她着华服，拎名牌包包，但是真正打动贺武平的也许是她从容淡定的神态。"[2] 作为富二代、有高学历和极好艺术修养的青年，看不上"花瓶"式的美女，想找的是单纯的、不贪恋财富的有独立人格的女性。但当代城市女性的"单纯、独立、自信"等品质，本身即是由金钱建构、维护起来的，男性所谓不喜欢贪慕财富、喜欢独立且有品位的女性，只不过是一种自欺欺人或者天真无知而已。梅金是最典型的拜金女，不喜欢拜金女的贺武平却爱上了梅金，这里面的反讽可想而知。包括后续梅金为贺武平表演尺八，贺武平被梅金的才艺征服，"当即傻了，几乎不敢相信眼前发生的一切"：

> 他说，那天的聚会，你为何说你没有任何的才艺表演，是不是因为没带乐器？梅金说道，古曲从来都是一对一的心意诉说，如此清雅唯美之物，恐怕一个听众都嫌太

---

① 张欣：《不在梅边在柳边》，《张欣自选集》，天地出版社 2018 年版，第 43 页。

② 张欣：《不在梅边在柳边》，《张欣自选集》，天地出版社 2018 年版，第 47 页。

多，拿出来挑战竞技就完全没有韵味了，更是俗事一件。

贺武平被她说得脑袋阵阵眩晕，如痴如醉，天上人间。[①]

能吹奏尺八，这技艺也是酒吧老板小豹姐教的，梅金学这门技艺的目的也是为了能够进入高端场合、赢取高品质男性的兴趣。这里，本来作为一种传统技艺的尺八吹奏，变成了现代城市里雅致、高端、有闲阶层的身份象征，甚至直接成为提升女性身价的伎俩。艺术表演的艺术性、审美性等精神维度的价值，完全被改造为技术性、实用性等满足个人利欲的辅助性工具作用。小说写梅金用尺八迷倒了贺武平时，有一个叙述者声音作了点评："现在想起来，当时梅金吹奏的哪里是一支古曲，分明是万劫不复的魔咒，令这两个完全不相干的人并蒂而生。"[②]令人陶醉的传统古曲变成了让人万劫不复的现代魔咒，不是曲子变了，而是吹奏曲子的人和环境变了。古曲在当今城市的意义，不再是陶冶性情，而是一门生意。

女性的身体、技艺等都成为了一种投资，为的是换取更理想的资本。在这样的心理欲望支配之下，梅金的所谓爱情、婚姻，也注定是一场交易。即便开始时贺武平的确爱上了梅金，梅金也对这个富家公子产生了情感，但终究改变不了利欲交易的本质，最终也只会演变成权衡利弊、取舍得失的普通夫妻，"与什么爱不爱的没有半点干系"。但对于梅金这样的渴望物质、渴望改变命运成为上层阶级的女性来讲，爱情并不重要，爱情就是交易，所以她不会在意贺武平到处找女人乱搞。与贺武平结婚有小孩之后，梅金的欲望、渴望获得的东西已经发生了改变，转移到了工作、事业中，她要成为贺家企业的核心，掌握贺家企业的命脉。为此，在贺家企业拥有权力才能让梅金快乐："近几年来，她发现自己的全部喜悦几乎都是来自工作，永远都不要说权力是男人的春药，其实同

---

① 张欣：《不在梅边在柳边》，《张欣自选集》，天地出版社 2018 年版，第 52 页。

② 张欣：《不在梅边在柳边》，《张欣自选集》，天地出版社 2018 年版，第 52 页。

样也是女人的春药，只不过成功离女人更远，所以连奢望的心都免了。"[1] 有了权力，也就意味着可以按自己的想法去支配人和钱，梅金彻底改变了自己作为被支配、被救助、被可怜的底层女性身份。

费瑟斯通曾考察那些新型城市小资产阶级的生活习性："新型小资产阶级是一种伪装者，渴望自己比本来状况要更好，因而一味地对生活投资。他拥有很少的经济或文化成本，所以他需要得到它们。因此，新型小资产者采取向生活学习的策略，他有意识地在品味、风格、生活方式等场域中教育自己。"[2] 梅金甚至不如费瑟斯通笔下的新型小资产者，她的人生是从一个无产者，通过消费自己的身体来追逐资本，逐渐成为小资产者和大资本家的历程。成功转变身份的梅金，成为了城市新一代的资本家，更是城市新贵阶层人物。梅金的身份转换过程，可谓是直接演绎出了后现代城市所盛行的一种消费文化逻辑，这种逻辑是将一切问题转化为消费/交易问题，包括传统观念中认为不能够用来交易的身体、艺术、自尊、自信等外在和内在的品质，这些品质在后现代城市里都是商品，都可以转换为资本。或者说，在后现代城市文化逻辑中，这些身体和心灵品质本身即已沦为一种商品/资本，它们既可以通过投资获得，又可以继续交易获得更大的利益。"现代城市设立了一系列新的限制，它标出男男女女们所能达到的最远处并仍旧不失为人。一种命令似的东西使得人类从浪漫潇洒跑到现代，最终被后现代主义所改变。随着后现代主义者将意识从主体和城市世界中排挤干净，自我便和其他客体一起被商品化了；属于人性的东西经过一番提炼筛选，最终什么也没了，剩给我们的是事与物及它们之间的关系的世界。"[3]

① 张欣：《不在梅边在柳边》，《张欣自选集》，天地出版社 2018 年版，第 65 页。
② ［英］迈克·费瑟斯通：《生活方式与消费文化》，刘精明译，见薛毅主编《西方都市文化研究读本》，广西师范大学出版社 2008 年版，第 355 页。
③ 理查德·勒翰：《从神话到神秘》，吴志峰译，《西方都市文化研究读本》（第三卷），薛毅主编，广西师范大学出版社 2008 年版，第 336 页。

现代都市的"人"，即便把自己当作诱惑对象，也会强调一种主体性，有一个他人难以捉摸的自我。但到了梅金这里，她所努力建构起来的"主体性"本身就有一个"商品化"的目的，是为了成为能换取更高收益的"猎物"而刻意打造的"商品化自我"，这个"自我"从内而外地具备商品特质。

被商品化之后的梅金，她对城市社会的认知也就只能是商品化逻辑，为此她始终相信自己能够用钱来解决一切问题，包括收买大学教授蒲刃，让其不再继续追查贺武平买凶杀人的罪行。自己是"商品人"，于是梅金看这个社会的一切问题都会是交易。但这套消费主义的文化逻辑并不是后现代城市社会的唯一逻辑。后现代城市是复杂多样的，后现代城市里的人更是纷杂多元。尤其对于中国当代城市而言，我们用"后现代"这个概念，并不是说中国的广州等城市已完全进入了詹姆逊、鲍德里亚等人言说的后现代城市阶段，而是指21世纪以来逐渐与全球城市经济接轨的中国城市，在资本逻辑和文化经济等维度也具备了后现代特征。尤其在消费文化方面，西方后现代意义上的文化消费观念对中国城市人的生活方式和价值信念影响很大。但中国城市人、城市文化的复杂性远大于现代、后现代这些概念所概括或提示的内容。为此，梅金想以自己的人生经验作为准则，以揣测其他人，尤其把握作为大学教授和物理界才子的蒲刃一类人物的人生信念时，很可能就会出现错位。尤其小说还一直强调蒲刃是一个有性格缺陷、心理问题的人物时，这意味着蒲刃这个人物对城市生活、对人生价值的认识，与梅金所相信的城市文化和生命价值并不在一个维度。蒲刃也是穷苦农家出身，他的母亲被暴虐的父亲殴打致死。蒲刃有能力之后，开始用自己的方式慢慢折磨自己的父亲。他对父亲的惩罚，虽选择了非法的下毒方式，但这种不顾一切为母亲复仇的人生选择，意味着蒲刃身上还有一种原始的正义感，他并不会为了保住自己来之不易的身份和生活而放弃为母亲复仇。蒲刃的正义感也表现在他坚持追查朋友冯渊雷的死因方面，即便冯渊雷曾经欺骗他并娶了他深爱的女朋友柳乔乔，即便他的追凶查案行动面对着死亡威胁和金钱诱惑，也没改变他要对逝去朋友有个交代的想法。梅金的金钱法则，与蒲刃的人生任务，是完全不同的生活信念。在梅金的眼里，一切问题只有立场，没有是非对错；在蒲刃的心中，是相信一番道理的。① 为此，小说最后，当梅金花钱下功夫找到了蒲刃毒害父亲的行为并以此为筹码，要求蒲刃听从她的安排，放弃追查贺武平买凶杀人事件时，蒲刃最终选择了与父亲同归于尽，并留下证据揭发了贺武平。梅金的如意算盘最终失败，她自己的总结是："她太相信这是一个物质世界，没有人会看着名利财富付之东流，殊不知在这个世界上最难对付的，就是阴郁、残忍却有着一颗高傲洁净的心的人。"② 但梅金在蒲刃这个问题上的失算，并不能否认消费主义文化逻辑在当代城市的支配性地位。蒲刃在梅金的逼迫下，最终是选择了自杀。蒲刃最终面临的选择是：要么屈服于梅金提供的金钱诱惑，继续自己作为大学教授的人生；要么死亡。他选择死亡也有两种可能性：一是梅金举报他毒杀自己父亲，然后面临道德谴责和牢狱之灾；一是与父亲同归于尽完成自己的人生使命。蒲刃选择了和父亲一起死，这既完成了针对父亲的惩罚，也是对自己的惩罚，这更符合蒲刃这个形象的人性设置。同时，蒲刃的这种死亡方式也意味着他已经无路可走——除非向梅金认输，成为金钱、世俗欲望的奴隶，与所有城里人一样苟且偷生。

当然，张欣也并不单是将蒲刃处理为悲剧结局，梅金同样是个悲剧人物。蒲刃自杀后，公安顺着线索逮捕了贺武平。贺润年知晓儿子是因为梅金的问题才犯下买凶杀人大罪后，将导致儿子犯罪的万恶之源归罪于梅金。"一个女人出身卑贱，编出故事来假冒纯

① 张欣：《不在梅边在柳边》，《张欣自选集》，天地出版社 2018 年版，第 134 页、第 177 页。

② 张欣：《不在梅边在柳边》，《张欣自选集》，天地出版社 2018 年版，第 181 页。

良，把过去的一切瞒得遮天蔽日早已让他无法容忍，结婚之后还不守妇道，给老公惹上杀身之祸，这种女人不'沉江'就应该动用石刑。"[1] 愤怒的贺润年迅速剥夺了梅金在公司的一切权力，封锁她在公司的一切物件，将她彻底驱除出了贺家企业。梅金一夜之间跌落得一无是处。梅金不仅在把握蒲刃这个人时失算了，她对于自己在贺家公司的重要性问题上更失算了："错误地认为她对松崎双电的成长功不可没，而且公司的运作根本离不开她。多年的习惯成自然，她已经养成了'女王心态'，对转眼成空毫无心理准备。"[2] 甚至，她连自己的儿子都失去了。贺润年为了让家人远离梅金，直接把孙子送去了美国上学。梅金如此悲惨的结局，是一个很值得探讨的问题。费瑟斯通说后现代城市，普通大众可以通过消费来改变身份，个人可以凭借文化消费建构新的身份，进而推进城市文化的差异性和多样性发展。但以梅金的遭遇看来，这种可能性依然很小。无论梅金怎么努力，如何利用后现代城市的消费文化逻辑改造自己，并最后通过婚姻、家庭改变了自己的身份阶层。但在强大的资本和传统势力面前，这种个人的努力终究又是徒劳的。想通过消费文化逻辑来改变身份，这条路在中国当代的城市依旧是没有出路的。梅金的悲剧人生可以表明，作家张欣一方面要拷问城市个体在面对庞大的资本力量和顽固的传统性别观念和家庭秩序时，所谓个人的勤奋努力，又能遭遇怎的结局；另一方面，张欣也在审视着城市人的生活伦理问题，像梅金这样将自己彻底商品化以换取资本和改变命运的女性，最终又将何去何从。简言之，张欣的反思和审视，既指向个体性的城市生活道德，也指向整体性的城市文化伦理。

对消费文化持乐观看好态度的费瑟斯通，在探讨后现代城市文化时也指出一个问题："在一个新的文化再垄断到来之前，这些

① 张欣：《不在梅边在柳边》，《张欣自选集》，天地出版社 2018 年版，第 181 页。
② 张欣：《不在梅边在柳边》，《张欣自选集》，天地出版社 2018 年版，第 181 页。

标志为后现代的趋势，是否仅仅表明原有等级的坍塌、一个短暂的阶段，一种强烈竞争的文化幕间剧；变化的标准与价值的混合呢？"① 尤其对于中国的城市而言，旧的文化势力还在，并将持续性地发挥影响力；同时，新的文化势力，像市场以及新的媒体力量等，也在不断生成并建构着新的权威。所谓的后现代消费文化，不过是青年人某一阶段内独特的欲望表达，这些表达稍微一出界，即将遭遇多方势力的围剿。对于当代中国的城市生活而言，所有的变化和混合，都有着清晰的底限和上限，所谓的后现代城市消费文化，也是有限度的后现代。

---

① ［英］迈克·费瑟斯通：《城市文化与后现代生活方式》，刘精明译，薛毅主编《西方都市文化研究读本》(第四卷)，广西师范大学出版社 2008 年版，第 387 页。

第九章　类型叙事与张欣小说的先锋意识

　　张欣的小说亲切好读，亲切感主要来自语言的简练干净，好读性很多时候是来自小说的类型叙事特征。尤其新世纪之后创作的长篇小说，基本都综合了侦探小说、言情小说等类型文学元素。比如 2000 年的《沉星档案》，一开篇即是一个明星级女性的死亡，叙事也是以探寻死亡真相为线索展开，是典型的悬疑叙事；2001 年的《浮华背后》有资本家和大官僚，以言情为故事外壳，内在也包裹着腐败案和人命案；2003 年的《泪珠儿》，主要写都市女性的事业际遇和家庭情感，但也借用了侦探叙事结构，让几个叛逆孩子努力去"追根"和"寻亲"；2004 年的《浮华城市》和《深喉》，前者主要是都市言情小说，后者讲述南方媒体人物背后的权力腐败，有着明显的刑侦色彩；2005 年的《为爱结婚》和《依然是你》，两部都是都市情感故事，有着通俗爱情小说的模式；2007 年的《锁春记》综合了爱情故事和腐败案件，是城市里高富帅与明星级靓女之间的情感故事；2008 年的《用一生去忘记》，写富豪与官僚家庭之间的情感恩怨，内部也藏着一个作为核心情节的绑架案；2009 年的《对面是何人》，类型叙事相对模糊，但小说中武馆师傅霍霆的生平也一直是个神秘存在，直到最后才慢慢浮出水面，略带了悬疑小说的面纱；2011 年的《不在梅边在柳边》，与《沉星档案》有着相近的侦探叙事结构，作品是以蒲刃追查好友死亡原因为线索展开讲述的；2013 年的《终极底牌》虽没有刑事案件等，但主要人物的身世本身就是悬疑所在，这是借用了悬疑小说的结构在讲故事；2016年的《狐步杀》更是以一个侦破刑事案件的结构来讲述人心的幽暗；2017年的《黎曼猜想》是商业小说架构，内部也深藏着几个女性的隐秘心灵；最近的长篇，2019年的《千万与春住》同样有着清晰的悬疑结构，纳蜜为了让自己的儿子过上更理想的生活，狠心将自己的孩子替换去了美国生活的朋友的孩子，这个秘密作为悬疑，让小说叙事有了侦破秘密般的效果，同时，小说也是借这一不可思议的故事，来探寻人为何会这般狠心、这般贪慕。总而言之，要探讨新世纪以来张欣小说的叙事问题，最不能忽视的就是类型叙事特质。

一、城市文学与类型叙事

在探讨张欣新世纪长篇小说的侦探叙事之前，我们可以先行考察一下中国城市文学与类型叙事的关系。学者季红真曾指出："城市在长期的历史遗漏中，顽强地表达自己，文学是她最基本的话语形式。在所有的艺术形式中，小说与城市的关系最为紧密。城市的叙事，市民的思想表达，多数是借助小说的形式。反过来说，小说也是属于城市的文体。"[1] 小说是城市的文体，这不能绝对，但就小说的兴起、发展来看，的确离不开城市的作用。中国古代的城市与中国古典小说的关系就很密切，比如作为"有意为小说"阶段的唐传奇，《李娃传》《霍小玉传》《长恨歌传》《东城老父传》等名作都有城市书写，长安城是小说人物最主要的活动空间。而宋元两代的话本更需要城市市民作为听故事的人，也需要城市空间作为讲故事的空间，包括这个时期的笔记小说，像《东京梦华录》《武林旧事》《陶庵梦忆》等，都是发生在城市的奇闻逸事。明清时代的市民、

---

① 季红真：《小说：城市的文体》，《文艺争鸣》2006年第1期。

世情小说，"三言二拍"《金瓶梅》《儒林外史》《红楼梦》等，这些都是古典小说中的精华，它们基本是城市生活的产物。

古典时代的城市小说，当时都属于俗文学性质，如果以今天的小说类型划分来看，也都可以纳入某种类型叙事、通俗文学范畴。比如唐传奇、宋元话本里面的传奇故事和奇闻怪谈，都属于通俗故事；明清时代的世情小说，都可以视作爱情故事、言情类通俗文学。当然，我们未必要刻意这样去归类，只是强调中国城市小说的一种古典传统就是这类具备类型叙事特征的通俗故事。学者葛永海曾系统研究中国近现代城市小说与古典小说之间的关系，从题材内容方面阐述了中国城市文学的演进逻辑，比如城市小说对于历史民俗、日常体验、工商贸易、都市情调四大题材类型的书写，近现代甚至当代城市小说都有所继承。历史民俗和都市情调方面探讨得比较多，民俗内容如老舍等京派小说家的作品，与明清城市世情小说表现城市风俗、世俗生活有着一脉相承的关系；都市情调方面则主要表现在海派小说，尤其新感觉派作品中，表现现代都市情调的同时，也突出了现代人在都市欲望化环境中的"心魔"，可以对接上古典小说中耽于欲念的市井人物。

以葛永海的总结来看，古典小说与近现代城市通俗小说最相关的主要还是日常体验和商贸内容方面。日常生活维度，如《海上花列传》等城市狭邪艳情小说所呈现的都市生活欲望，这与古典青楼小说有一定的关联，当然差别也很大，有道德教化目的，但表现方式不再那么直接。"在《海上花列传》里，这种特别的'欲望'类型学的日常生活叙事总是以不动声色的方式细细写来，卑劣与高尚交织、纯洁与污浊杂陈成为现实生活的本来面目。"[①] 还有陆士谔、徐卓呆、予且等鸳鸯蝴蝶派文人的城市题材作品，它们是近现代通俗文学类型意义上的城市小说，在揭示城市人日常生活欲望和城市

---

① 葛永海：《中国城市叙事的古典传统及其现代变革研究》，商务印书馆 2022 年版，第 268 页。

文化风气变化方面是很好的文学文本。

在工商贸易内容方面，明清时代的《金瓶梅》《连城璧》等都有大量的城市商贾事务书写，而近现代吴趼人《发财秘诀》、陆士谔《六路财神》、天赘生《商界现形记》都是专门写商业贸易故事，《痴人说梦记》《二十年目睹之怪现状》《官场现形记》等也涉及商界故事。葛永海说："无论是商业小说还是小说中的涉商书写，都离不开一个文化场域——城市，近代工商业城市孵化、催生了商贸小说，而小说亦以其生动翔实的笔触书写、展示着城市丰富多彩的商业活动、商人生活。"[①]城市有商业，城市文学自然不能抛弃这些涉及商业主题的小说。再联系起茅盾《子夜》《林家铺子》等小说中所呈现的金融市场和城市工商业内容，更可以强调，书写商业，是中国城市文学的一大主题、一类传统。不过，新时期以来，文学界关于城市文学问题的相关研究，普遍忽视了商业题材类小说，受研究界关注的城市文学作品，普遍也不太涉及商业内容和金融话题，商业类型小说似乎淡出了城市文学研究者的视野，这或许是一种缺憾。

葛永海的总结之外，或许还可以补上古典公案小说与现代侦探小说这一侦探叙事传统。明清公案小说"三言二拍"《施公案》等，大多案件是发生在城市，破案的场所基本也是地方衙门所在的城市空间。清末民初，西方侦探小说的译介，改造了中国公案小说的叙事法则，但很多地方也有所继承。战玉冰就指出："这一时期中国侦探小说中'传奇'而非科学的情节因素、公差而非私家侦探的人物身份、传统侠客形象的影子、以小说教化读者的创作目的，乃至作者本身的'民族主义'倾向等等。""这些中国传统的文学、文化因素，既构成了诸如刘鹗《老残游记》、吴趼人《中国侦探案》和刘半农'老王探案'等清末民初'侦探小说'文本内部的'混乱'

---

① 葛永海:《中国城市叙事的古典传统及其现代变革研究》，商务印书馆 2022 年版，第 277 页。

189

与复杂之所在，又内在规定了此后民国侦探小说发展道路中的本土性思想资源和文类特征。"① 传奇色彩、公家破案、侠客形象以及教化读者，这几个特征不仅延续到现代侦探小说，当代中国的刑侦小说、悬疑小说往往也携带着这些要素。不过，从城市文学来看，现代侦探小说可以视作都市通俗文学，当代的城市文学却排除了作为通俗文学的刑侦和都市悬疑故事。

近现代以来，随着西方工业文明的影响，中国城市有了很多新质，中国小说的发展面貌也因为西方文学的影响开始了革命性变化。尤其在梁启超以及五四时期鲁迅等新文学力量的改造之下，小说这一文体被雅化，改变了传统的俗文学性质。这种传统延续至今，为此当前中国现当代领域的城市文学研究，基本上不会涉及商业、侦探、悬疑类小说，尽管它们中的多数作品都是以都市空间为背景。当然，导致这一问题也与学科内的专业细分相关，鸳鸯蝴蝶派、侦探和刑侦悬疑类小说，这些基本被纳入专门的通俗文学、类型文学研究。城市文学研究则习惯性地与乡土文学研究对应，指向的是新文学、纯文学意义上的新感觉派、京派、海派等都市小说，以及当代以来的工业题材、城市题材文学。即便当代城市文学经常借用悬疑、侦探、言情等通俗小说的叙事技法，城市文学的通俗一面和类型叙事也经常性被忽略。对此，我们或许可以以张欣小说为起点，打破城市文学研究的一些"纯粹性"要求和惯例，挖掘当代城市文学更传统、更通俗的一面。

二、通俗性与张欣小说的严肃面向

张欣新世纪以来的小说经常因通俗性被一些文学研究者诟病，这主要是学院化之后研究者的文学偏见导致的，学院喜欢分析、阐

---

① 战玉冰：《清末民初中国侦探小说中的传统性因素》，《学术月刊》2021 年第 9 期。

释，需要足够的复杂、细微才有嚼劲，于是想当然地将通俗化等同于简单化，先在地判定通俗化的小说必然缺乏足够理想的评论空间和研究价值。的确，如果我们满足于学院的文学史书写，对于城市文学的认知视野只局限在新感觉派、京派以及当代文学中的现代派和城市底层书写等，那很容易把张欣这些通俗化的城市故事忽略掉。中国城市文学研究，应该开阔视野，走出新文学传统规约下、相对于乡土文学意义上的城市文学划分。城市文学从题材、主题范畴来看可能与乡土文学形成两面，但它并不能被乡土文学所定义，也不应该被五四以来的新文学传统所辖制。为此，我们需要突破文学史教科书的界定，将视野扩展，去了解中国城市文学的通俗叙事传统，以更开阔的城市知识和文学认知来拓展中国当代城市文学研究。

将通俗叙事传统纳入中国当代城市文学研究的话，张欣的小说就值得我们重点关注。张欣的小说虽通俗好读，但也不同于当代意义上纯粹的商业小说或者悬疑、言情类通俗故事，她只是借用这些通俗小说的类型叙事方法，让她的城市小说具备了通俗的品质而已。在讲好故事的基础上，张欣同时也在小说中容纳了很多"纯文学"意义上的城市文学所乐于表现和探讨的元素或主题。比如新世纪初城市文学盛行的城市底层书写，张欣的小说中也融入了很多底层人物。《浮华城市》里的商晓燕、冯苇一作为房产公司售楼员工，是典型的底层职工，尤其冯苇一，他勤恳工作，对老板忠心耿耿，最后换来的却是老板的出卖，遭受牢狱之灾。还如《依然是你》里的管静竹和焦阳，两个不同身份的城市底层，他们被各种势力欺辱或欺骗，能走到一起完全是他们同是底层人的怜悯和同情心。最后，管静竹被一个老板欺骗情感，焦阳为她去教训人，失手将人杀害。面对谁是主犯的审判，这两个底层人都把责任全揽下来。他们自始至终都是为他人着想，把自己放到最低、让自己承担最多。张欣如此书写底层人物之间的情感，这种底层叙事方式，已超越了当时很多城市底层文学满足于城市社会学意义上的底层书写，她要通过底层人物的人性、情感来表现当代城市的精神、伦理问题，甚至，这是一种超越题材、普遍人性意义上的书写。再如《用一生去忘记》里的四季，典型的从内地穷困山区来到广州打工的底层青年，他老实本分，但面对金钱诱惑也会在道德和法律边界动摇，尤其当老家急需用钱、父母面临病痛救治时，四季是为了钱伙同"砍手党"绑架自己老板的儿子还是为了良知避免犯罪，这种摇摆在良知与罪恶之间的选择，是当时很多底层小说人物都在处理的问题。还如《对面是何人》的如一，也是典型的城市底层女性，作为小市民，她为了维持生活，去超市抢购打折活货，去海珠桥"走鬼"卖杂货，即便中彩票也只能是以小市民、底层女性的思维方式来处理。总之，从外省打工者到城市老街的小市民，包括不同年龄段的底层身份，张欣这些小说中的底层人物形象，其身份的多元性、丰富程度可能要超过新世纪第一个十年所有贴上城市底层小说标签作品的底层人物。

不仅仅是城市底层人物形象，其他很多维度，尤其当前城市文学研究喜欢钻研的问题，比如消费文化、物化现象、欲望书写、城市景观书写、颓废文化、后现代叙事、城市人的乡土想象以及城市想象、城市伦理等，这些文学问题或相关元素在张欣小说里都有不同程度的表现。我们前面一些章节已经对张欣小说表现的消费文化、城市景观、后现代城市叙事、欲望书写等做过详细讨论。主题的多元化，话题的丰富性，说明张欣小说的通俗性、类型化叙事并不等于简单化、庸俗化。那么，类型叙事对于城市文学创作而言，除了带来通俗性、变得好读之外，还有哪些值得言说的叙事价值和文学意义吗？这里，我们可以以言情类型为例。张欣新世纪以来的小说基本都有言情小说的身影，言情类型有效地帮助作家完成了多种主题的综合性表达。

2005 年出版的《为爱结婚》，有着典型的言情叙事结构，是张欣长篇小说中相对纯粹的爱情小说。但"相对纯粹"也不等于小说只写了爱情，而是借着爱情故事来完成张欣关于城市文化、关于普遍人性的深度思考。《为爱结婚》的故事很简单，一句话就可以概括：陆弥克服家人的阻挠，放弃了同富人结婚可以获得资助救治自己亲哥哥的机会，坚持自己的爱情与没有家底的子冲结婚，她因为没能救下哥哥而长期被内疚、自责心理折磨，以至于变得神经过敏，最后她怀疑子冲出轨，于愤怒中犯下杀人大罪。为爱而活，为爱而死，这是个通俗而典型的城市爱情故事。陆弥为了爱情而放弃一切要与自己的爱人子冲结婚，这是当代城市难得的"为爱结婚"，似乎很理想。陆弥与子冲谈恋爱，不在乎子冲与她一样贫穷、卑微，她喜欢子冲的端正、干净以及内心的健康，她爱子冲，她经常在朋友面前夸子冲，而且是"心甘情愿发自肺腑地想夸他"，这份爱情可谓难得。但这些都是小说的一种铺垫，因为有真正的爱，陆弥才愿意付出一切奔赴这份爱。但当他们一起生活后，陆弥逐渐感受到金钱、经济能力的重要性。尤其当陆弥哥哥重病需要巨额费用才能治好时，钱突然成为大问题。这时候作家突然为陆弥设置一个选项：放弃和子冲的爱情，答应和一直暗恋自己的中学同学、已成为企业老总的祝延风结婚，这样，哥哥就有钱治病，全家人也就过上和谐幸福的生活。这种选项的突然降临，对于严肃的现实主义写作逻辑而言，怕是难以接受，会觉得这种叙事太过刻意，这是典型的通俗爱情故事才会出现的伎俩。但无论如何，这种选择的出现，瞬间改变了陆弥的人生，甚至改变了作为读者的我们对陆弥和子冲这份爱情、婚姻的伦理判断。本来，陆弥抵住压力，坚持为爱情与子冲结婚是很正当、很高尚的选择，但如今她放弃了与祝延风结婚，导致哥哥不能得到救治，以至于英年早逝，继续为爱情结婚就显得自私、无情了。如果说无爱结婚等于失去了自我，生活陷入不可承受之轻，那哥哥的失去生命却是一种不可承受的死亡之重。现代的"自我"与前现代的"生命"相比，这"自我"就显得轻了。

可见，张欣安排如此俗套的爱情和金钱选择，并非小说叙事意义上逼迫陆弥去选择，而是文化伦理意义上考验读者内心的天平。我们是支持陆弥为了爱情放弃金钱、让哥哥的病得不到治疗，还是相反希望她能坚持爱情、为爱结婚？张欣的自序最后讲了这样一个阅读上的问题："我有一对学哲学的朋友，他们看了这个故事，便向其他朋友讲述这个绝境之中的抉择，几乎每个人都说陆弥当然应该嫁给有钱的祝延风。这仿佛就是我要达到的目的，当我发现有智商的人被绕进这个故事里去的时候，我真是有一点点惊喜，我不知道这是不是肤浅，我想我的故事已经让人们嘲笑为爱结婚了，其实那是我们在嘲笑自己。"① 这份自述，再一次说明小说中这个抉择是为考验读者，而不是为小说内部的逻辑自洽。张欣这对学哲学的朋友都一致认为陆弥应该选择有钱的祝延风，而不是选择爱情，这说明的是我们时代的爱情已变得多么轻微，生活中任何一点问题都可以比它更重要、更值得用爱情去成就。可见，《为爱结婚》探讨的问题，不是一个普通的都市通俗爱情故事那般只关心爱情，它关乎的是一个时代的爱情观念的变迁。小说中的类型叙事技法，也不单纯是帮助小说讲故事，更是引导读者去检视一种连带自身心理在内的时代性情感伦理文化。

作为小说，陆弥的任何选择都是作者出于完成叙事目的的回应。张欣替陆弥选择了"为爱结婚"，似乎要为这个时代不堪的爱情成就一个浪漫的、理想主义的婚姻，这也是很多言情小说的叙事惯性：为了迎合读者的心理期望，最后选择大团圆结局，让陆弥的爱情圆满幸福，不辜负哥哥的理解和成全。但张欣这里再一次逆转了言情小说的商业路数，而是选择了严肃文学最喜欢的"人性叙事"。陆弥放弃了救治哥哥的机会，选择了为爱结婚，但这份爱情、婚姻也不再轻松、纯粹了，陆弥内心是觉得自己牺牲了哥哥的生命

---

① 张欣：《绝境》，《为爱结婚·代序》，云南人民出版社 2005 年版，第 3 页。

来成就了自己的爱情，这份爱情、婚姻也就变得沉重无比，这注定要走向悲剧。就像陆弥的朋友提醒的："爱情所能承受的东西并不像你想的那么多，如果你把它一股脑地堆在子冲头上，你最终会失去他的。"[1] 被内疚感折磨的陆弥，希望从子冲的爱情那里获得补偿，于是这份爱情变得令人窒息。子冲不堪重负，最后是"爱情被耗尽"。对哥哥、对家庭的内疚，加上与子冲的爱情也溃败了，陆弥等于是失去了一切现实的和精神的依靠，最终走向极端杀害了子冲，爱情的悲剧演变成了生命的悲剧。这里面，陆弥的负罪感，以及她把爱情看得太重导致的心理疾病，这些都是极为幽微的人性问题，张欣的书写等于是剖析人心的叙事，其所能抵达的精神深度，是很多市场化、作为通俗读物的爱情故事难以比拟的。

张欣在小说自序里说："在情感的迷宫里，为爱结婚似乎已经成为一种至高的境界。这在过去也不能说就不是问题，任何一个年代，总有人为了生存、家境或者人事关系结婚，也有人为入党、当官、投靠一个红色的出身结婚，而在今天，残酷的现实生活就更加是风刀霜剑严相逼了。"[2] 残酷的现实考验着这个时代的爱情。在作家看来，"为爱结婚"或许从来就是一种理想主义话语，落实到现实生活中基本会发生变异。《为爱结婚》的悲剧性结局，衡量的其实是我们时代的"爱情"所要承担的重量，尤其对于底层青年而言，现代社会的爱情话语很可能就是一类迷人的精神鸦片。

《为爱结婚》之外，还可看张欣较新的长篇小说《黎曼猜想》。从类型叙事来看，《黎曼猜想》虽没有过多深入商业内容，但大体上也可以划入商业、商战题材小说类型。张欣写过很多与商业、商战相关的小说，像上世纪九十年代的《首席》，写的是广州玩具贸易行业两个女性职业经理争夺外贸订单的故事，小说谈及了很多外贸知识和商业文化，但小说的核心还是讲述商业环境里女性的爱情

① 张欣：《为爱结婚》，云南人民出版社 2005 年版，第 136 页。
② 张欣：《绝境》，《为爱结婚·代序》，云南人民出版社 2005 年版，第 1 页。

以及生活信仰问题。《黎曼猜想》与《首席》有近似的类型结构，也是女性之间的情感和事业较量。不过《黎曼猜想》更侧重家族、家庭内部的情感与利益纠葛，主要讲的是家族企业老板、总经理这些公司高层人物之间的恩怨关系，以及这些恩怨如何在商业、商战中获得调适。商业因素在这个小说中同样是一个外围的、故事框架式的存在，小说的内在面依然保留了张欣小说最基本的"纯粹"一面：她要探讨的是人心、人性问题。比如茅诺曼与武翩翩两个女性"争夺"青玛公司总经理职位，这个争夺并不是很多商战题材小说那样直接写商业策略和市场份额的比拼，也不同于两家公司或者公司内两个实力对手之间为了获得一把手的位置而展开各种手段的较量，她们更多时候是共同面对公司董事长尹大的"非理性"决策。作为家族企业，董事长尹大决定着青玛公司的话事权。尹大的儿子阎诚患癌症去世，她把责任怪罪在儿媳妇武翩翩身上。阎诚是总经理，武翩翩是副总经理，按情理是武翩翩接手总经理职位。但尹大对武翩翩有不满，于是找了阎诚当年的"初恋情人"——刚从另一个化妆品牌大企退下来的茅诺曼接手阎诚的职位。故事从尹大这一"不合情理"的职位安排开始，于是有了武翩翩与茅诺曼之间的博弈，出现很多商业性质的故事内容。比如如何让企业通过"花钱"来做大做强，而不能局限在传统的节俭观念，这些都是现代商业、企业管理内容。但商业上的内容在《黎曼猜想》里依然是故事维度、材料性质的存在，它们最终是用来揭示一个内心的隐秘真相：尹大为何要如此"非理性"。最终，武翩翩提出的产品方案被茅诺曼等认可，但最终因为是武翩翩的方案而被尹大否定后，真相大白，"图穷匕见"。尹大其实是"用人杀人"，故意引入茅诺曼，让武翩翩"气急败坏"："谁都知道，气急败坏是一号杀手，会唤醒身体里的癌细胞。你处心积虑地安排，不就是让我死吗？"[1] 尹大

---

① 张欣：《黎曼猜想》，花城出版社 2017 年版，第 102 页。

对武翩翩的这个理解，口上虽否认，心里却是"暗自吃惊"："想不到武翩翩并非愚钝，也有敏锐的时候。"[1] 这说明尹大的确是想"用人杀人"。之后尹大还承认，青玛公司即便死了也没什么大不了，她作为老人可以什么也不要，孙子阎黎丁可以回去做口腔科大夫，唯独武翩翩会一无是处。尹大内心里怨恨着武翩翩："哪怕你善良一点，仁慈一点，做得好一点点，阎诚也不至于走得那么辛苦，那么决绝。谁跟坏人在一起还能健康地生活。"[2] 但尹大的怨恨，直接导致的反而是她自身的疾病——多年前即已诊断出来的乳腺癌——全面暴发。还没等到武翩翩付出代价，尹大自己先被仇恨、疾病带走。在小说中，作家借尹大的心声，对尹大和武翩翩之间的情感较量发出感慨式评论：

> 这个世界是公平的，仇恨不会放过任何一个人。在仇恨中，她的疾病也全面暴发。那也没有办法，有时候甚至感觉仇恨反而是最强悍的生命力。
>
> 在她和武翩翩之间，一个是胜败，一个是败胜，并没有赢家。
>
> 道理全都明白，但是仇恨就像森林火海，没有一刻停止燃烧，根本无能为力，无法扑救，势不可挡，只能等它将息。人，又有什么时候战胜过自己呢？还不是任其灰飞烟灭。就像此时此刻，她也没有原谅武翩翩，她不会见她，更不需要道别，都不必展示最后的不堪。[3]

尹大这份感触，不仅是为她与武翩翩之间的情感较量作总结，同时也说明小说《黎曼猜想》的底色并非商业博弈，而是要呈现人

---

[1] 张欣：《黎曼猜想》，花城出版社 2017 年版，第 102 页。

[2] 张欣：《黎曼猜想》，花城出版社 2017 年版，第 106 页。

[3] 张欣：《黎曼猜想》，花城出版社 2017 年版，第 160—161 页。

生的无常与人心的幽暗。《黎曼猜想》如果是通俗小说性质的商业类型、商战故事，那其故事曲折度完全不够，人物之间为了商业成功而展开的博弈也涉及太少，最后的胜败也过于模糊。甚至，根本而言，《黎曼猜想》并没有商业维度的博弈和胜败，只有情感、生命层面的愧疚、仇恨和不堪。它只是穿了商业类型的通俗外衣，内在是极其严肃的人性思考。"人，又有什么时候能战胜过自己呢？还不是任其灰飞烟灭。"这样的人生感慨，以及其中所包含的对人心幽暗面的表现，其深刻程度或许与很多"纯文学"作品相近，但其通俗性却是"纯文学"文本难以比拟的。

三、侦探叙事与张欣小说的先锋意识

《黎曼猜想》有清晰的商业类型特征，但叙事目的是揭示一种人性、呈现一些不同身份人物的人生，这种叙事也带有一种"揭秘"的叙事结构。尹大为何要找来一个外人茅诺曼接管青玛公司？这是小说故事层面的一大悬疑，更是尹大丧子后怨恨心理作用下的一种隐秘内心。张欣在小说序言里直言："难以理解的是，常常，我们是仇恨中的一个元素，却仍旧在复仇中坚持或者寻找意义。常常，我们也会理性地认知错误不可避免会发生，但却强迫自己在感情的世界里坚守或者无法战胜自己的情绪。"[①] 理性未必能决定我们的行为，"不理性"的情绪往往主导着一个人的生命。这种"不理性"情绪，关联的是作家关于人性的深度理解。对于内在面人性的深邃性，及其可能带来的人生后果，用理性话语往往难以言说得透彻，起码感染力会不够，但作家通过讲故事的方式，往往会给出令人震惊的艺术效果，让人真正认识到人性的幽暗面及其可怖性。

---

① 张欣：《关于恨》，《黎曼猜想·代序》，花城出版社 2017 年版，第 3 页。

表现人性的幽暗面向，这是张欣新世纪以来诸多小说的共同特征，但很值得讨论的是，这种表现往往是通过侦探叙事来完成的，普遍采用了侦探、悬疑类型小说的叙事结构。写《沉星档案》时，小说中就有句子直接点明了侦探叙事的多重目的："抓到凶手并不等于真相大白，这是两回事，示人的一面永远只是冰山一角。"[1]侦探叙事，在侦探、悬疑类型小说中，多是为破案、获得真相而采用的叙事技巧，但在张欣的小说中，侦破小说中所涉及的案件的真相只是一个小目的，更核心的是要通过这个侦探叙事揭示人心、人性的复杂面。《沉星档案》有典型的侦探叙事结构，小说一上来就是女主角陶然躺在冰库里，等待着法医、警察去侦查死亡真相。而贯穿整个小说的警察侦查案件，也是推动故事发展的关键结构。同时，也像很多刑侦、悬疑小说一般，小说最后的作案者往往出乎意料，不是警察所能想象得到，也并非大众按一般心理所能猜测到的嫌疑人选。但这些侦探叙事元素并非小说的核心要素，它们只是小说的框架性存在，这个框架所安置的情节、事件和人物，都比"谁是凶手"这一案件真相更引人深思。比如小说中警察杜雄与空姐女朋友唐晓橙之间的爱情故事，与案件没什么关系，但这对恋人的情感历程及其最后的悲剧性，容纳了作家关于当代都市以及媒介时代青年人爱情可能性遭遇相关问题的思考。还如写陶然同事、同为女性的宋蔷，在陶然死后，只有快慰感，甚至幸灾乐祸，对同事丧命没有丝毫的痛惜和怜悯，甚至不理解其他人的悲伤和痛惜感，这是对都市小女人、职业化女性的一种反思，也引人深思。包括宋蔷与汉风之间的情感关系，探索的是一种力求性与爱分开的亲密关系可能性……小说所触及的话题很多，有些可能是部分情节的无意触及，更多时候是作者有意的突出，它们构成了陶然以及更多人物的人生遭遇，同时也关联着现代人的都市生活和人性心灵，是比陶然

---

[1] 张欣：《沉星档案》，作家出版社 2000 年版，第 126 页。

到底被谁杀害这个具体的案件真相更使人感慨和引人思索的文本问题。而且，张欣是有意要破除我们对案件"真相"的迷思，是刻意要消解侦破过程和结果的重要性。小说最后警察破获案件有了真相之后，警察永利说了一段很具讽刺意味的话：

> 永利突然打破沉默道："我总是在想，现实生活之外，是不是还有一个虚拟的世界，人们其实更愿意活在那里面。陶然命案告破，你知道社会上有人说什么？说我们是迫于压力，抓了个向一龙当替死鬼！我们费了那么大的劲把案破了，就听这么两句风凉话？！你说这案子破了跟没破有什么不同？！你说人们是不是更相信虚拟的东西？！"①

陶然作为有故事的明星级人物，媒体、公众都揣测她的死必然与情相关，命案背后肯定深藏着错综的情感关系和曲折的人生故事。但真相与陶然的情感毫无关系，只是小区一个临时工为财入室抢劫导致的意外死亡。这个凶手与陶然没有任何的恩怨，只是见她时髦、独身，料定她有钱、易抢，于是有了人命案。这样一个入室抢劫致人死亡的案件，极为普通，无法吸引公众的眼球，对于媒体而言也就没多少八卦的价值。同时，案件真相的平淡无常也让媒体和公众"失望"。媒体和公众热衷于八卦明星人物，想从明星人物的悲剧人生中看到资本、权力世界的黑暗和肮脏，以此反衬自己生活的正常。这种书写，无疑是一种深层次的人性幽暗面的揭示。小说中汉风接受审问时指出了这种幽暗人性的悲哀："谁也没想到陶然之死会引起轩然大波，可能生活本身太闷了，人们越来越需要刺激，越惊天动地越好。在这中间有快感没有同情，电视台的大多数人无不称快，这让我感到一种深刻的悲哀，陶然就算一无是处，可

---

① 张欣：《沉星档案》，作家出版社 2000 年版，第 216 页。

她已经死了，死还不能了结一切吗？她的美丽和富有就此化为乌有难道不值得叹息吗?！我们有什么必要把别人下地狱的时刻当成自己的狂欢日?！一个人的死救不了一个电视台，也救不了任何人，我们现在需要的恰恰是宽容和反省。"① 如此明显的文化反思表达，显然是作家张欣对整个事件中电视台、媒体、民众幽暗心理的一种哀叹和批判。

还可以讨论这个案件真相的叙事学意义。对于小说的叙事而言，警察查案找真相的侦探叙事结构，其实是很松散地贯穿着整部小说，但每一次侦询都是为了叙述陶然及其涉案人员的生活，甚至连带着表露一些时代性的文化心理问题。侦破案件之后，并不意味着故事的结束，小说的意义也并非通过最后的"真相"来成就，而是侦破过程中所"披露"的那些人生故事，才真正引人唏嘘。作为真相的偶然事件，对于故事中的媒体和公众而言可能是失望了，但对于阅读这个小说的读者而言，它是通过消解真相本身的意义，完成了另外一种叙事目的：这不是一个刑侦故事，而是一个带着元小说特征的严肃作品。所谓"元小说"特征，类似于八十年代中期先锋小说采用侦探叙事来完成讲故事和先锋表达，它是一种朝向小说内部，带着反思或者解构小说叙事的艺术特征。

《沉星档案》里警察侦破出来的案件真相，这对于媒体、公众而言是不符合他们对于明星人物意外死亡的"黑幕"期待的，对于小说读者而言，是一种期待视野的落空。故事中的公众是虚构的，他们的不满意和不信任等都属于小说叙事层面的虚构需要，但对于阅读这个小说的真实读者而言，所能萌现的反思是针对小说中的媒体和公众为何不能接受一个真相，连带反思自己阅读小说时的"期待视野"是不是与小说中的公众有类似性。如果真实的读者与小说中虚构的看热闹的公众在心理上有共通性，也就意味着小说的元叙

---

① 张欣：《沉星档案》，作家出版社 2000 年版，第 202—203 页。

事艺术取得了理想的效果：读者会去反思自己的期待视野，从而调整自己关于侦探故事以及现实生活中真实案件的认知方式。我们或许可以在小说中期待一种有黑幕的凶案故事，但这种小说逻辑不应该简单地移植到现实生活层面。小说最后，张欣提及了戴安娜王妃之死："就像没有人相信戴安娜王妃死于真正的车祸一样，所以，也可以说，不管陶然命案最终如何了结，它都将是广州本世纪末最大的一宗疑案。"[1] 人们可以对小说中的陶然之死充满想象，但生活不是小说。小说的叙事逻辑是要符合故事发展必然性的，尤其侦探悬疑类小说，每一个细节都关联着更多的细节，所有细节支撑起整个案件——但这终究是作为故事、小说叙事逻辑意义上的案件细节。现实生活不同于小说叙事，充满各种偶然性。小说留下的所谓世纪末最大的疑案，这疑案不是陶然命案真相，而是借小说质问我们自身：相信小说的叙事逻辑，还是要臣服于现实的不可预测的无常人生？人生无定，世事无常，小说又如何能够安抚我们的心灵？

借侦探叙事来彰示一种先锋意识，这是中国当代诸多先锋小说的共同特征。上世纪八十年代的先锋小说，马原的《虚构》《冈底斯的诱惑》、格非《追忆乌攸先生》《迷舟》《褐色鸟群》《青黄》、余华《河边的错误》等，有博尔赫斯迷宫的影子，都借用了侦探叙事的基本技巧、结构。其中最典型的是马原的《虚构》。"因为侦探故事般的诱惑，叙述者马原诱导我们跟随他的脚步和眼睛，侦查出玛曲村的秘密，但更真实的情况是，作家马原用一个虚构的侦探故事，完成了一个拆解小说叙述的先锋行为。"[2] 某种程度上，《沉星档案》也有着近似的先锋叙事特征。警察的案件侦查诱导着我们深入案件内部，去了解小说中人物的人生遭遇，同时用最后结局的"出人意外"，完成了一个带有解构性质的命案故事讲述，解构了读者期待的"黑幕"，让人去反思现实生活与小说逻辑之间的悖论关

---

[1]　张欣：《沉星档案》，作家出版社 2000 年版，第 217 页。
[2]　唐诗人：《悬念的魅力：中国当代小说中的侦探叙事》，《广州文艺》2019 年第 5 期。

系。有此特征，或许可以将《沉星档案》的叙事方式界定为一种先锋精神，它带有针对小说叙事自身的自反性，也藏有针对现实生活中人性幽暗面的批判性。当然，最可贵的是，张欣这种以侦探小说笔法为基础技术的先锋叙事，兼顾了小说作为故事的通俗性，也容纳了小说作为精神读物的自反性和批判性，这种兼容表达，在中国当代小说中是屈指可数的。

第十章　人性书写与张欣小说的现代叙事伦理

　　　　正是因为大城市给人们提供了机会和可能，尤其是那些怪异的或不正常的人，它才能够将那些通常在小社区中被忽视与抑制的人类性情和特征展露出来，并完全呈现在世人面前。简言之，城市充分而彻底地展示了人类本性中的善与恶。可能，正是由此才证实了这样一种论断，即我们可以将城市看作一个实验室，或者一个诊所，从而对人性及其社会过程进行研究……[①]

　　美国城市研究学者罗伯特·帕克说这段话，充分说明城市文学与人性书写的内在关系。城市文学，不管是古典时代还是当今时代，普遍都与人欲、人性相关。《金瓶梅》里人欲的放大，与城市空间所聚集起来的交易和人员不无关系。新感觉派小说所展示的都市欲望，与城市里的酒吧、舞厅等现代生活空间直接相关。朱文、何顿等人《我爱美元》《生活无罪》等小说展示的欲望化生活及其人性伦理观念的变化，背后也是当代城市的商业化进程。张欣的广州都市题材小说，或许有各种题材，但都离不开人性书写。可以宣称，人性书写是张欣小说创作的核心所在。我们在讨论张欣1990年代小说时，曾经论及张欣小说作为"人性的展览室"的基本特征：

---

① ［美］罗伯特·E.帕克等：《城市》，杭苏红译，商务印书馆2020年版，第58页。

身在都市，没有人能逃脱得了物质、金钱的洗炼，欲望的金苹果这时仿佛试金石，映出了人性的原像。它让丑的和美的、假的和真的、恶的和善的，都表现得如此淋漓和充分。张欣借助对这些形形色色人物在物欲面前的取舍和表现，展示自己对人生意义、生命价值、理想人格的理解。商场、情场是她表现人物冲突与抉择的两个观察点，而这两个观察点实际都聚焦在商业的制高点上。商场也可以作为利益、金钱、现实、欲望等物质层面的典型代表，情场，则可视作情义、浪漫、温馨、理想等精神层面的代表。作者借商与情、理与情的矛盾和冲撞，寄托她的震动、困惑、思考和抉择。①

"人性的展览室"，屈雅红这一形容是针对张欣上世纪九十年代的小说，但也适用于张欣新世纪之后的小说。最后这一章，我们应该针对张欣小说的人性书写进行集中阐述，把握张欣小说人性书写的独特性及其价值所在。

一、幽暗意识与人性书写

上一章讨论侦探叙事时，谈及张欣小说对人性幽暗面的揭示。张欣小说的人性书写，很大程度上都表现为呈现人性的幽暗面。张欣的小说通俗好读，但她的小说并不简单浅薄，反而有着很多标志为纯文学作品的严肃性和深度感。而这严肃和深度，往往得益于其小说无处不在的幽暗意识。对于很多事件，无论是人性层面的，还

---

① 屈雅红：《"掘金时代"的人性展台——评张欣的都市小说》，《南京理工大学学报（哲学社会科学版）》1998 年第 6 期。

是社会现实维度的，她都更倾向于表现这些事件、人生背后的幽暗一面。评论家申霞艳评论张欣小说时指出："她致力于从繁花般的都市景致中探求人的'心酸与悲苦'。"①"都市人的'心酸与悲苦'"，对于张欣来说，绝不同于很多都市情感小说惯于表现的小感伤、小情绪。小感伤性质的情绪表达，可能会引人叹息一声，但根本而言无关痛痒，并不会触及一些深层次的人性问题。但张欣小说人物的心酸与悲苦，基本是以其深度性连通着普遍的可能性，它们要抵达的是潜藏于日常生活背后的普遍的人性、人心问题。所谓"日常生活背后"，就是人性的负面、人心的幽暗面。张欣是从人性深处出发来思考日常生活可能潜藏的生命风暴，而不是像很多写城市题材小说的作家那样习惯性地从外部的都市新闻事件中展示一种浮在面上的城市故事。幽暗意识不同于灾难意识，它是一种心理潜能，更是一种精神结构。我们可参考张灏先生关于"幽暗意识"概念的解释：

> 忧患意识认为人的忧患、人世的阴暗主要来自外界，而人的内心却是我们得救的资源。发挥人的内在"心力"，可以克服外在的困难，消弭忧患。幽暗意识不一样。它提醒我们要结合人性、人心内部的缺陷来看待外部世界的问题，就着人性作一个彻底的反思。很多看起来是外部的灾难，正是由人本身、人性中的缺陷、堕落所造成，人可以提高自己的人格，但归根结底，那是有限的。与之相反，人的堕落却可以是无限的。对于人性中幽暗的这一面，必须要有十分的警觉。②

---

① 申霞艳：《勘探都市人的内心——张欣小说论》，《文学报》2020 年 5 月 25 日。
② 崔卫平：《"人最大的敌人是人自己"——张灏访谈》，《社会科学论坛》2005 年第 2 期。

幽暗意识是由内而外的精神结构，表现在作家创作领域，可以呈现为一种叙事特色。这种叙事特色，区分的是作家笔下的罪恶、黑暗主要是来自外在世界的苦难、灾祸，还是来自人性内部的幽暗罪念。或者说，幽暗意识不同于忧患意识，幽暗意识侧重于强调人性的复杂性，认为人性有黑暗一面，每个人内心深处都潜藏着黑暗的欲念，都有犯罪作恶的可能性。而忧患意识，则是忧惧于外在世界可能给我们带来的灾难性后果。幽暗意识是向内的，是对自我黑暗潜能的警惕；忧患意识是向外的，是对他人、外界灾祸的防范。对于中国小说而言，古典时代的小说普遍是忧患型的，志怪、神魔、公案、世情等类型，都是讲述具体的、由外在缘由导致的悲剧或苦难故事。当然，《金瓶梅》《红楼梦》等世情小说开始进入人心世界，人性幽暗面的内容逐渐受到重视。到现代时，受西方现代小说的影响之后，以鲁迅的小说为代表，开始重视表现人性的幽暗。《狂人日记》的"吃人"，不是怪兽的吃人，而是文化的、人性的"吃人"，这是最典型的文化幽暗面、人性黑暗面表达。鲁迅是中国现当代小说的起点，以五四新文学作为精神基础来谱织中国现当代小说的发展脉络，往往也意味着中国现当代小说在表现文化、人性的幽暗面问题上也有了自己的传统。的确，在现代小说中，茅盾、巴金、老舍、张爱玲、萧红、钱锺书以及穆时英等作家的小说作品中，黑暗并不局限于外在的灾难，很多时候也是人性的黑暗。像《子夜》《寒夜》《骆驼祥子》里的罪孽，有历史环境的大祸害，更有个人维度的人性欲念在作祟。而张爱玲、萧红的小说，《金锁记》《生死场》等，核心都是表现人性深处黑暗能量的可怖。而进入当代、新时期之后的小说，开始时一段时间的"伤痕文学"还是讲述历史伤痕，普遍属于具体事件、历史罪人导致的苦难，但很快作家们转入反思文学写作，开始把历史灾难与人性恶关联起来，进入人心深处进行人性反思。反思文学开始，到现代派、先锋派以及九十年代的新生代小说，包括张炜、陈忠实、贾平凹、阎连科、莫言等人的长篇小说，普遍都是在书写历史或现实时也呈现人性的诡杂与幽暗。可以说，二十世纪以来，新文学意义上的中国现当代小说史，有一个最基本的表达对象，就是人性内在面的幽暗内容。对幽暗人性的表现，与侧重讲述社会故事、历史事件的小说可以形成对比，后者基本上被置入通俗文学类型，比如历史小说、刑侦小说、商业小说、武侠小说、言情小说、悬疑小说、社会纪实文学等。当然，要指出的是，当代以来的通俗类型小说，很多也表现人性幽暗面的内容，尤其悬疑小说、言情小说等，往往也是着力于挖掘人性之阴暗。我们不能简单地以是否呈现人性幽暗面来判定一部小说的优劣或严肃／通俗，但可以说明，书写人性，揭示内在于人心的黑暗面，构成了当代小说的一种叙事传统和文学现实。在这方面，张欣也不能例外，而且我们在前面一章也已阐明，她是融合了类型叙事进行纯文学意义上的人性书写，且这人性书写也在集中地表现人性内在面的幽暗潜能。

呈现人性幽暗面，这几乎贯穿于张欣所有的小说。上世纪八十年代写部队医院、文工团等题材的小说《白栅栏》《鸽血红》《遍地罂粟》等，即已清晰地体现出张欣对人性幽暗面问题的重视。比如《白栅栏》里的关于"文革"伤痕的书写，就是将历史伤痕与人性黑暗进行了对接，这不是像很多伤痕小说一般只是反映一种历史遭遇带来的伤痛，而是在反映的同时也反思特定历史处境中人性的邪恶可能性。九十年代开始的广州都市故事写作，着力展示商业化都市的时髦一面，但对于人物人心、人性欲望方面内容的表现，也是倾向于幽暗一面。比如《致命邂逅》里寒池的遭遇，道尽了城市知识分子家庭的虚伪与残忍，小说着力书写底层女性寒池的善良，完全是为了衬托、揭露城市知识阶层人物光鲜生活背后幽暗的、令人不齿的人性内容。新世纪之后，张欣的长篇小说，在挖掘人性幽暗面和人性解剖式书写方面表现得越发突出。《沉星档案》就是要透过明星的死亡来折射一个时代的人性黑暗，作家不仅是要挖掘那些与故事主角陶然相关的人物隐藏了哪些幽暗过往，更表现了现代城市人爱看明星死亡热闹这一类恶趣味所蕴含的幽暗人性。《浮华背后》题目即意味着小说要揭开的正是城市浮华生活背后的黑暗面，这黑暗面既包括官僚、资本界的腐败和罪恶，也包括城市有产者、有权阶层"文明外衣""光鲜生活"背后的黑暗与邪恶。小说中高官杜党生一直是以正直、清廉形象示人，但她也逃不过一个又一个亲属的"腐蚀"，最后也只能是同流合污。被判死刑后，她回答记者时发出感慨："好人也怕坏人磨，每一个善良的人都不要认为，腐败只是发生在别人身上的故事。"[1] 对于杜党生这个人物而言这是一种自我生命的总结；对于作家而言，这是说明《浮华背后》这个故事要表达一个基本的人性道理：好人与坏人之间并没有那么地界限分明，善良的人也并不等于一直就是正直、干净的人。这里面的好人／坏人与善良／腐败，有着极为复杂的辩证关系，作家能去挖掘呈现这种复杂性、多面性，本身就是幽暗意识的体现。还如《我的泪珠儿》中的泪珠儿对母亲的报复，最后走向自我堕落，甚至伙同他人虐杀自己的母亲。这对母女之间的爱与恨，经常就是在一瞬间切换。在这里，深沉的爱总是关联着切骨的怨与恨，最后酿成可怕的罪恶。因为爱而不得或爱得太深沉而最终变异为恨和罪的，还如《为爱结婚》《黎曼猜想》《千万与春住》等，都有类似的故事特征。《为爱结婚》里的女主角，因为太爱丈夫而最终杀害了自己的丈夫。《千万与春住》里的母亲，因为爱儿子，想让自己孩子过上好日子，以至于走极端，忍心利用寄养在自家的朋友儿子来替换，把自己儿子送到国外朋友家里成长，获得理想的生活条件和成长环境。极端的爱导致可怕的罪孽，从爱过渡到恨与恶如此便捷，这里面的极端心理和可怖后果，可以引发读者的惊惧感和自省心。可以说，张欣文学创作的幽暗意识集中地表现在人性叙事层面，而人性

---

① 张欣：《浮华背后》，花城出版社 2014 年版，第 213 页。

的幽暗潜能又都借着极致化叙事得到放大。极致化叙事，可能是张欣小说最有特色的人性表达方式。极致化也就是极端化、放大化。在张欣的小说中，被放大的人性幽暗面，读来或许有极端化的嫌疑，但却抵达了常规叙事难以抵达的深度，也引发了很多作品难以表现出的惊惧感和自反性。

二、极致叙事与现代主义风格

张欣新世纪以来的小说，在人性叙事问题上，普遍采用了一种极致化叙事方式。对于极致化叙事，洪治纲曾经的一个论述很值得再次提及：

> 这就是带着超验特征的极致性审美法则，也是先锋文学中最为活跃和最具表现力的一种表达手段。一方面，它注重话语表达过程的极致性审美目标，无论是人物性格还是情节结构，都不断地走向某种极端，完全摆脱了客观现实的庸常状态，使文本在许多意想不到的情境中显示出自身独特的艺术魅力。另一方面，它又极力强调话语表达的超验性品质，在艺术传达过程中鄙弃一切通常的经验逻辑，抛却那些具有集体倾向和公众意趣的审美感受，使人们的一切理性预设手段都失去作用，话语呈现出大量非理性、颠覆性、独创性的成分。总而言之，它是一种超验性和极致性的高度融合，是先锋作家对自身超验性审美感受的极端表达，其最终目的是为了在反抗既定的文学观念和话语秩序的同时，确保文本全面地展示作家自我艺术理想的完整性和深刻性。[1]

---

[1] 洪治纲：《守望先锋》，广西师范大学出版社 2005 年版，第 112—113 页。

极致化叙事带来极致性的审美体验，这种体验往往有超越日常经验的"超验"特征，它可以打破日常生活中的庸常状态，呈现很多我们难以想象的现实处境和精神境遇，以此表现极致状态下人心的复杂性和人性的幽暗潜能。这种极致化叙事，尤其表现在作家处理人物的疯狂、非理性精神状况时，最考验作家的想象力和解剖人性的深度表现力。勒南指出："在个体心理学中，睡眠、疯狂、精神错乱、梦游、幻觉，所提供的有益经验，比正常状态提供的多得多，因为在正常状态下，各种现象由于太微弱，似乎都被抹去了，而在一种更容易察觉的极端变化状态下，由于被放大了，所以变得更为明显。"① 极致化叙事正是为了让一些特殊经验变得更明显，让人性幽暗面所能带来的惊惧感和可怖性更为震撼和更加发人深省。像《为爱结婚》里的陆弥，张欣正是采用了极致叙事手法，让陆弥这个女孩有一个让人羡慕的爱情，同时又让她在爱情和金钱这两大世俗难题面前做选择。而且，陆弥面临的"金钱"选项，不仅仅是能够让自己的物质生活条件会更理想的问题，更是能够救自己哥哥生命、赢得父母赞赏、确保亲人和睦的机会。这种集中了多方面特征的选择，本身就是一个极端化状况，与大多数人的日常生活有距离。我们阅读《为爱结婚》时或许会觉得陆弥的遭遇有点刻意，正常情况下不太可能遇到这样的选择难题。通常而言，女性往往需要在纯粹的爱情与满意的物质生活条件之间做选择，但陆弥选择祝延风可能带来的"好处"，已经远远超越了物质生活。尤其添加上可以救治亲哥哥生命这个"砝码"后，放弃爱情选择祝延风满足经济需要已经成了陆弥最可能的走向。但张欣让陆弥进入这个"绝望之境"时依然选择爱情，这当然是"非理性"选择。对于这种"非理性"选择可能导致的后果，张欣又采用了极致叙事，进一步让这

① 转引自：［法］乔治·康吉莱姆：《正常与病态》，李春译，西北大学出版社2015年版，第36页。

种"非理性"选择走向虐恋状态和罪恶后果。纯粹的爱情是不能用理性、道理来解释的，陆弥相信爱情、选择爱情，也就被张欣处理为"非理性"了。这种"非理性"会有什么结局？对于很多浪漫的都市言情故事而言，完全可以处理成美好结局。但张欣的"幽暗意识"不允许这个"非理性"选择拥有美好未来，而是让"非理性"继续非理性下去，以至于逐渐演化为极致状态的"虐恋"。陆弥为爱情放弃了一切，于是把所有的希望都寄托在爱情、丈夫身上，害怕爱情变质，敏感于丈夫与其他女子的任何接触。非理性变为神经质，最后升级为血腥事件。小说最后，张欣用评价式的语言总结这份爱情遭遇："重要的是人类不灭，爱情不死，不死的原因并不在于爱情曾经照亮了我们的生活，而是对于人类而言，它根本就是无法驱赶的心魔。"[①] 相信爱情，这是心魔的作用，对爱情寄予厚望，也是心魔的力量，爱情失望后针对另一方的虐害，更是心魔的异化。异化了的心魔，也就是人性幽暗潜能的爆发。张欣的极致叙事，连接的是人性的幽暗面内容，极致化的"非理性"状况，必然带来极端的黑暗与罪恶。对于小说而言，这表现出了深层次的人性幽暗潜能，也展示了极端状况下人性幽暗面的可怖，这是一种抵于超验的审美感受，能够带来惊悚感、震惊感，也引导着读者去完成深层次的自我省察和文化批判。

所谓"极致"，根本而言是力求深刻的叙事。这种"深刻"，不是哲学、理论意义上的晦涩性深刻，而是对人性、人生问题领悟上的深刻。张欣小说经常被诟病为不够深刻，这类观念中的"深刻"往往关联的是理论的深刻，甚至是要求一种文本晦涩性意义上的"故作高深式深刻"。其实，张欣很早就开始对理论维度的深刻、文本层面的晦涩抱有怀疑，或者说她正是要化解这类"深刻""晦涩"："广州实在是一个不严肃的城市，它更多地化解了我的沉重和

---

① 张欣：《为爱结婚》，云南人民出版社 2005 年版，第 175 页。

一本正经。我觉得文学没有轻松的一面也是很可怕的。深刻也好，轻松也好，我觉得我们的文学始终端着架子，哪怕是一个姿态，也要有个说法。"① 这是从广州这座城市的市民文化特性来解释自己的写作要轻松化，要亲近市民生活，不能"端着架子"写。十年后的2015 年，张欣写完《狐步杀》之后，也就小说的"深刻"问题表达过自己的看法："时至今日，太会写故事的人也会被评论家或者同行看轻，更不要说当年淡化人物和情节的潮流奔涌而来，我甚至有过不知所措的惊慌，深刻质疑自己的文学品味，感觉从思想到行文一切有待提高。而后的文学主潮简而言之就是把小说写成文本，严肃，紧张。再后来是宏大叙事一纸风行，不见得是写大事件，就是极小的人物和事件也必须找出宏大的意义，或者有关人性的叩问。"② 张欣这里指出了当代文学主潮有一种把小说写成文本的特征，写成"文本"，也就是供理论家、批评家分析的对象，而不是传统意义上的供大多数读者阅读的作为故事的小说。写成"文本"，于是必须追求深度，这种写作容易变得严肃、紧张；写成"故事"，小说也就追求"轻松"。但很显然的是，张欣并不满足于提供一个轻松的、只供消遣的故事，她也有她的"深刻"考虑："当然好故事不是平面的故事汇，好故事是有层次的，也是充满矛盾的，又是不以人的意志为转移的。"③ 轻松的故事并不等于好故事，好故事有层次，充满矛盾。这里面的"层次感和矛盾性"，正是张欣小说极致叙事区别于其他作家作品极致叙事的关键特质。张欣的多数小说，我们可以"浅看"，也就是收获一些轻松的世俗化故事，可以"解闷"。但张欣的很多小说也可以"深读"，也就是细致地去理解故事背后的人生内容与人性考量。像《为爱结婚》这个小说，简单

---

① 张欣：《代跋：深陷红尘　重拾浪漫》，《岁月无敌》，长江文艺出版社 1996 年版，第 366 页。

② 张欣：《朝深处想，往小里写》，《北京文学》2015 年第 8 期。

③ 张欣：《朝深处想，往小里写》，《北京文学》2015 年第 8 期。

地看就是一个都市女性，为了守护爱情，放弃了一切与相爱的人结婚，最终却也是个悲剧收尾。浅看的话，它就是引人感慨唏嘘一下而已。但深读的话，完全可以对小说所采用的极致叙事进行深度阐释，可以把握到作家关于爱情之为心魔的人性意味及其时代性文化意义。

张欣小说既适合浅看，也能够深读。我们还可以以张欣最近出版的《千万与春住》为例。《千万与春住》粗看也是个略带狗血的都市家庭故事，但深读也可以找到很多可探讨的问题。我们读小说时，或许最感慨的就是纳蜜这个女性的自私与狠心。但细细思考，会发现这个小说也用了极致叙事技巧。比如在情节结构安排上，两个女主角纳蜜和语冰，是两个家庭条件悬殊的女孩，她们如何能长时间以好闺蜜相处？这不是说有没有现实可能的问题，而是对于小说而言，这种人物关系是作家有意设置的标签式关系结构，有此身份背景差异，后续的故事才能展开。更极致的情节安排在于，纳蜜残忍地将自己的儿子替换了语冰的儿子，送到美国获得好的生活条件和成长教育环境之后，纳蜜养育的儿子（实际是语冰的儿子）还遭遇了被拐卖。这一故事设置在小说中并无逻辑上的问题，但读完小说回过神来思量的话，会觉得如此安排其实是小说家的极致化叙事处理。作家让纳蜜犯下替换孩子的罪孽，也让她遭受孩子被拐卖的愧疚与伤痛，如此安排，带有强烈的戏剧色彩。这种戏剧化、极致化叙事，不会导致故事可信不可信一类问题，因为作为小说，读者可以接受这样的戏剧化安排。但是将如此多可怕事件堆积到一个小说人物身上，让小说人物的人生变得戏剧化、传奇化，这就不再是传统现实主义的笔法，而是以极致叙事特征靠向了现代主义风格。先锋小说用极致叙事，为的是表现一种超验世界的精神风暴，其现代主义特征表现为叙事上的探索性和文化精神层面的批判性。张欣使用极致叙事，为的是呈现一种传奇人生，其现代主义风格表现为叙事上的极端化和人性心理层面的反思性，当然人性心理背后也有作家关于时代现实的影射和批判。纳蜜为何会如此残忍地将自己儿子替换给语冰抚养？当然与一种时代风气有关：城市中产阶级比拼育儿条件，把出国视作最理想的未来。这种文化风气、媚外心理，导致了纳蜜的疯狂，犯下"抛弃／替换孩子"的罪孽。纳蜜对自己孩子的爱，走向极端，也就转化成了疯狂，以至于"爱"走向了它的背面，成为了"痛"和"罪"。爱与罪的辩证法，在这个故事里得到很集中的表现，这"集中"是极致化、戏剧化叙事效果。因为这种"集中"，小说很深刻地揭示出一种时代性的人性扭曲现象。表现扭曲的人性，这是一种现代叙事精神，潜藏着现代主义小说最常见的"异化书写"及其叙事结构，它以深层次的批判性决定着《千万与春住》这一小说的现实精神和现代品格。

不只《为爱结婚》《千万与春住》有极致叙事和现代品格，《依然是你》《对面是何人》《黎曼猜想》等都有类似的叙事特征，它们都不是很多读者通常认为的现实主义风格，这些小说的精神基础其实是现代主义的。张欣化用了一些现代主义小说的叙事笔法，以更流畅、更通俗的故事，针对现代都市的人性异化问题展开文化反思和现实批判。比较起新世纪之前现实主义风格突出的小说来，张欣新世纪之后的小说，借助极致叙事等现代主义小说笔法，完成了个人意义上的风格重塑，同时也以其"善于讲故事"的个人才华，重新激活了现代主义文学的生命力。这里所谓激活，不是让现代主义、先锋派的叙事技巧复活的问题，而是将现代主义的一些叙事技巧化用到中国小说的讲故事传统中来。现代主义意义上的叙事技巧，没有伤害张欣的讲故事，而是让张欣的故事有了"深读"的空间。

张欣的小说，把新时期以来逐渐"文本化"的小说创作，重新拉回到"讲故事"的传统。自五四时期鲁迅、茅盾、巴金等人再造了中国小说传统以来，中国小说家总是在"讲故事"和"说道理"之间摇摆，一方面不甘心做一个传统的讲故事的人，想成为有深度、有美学高度的小说家；另一方面，多数小说家却也经常谦虚地自我界定为讲故事的人。"讲故事的人"与"小说家",两者模糊不清,但很多情况下它们似乎相应地对应着传统和现代,有着通俗还是纯粹的差别。讲故事的人、小说家,这两个称呼并无实质性差别。但很多时候,我们都相信小说不仅仅是讲故事,相信小说有一种超越传统故事的"纯文学"品质。但小说维度的"纯文学"并不能脱离"讲故事"。如何让"纯文学"意义上的小说"文本"与"讲故事"意义上的"故事"实现内在的互通?我以为张欣的小说可以给我们这方面的启示。张欣善于讲故事,她清楚写小说不是简单地讲故事,但她也不想写成仅供理论家考究的"纯粹文本",她是在讲故事与织文本之间创作小说,这种小说,一方面有作为故事的传奇性、趣味性和通俗性,同时又有了作为"纯文本"的文学性和理论分析潜质。

三、张欣小说的现代叙事伦理

从极致叙事这个叙事特征层面来界定张欣小说,认为其作品属于现代主义风格,这或许会引发很多质疑。毕竟,张欣《千万与春住》《黎曼猜想》等作品的传奇性、通俗性特征明显,与经典的现代主义小说差别甚大。我们还需要进一步探究,张欣小说还有哪些特征与现代主义小说所追求的精神风致有一致性?对此,可延伸至叙事伦理问题,从小说叙事所潜藏的现代伦理精神来把握张欣小说是传统的讲通俗故事,抑或是现代主义意义上的讲述城市故事。

张欣曾自述说:"我对笔下的人物是尊重。至于说同情,我不知道那是不是同情,我觉得人不是生来就坏的,甚至十恶不赦的罪犯都不是生来就坏的。"[1] 这种尊重笔下人物的叙事精神,包括对笔

---

[1]　张欣:《我对热点事件感兴趣》,见张欣、张梅《张欣张梅文学作品评论集》,羊城晚报出版社 2016 年版,第 104 页。

下"坏人"的"同情"心理，直接点出了张欣小说具有一种现代意义上的叙事伦理特征。关于叙事伦理，谢有顺曾结合刘小枫的叙事伦理学观点进行过很好的阐释和界定：

> 叙事伦理也是一种生存伦理。它关注个人深渊般的命运，倾听灵魂破碎的声音，它以个人的生活际遇，关怀人类的基本处境。这一叙事伦理的指向，完全建基于作家对生命、人性的感悟，它拒绝以现实、人伦的尺度来制定精神规则，也不愿停留在人间的道德、是非之中，它用灵魂说话，用生命发言。刘小枫说："叙事伦理学不探究生命感觉的一般法则和人的生活应遵循的基本道德观念，也不制造关于生命感觉的理则，而是讲述个人经历的生命故事，通过个人经历的叙事提出关于生命感觉的问题，营构具体的道德意识和伦理诉求。叙事伦理学看起来不过在重复一个人抱着自己的膝盖伤叹遭遇的厄运时的哭泣，或者一个人在生命破碎时向友人倾诉时的呻吟，像围绕着一个人的、而非普遍的生命感觉的语言嘘气。"因此，以生命、灵魂为主体的叙事伦理，重在呈现人类生活的丰富可能性，重在书写人性世界里的复杂感受；它反对单一的道德结论，也不愿在善恶中挣扎——它是在以生命的宽广和仁慈来打量一切人与事。①

拒绝以现实、人伦的尺度来制定精神规则，不愿意停留在人间的道德是非判断当中，反对单一的道德结论，用灵魂说话，用生命发言，这些都是我们阅读张欣小说时最有感触的精神特征。就像前面我们讨论的《为爱结婚》，陆弥的"非理性"，包括她最后走向极

---

① 谢有顺：《重构中国小说的叙事伦理》，《文艺争鸣》2013 年第 2 期（其中刘小枫的话来自刘小枫著《沉重的肉身》，华夏出版社 2007 年版，第 4 页）。

端的犯罪，我们并不能批判她自私或者邪恶，她选择相信爱情并没有错，她对丈夫与其他女性的接触过于敏感，也是出于爱和看重，并无道德、是非层面的不对。相反，阅读这个小说，我们会被带入到陆弥这个女性的内心深处，会感受到她的难处：选爱情还是选金钱？放弃爱情，这是牺牲自己的真情感，也是放弃内心世界的生活信仰；放弃金钱，这是不孝，是对亲哥哥疾病的不顾，必然会被骂自私。作为读者，对于她做出的任何选择都会有遗憾的心理感受。当她选择了爱情之后，她面对着哥哥的病逝、家人的疏离与怨恨，她又如何能够像一个健康的女性一样对待自己的爱情和婚姻？她必然把爱情、婚姻视作自己的安全港湾，把唯一的亲人——丈夫视作身心的依靠。过度紧张导致她过度敏感，最终成为精神疾病，行动也升级为歇斯底里，甚至流血事件。作家张欣写陆弥的人生遭遇，是抱持了巨大的同情在讲述这个故事，对于陆弥的选择和最终的歇斯底里化，作家的叙事没有丝毫的责备。包括对于《千万与春住》这个小说中的纳蜜，她如此不要脸地将孩子替换给好闺蜜语冰，让自己的儿子在美国获得好的成长环境，这于法律层面来看，是一种极其可怕的犯罪行为，道德层面更是极端的自私和无耻。但于小说中，作家对这个人物也是给予了特别的宽容，没有安排语冰报警将其判刑，而且还很细致地写出了纳蜜为何会这么做的系列缘由，等于是化解了读者对这个人物的憎恨，一并予以理解和同情。小说最后，作家甚至安排她的亲生儿子回来谅解她，甚至说出"我从来也没有怪罪过你"①这样充满柔情的话语。作为读者，很可能无法理解、谅解纳蜜的自私，但作家连同小说中纳蜜自己的儿子都谅解了她，我们又能说什么呢？只能在感慨之余，选择谅解。小说人物、作家以及作为读者的我们，能够理解、谅解这些"不道德""有污点"的人物，这里面的叙事伦理正是刘小枫所确认的现代小说的叙

① 张欣：《千万与春住》，花城出版社 2019 年版，第 246 页。

事伦理。根据刘小枫的界定，前现代社会是规范性伦理，这些伦理规范来自宗教等外部统治力量，而叙事艺术（小说）的发生则是个现代性事件。现代叙事伦理不同于古代的伦理，不会依据一套既定的道德体系来整饬自己的生命经纬，而是依据个人的心性来编织属于自己的生命经纬。现代性伦理是个体化的，现代的叙事伦理有两种：人民伦理的大叙事和自由伦理的个体叙事。自由伦理的个体叙事只是个体生命的叹息或想象，某一个人活过的生命痕印或经历的人生变故。自由的叙事伦理学，"只提供个体性的道德境况，让每个人从叙事中形成自己的道德自觉"，"伦理学都有教化的作用，自由的叙事伦理学仅让人们面对生存的疑难，搞清楚生存悖论的各种要素，展现生命中各种价值之间不可避免的矛盾和冲突，让人自己从中摸索伦理选择的根据，通过叙事教人成为自己，而不是说教，发出应该怎样的道德指引"。[①] 张欣小说的叙事伦理，即是现代意义上的自由的个体叙事伦理，她让陆弥、纳蜜等女性进入特定的道德处境中，呈现她们的情感困境和生存疑难，让她们按照自己的性格和独特情境做出最可能的道德选择。对于小说人物的道德选择，我们或许不认同，但也因作家的讲述而清楚地感知到了相应选择可能带来的道德后果。人物的道德选择和故事的道德后果，从整体上构成了独特的"道德氛围"，可完成一种伦理教化的目的。这"教化"不是要我们直接听取作家／人物的说教，而是引导读者在故事中感受各种道德可能性，最终交由读者自行判定哪种生活伦理值得推崇，哪类道德观念需要唾弃。张欣说，小说可以只呈现、不解释、不分辩。[②] 她呈现的是人物的道德处境，她不解释为什么人物要这么选，不分辩自己为什么不给出道德判断，但最细致地呈现人的生活遭遇和精神处境本身即是最好的解释，这不是替人物的具体选择作解释，而是为一种人生、为一类灵魂作解释。

---

① 刘小枫：《沉重的肉身》，华夏出版社 2007 年版，第 6—7 页。
② 张欣：《朝深处想，往小里写》，《北京文学》2015 年第 8 期。

当然，张欣小说的叙事伦理虽属于现代性意义上的叙事伦理观，它也并非完全属于外来，也有自身的传统。谢有顺从刘小枫、林岗等人的叙事伦理思想中获得启发，他结合中国古典小说《红楼梦》的超越性特征，为那些搁置道德判断的当代小说寻找到了独属于中国的文化渊源。《红楼梦》"超越善恶、因果，以'通常之人情'写出了至为沉痛的悲剧"。① 从这个传统来看，张欣小说的现代叙事伦理，也很好地对接了中国小说叙事的一个伟大传统——"'饶恕'那些扭曲的灵魂，能有无所不包的同情心，能在罪与恶之间张扬'无差别的善意'，能对坏人坏事亦'不失好玩之心'，能将生之悲哀和生之喜悦结合为一，能在'通常之人情'中追问需要人类共同承担的'无罪之罪'，能以'伟大的审问者'和'伟大的犯人'这双重身份写出'灵魂的深'。"② "'饶恕'那些扭曲的灵魂"，这在《为爱结婚》《千万与春住》《黎曼猜想》等小说中表现得最为突出，但就是否"写出'灵魂的深'"层面来看，让人感触最深的或许会是《用一生去忘记》《我的泪珠儿》《依然是你》等。比如在《我的泪珠儿》里，母亲沁婷所付出的爱与所承受的苦，她抛弃女儿又领养自己的女儿，这里面的难处女儿是不会理解的。即便最后被女儿杀害，生命结束时对女儿也只是表达"对不起"："安安……我对不起你，我想说的就是这些……"③ 沁婷的一生，有抛弃女儿的罪过，也有"领养女儿"的赎罪行动，同时她还要长时间地忍受、理解并宽恕被怨恨心理支配的女儿所做出的一切非理性言行，包括承受最后的被女儿杀害。沁婷作为小说的叙事者，她的讲述其实就是自我审判。我们看这个小说，能深切地感受到沁婷生活中的负重感与屈辱感，以及她面对女儿时的愧疚感、负罪感，这里面有"灵魂的深"。在《用一生去忘记》《依然是你》等小说中，也有类似的人物

① 谢有顺：《重构中国小说的叙事伦理》，《文艺争鸣》2013 年第 2 期。

② 谢有顺：《重构中国小说的叙事伦理》，《文艺争鸣》2013 年第 2 期。

③ 张欣：《我的泪珠儿》，花城出版社 2014 年版，第 315 页。

形象及其精神特征，这些小说让我们看到人犯恶后自我审判所能触及的深度灵魂，也看到人面对不堪生活却始终能秉持善意的博大灵魂。"灵魂的深"就是人性的深，张欣的人性书写，正是通过袒露人物的灵魂，以促使更多读者也以灵魂相对。当今时代，如果还有小说能让我们直面灵魂，我相信这些小说必然是有生命力、有精神深度的文学。

谢有顺说："中国当代文学界太缺乏能'对善与恶一视同仁'、太缺乏能宣告'我不知道'的作家了，'帮苏东坡本人憎恨王安石'式的作家倒是越来越多。结果，文学就越发显得庸俗和空洞。"[①] 张欣小说通俗但不庸俗，她的作品看似简单却并非空洞。通俗的故事背后，有着作家关于人性的深切理解。这种深切感源于作家的幽暗意识。张欣能看到并写出日常生活、平淡人生背后的幽暗一面，她借助现代小说的极致叙事，从各个角度挖掘当代人的幽暗潜能。善于讲故事的张欣，能够将极致叙事等现代小说笔法化为无形，她以"讲故事的小说家"身份重新激活了当代以来越来越文本化的现代主义叙事技术，同时更以一种精神超越性对待笔下的人物，对小说中人物的"善与恶"一视同仁，表现出清晰的现代叙事伦理特征。通俗好读的张欣小说，继承了中国小说重故事、重趣味的重要传统；但张欣作为当代作家，她的作品也内含着现代文学最核心的叙事精神和精神品格。

当然，张欣小说也并非毫无遗憾。目前而言，张欣的大多数读者，依旧被她的好读的故事所欺骗，不能感受到通俗故事背后的"灵魂的深"。这是一种无奈。最后，我们以加拿大学者罗伯特·弗尔福德讨论大众化时代的故事时说的一段话来收尾：

> 故事，无论价值几何，都可能是既令人费解又引人入

---

① 谢有顺：《重构中国小说的叙事伦理》，《文艺争鸣》2013 年第 2 期。

胜的。通常来说，即使是最伟大的故事也有可能完不成它为自己设定的任务——这不仅适用于我们祖先所流传下来的民间故事，也同样适用于电影、戏剧和小说。故事一开始在表面上是为了解释某些事情，或澄清某个事件。它们把一个偶然事件翻来覆去，用各种不同的光线去照射它，用某种情绪去围绕它，然后把它放归原处，却仍旧无法对它作出解释。[1]

---

① ［加拿大］罗伯特·弗尔福德：《叙事的胜利：在大众文化时代讲故事》，李磊译，南京大学出版社 2020 年版，第 12 页。

结 语

    2023 年《花城》第 5 期，张欣推出她最新的长篇小说《如风似
璧》。《如风似璧》比张欣以往的任何一部小说都要"更广州"。所
谓"更广州"，指的是这部新长篇在维系张欣小说通俗好读、形象
细腻等一贯特征之外，还有了更清晰的广州元素，像粤剧、粤菜、
岭南中医药等，是正面表现现代时期广州的历史和文化，历史叙事
和文化叙事的意味浓重。在《如风似璧》之前，张欣的长篇小说，
普遍侧重写人性和情感，一直没有刻意去表现广州这座城市，城市
是隐藏在人物和故事背后的，需要有很细致的考察才能看到"广
州"这个背景在小说中起到什么作用。于是，我们对张欣小说与广
州城市关系的研究，都需要通过挖掘其小说人物形象的市民特征和
故事细节层面的"广州属性"，才能明了张欣其实一直在写广州。
《如风似璧》突然改变文风，直接正面表现广州，这与小说所处理
的历史题材相关，这个故事发生在现代时期，不是当下的故事，而
是民国时期的广州故事。题材和文风的调整，或许可以让张欣小说
与广州城市之间有更直接的关联，可以说，《如风似璧》的出现，
是给广州这座城市添加了一个更亮眼的文学文本。

    《如风似璧》带来一个新的疑惑：难道必须写民国时期的广州
才能彰显广州城市特色？最近有很多作家把目光瞄准近现代时期的
广州，如葛亮《燕食记》、林棹《潮汐图》等，都取得了很好的口
碑。近现代时期的广州，带着历史的光晕，人们对那个时期的广州

想象，总是与岭南文化最相关，作家的叙事也都可以围绕着人们最希望看到的粤菜、粤剧、西关、十三行等最能彰显广州地域特色的文化要素展开。但这种历史光晕同时也带来同质化的问题，这些小说所呈现的岭南元素都属于景观化、符号化的内容，就像最近热播的电视剧《珠江人家》，把剧中三兄妹塑造为分别代表着粤剧、粤菜、广药的文化角色，无论这些文化元素与人物性格的关系处理得有多圆润，都不能避免刻意的文化宣传特征。为此，如何在叙述广州粤剧、粤菜这些已经被符号化的内容的同时，保持一种文学的纯粹性，这很重要。张欣的《如风似璧》就避免了把岭南文化景观化的问题，我们看《如风似璧》，粤剧、粤菜等内容虽也不少，但最吸引人的依旧是张欣最擅长的形象塑造和人性描摹，她笔下的三个女性，步溪、心娇和阿麦，不同阶层、不同身份，但都是能够在历史漩涡中维持基本人性的"实在人"，这种"实在"的品性，恰恰最能体现广州城市的文化特性和精神品格。由此来反观张欣之前的小说，就可以领悟到张欣的"高妙"之思，她不是不能写粤剧、粤菜、西关、十三行等，她只是不愿意自己的广州书写落入窠臼，而是要为广州这座城市创造新的文学形象和文化空间，为此她长时间地关注和书写当代广州的"市民"和"市情"，写下大量生活在广州，有着广州城市文化性格的人物形象。人物形象层面，如九十年代《岁月无敌》里能抵御市场浪潮保持人格独立的千姿；如《对面是何人》里塑造的广州老街底层妇女如一，她身上那种能够平淡面对财富散去的平实心态，最能看出广州的商业文化如何在个体市民身上获得体现；包括《不在梅边在柳边》里被商业化的梅金，以及《浮华城市》里的商晓燕等，这些都是生成于广州，同时又很有时代性特征的当代文学形象。文化空间层面，张欣的小说不会刻意要把人物放在西关、十三行等最符号化的城市空间内部，而是通过自己的叙事，让一些不怎么突出的地理区域成为新的文化空间，如《深喉》写广州的媒体界题材，让广州兴盛多年的报业也有了文学故事，还如《用一生去忘记》写及的广州城中村的情况，《锁春记》里新式的茶艺馆，等等，这些新"空间"是在拓展广州城市文学的边界，让广阔的广州城市有了更广大的文学可能性。

文学首先是人的文学，然后才是城的文学。张欣写广州城，都会落实到具体的人物身上，通过人物，包括围绕着人物而来的日常生活，如此才表现出这些人物所在的城市的文化属性。如陈思和先生评论《如风似璧》时，认为张欣"抓住了广州这座城市的魂"，这个魂就是"她笔底下的广州女人们：一个风中玉佩，既有风的冷冽，又有玉的圆润"。[①] 这种由写人物出发的城市书写，所表达的城市文化判断和精神特征概括，才是可靠的。相反，那些由既成的城市文化认知出发的，通过表现一些已经被符号化、景观化的城市物象来塑造的人物或讲述的故事，导致的是人物成为表现城市文化的"工具"，故事也就成为刻意图说某些固化的城市理念的"注脚"，这是观念出发的、宣传意义上的"文本写作"（区别于文学创作），这类写作普遍是缺乏想象力的概念化写作，因此也谈不上文化创造力。由此看来，我们对张欣小说之于广州城市关系的认知，还远远不够。多数读者始终想从张欣小说中读到一些能够对应官方宣传的广州城市文化特征的内容，希望看到张欣写那些最能代表广州城市文化的粤菜、粤剧等，但张欣却不能如他们的意，她即便是写这些内容，也将它们化于无形，融入到人物的日常生活中，消解在日益驳杂的广州城市文化内部。就像写粤菜，当代广州不再是只有粤菜的城市，当代广州人也不再是只吃粤菜的"老广人"，这里容纳了全世界的菜式，这里有无数的来自国内外的"新移民"。人的复杂化、物的丰富化，导致当代的广州城市文化也是多元的、驳杂的，如此，作家又如何能够继续把广州人和广州文化简单化、概念化为传统意义上的广府人、岭南文化？张欣笔下的广州故事，除开最新

---

① 陈思和：《文学广州的无边风月——读张欣新作〈如风似璧〉》，《文汇报》2024年1月7日。

的《如风似璧》，都是表现当代广州的人和文化，这里面有很多意味着文化变革的新生形象和题材内容，需要我们以认知"当代广州经验"和"当代城市文化"的心态去理解和接受。

张欣的广州题材小说是当代城市文学的重要组成部分，张欣所表现的"当代广州经验"，对于理解当代中国城市的现代化、城市化历程而言，也是极其重要的一类文学经验。很长一段时间以来，广州的城市文学一直缺席于中国当代城市文学版图，张欣的小说也经常被很多城市文学研究者忽略，导致这些遗憾的缘由中，既有广州位于南中国边缘的地理区位，更有研究者不能深入把握到张欣广州题材小说的独特价值。广州的城市文学，不同于北京、上海、南京等城市的城市文学，广州是千年商都，是岭南古城，更是改革开放的前沿城市，也是商业化科技化程度最高的现代城市，这些历史元素和现实基础，都融会于张欣小说中的广州市民形象和故事细节内部。张欣笔下的广州城市文学，不同于北京城市文学强调古都文化，突出乡土中国文化传统，也不同于上海海派文学强调现代摩登文化，拒绝乡土传统经验，张欣的广州城市文学是综合了广州作为千年商都传统与现代化都市现实的文学。张欣的小说在多方面说明，广州是一座有商业文化传统的城市，这里的市民是有商业基因的市民。同样，张欣小说也在很多方面告诉我们，当代广州人面对市场洪流的经验，不管是被物化、成为消费社会的沉沦者，还是能够守住人格底线，成为独步于商场权域的佼佼者，都在说明当代中国现代化转型过程中人的变化和人性的复杂。张欣塑造诸多青年形象、女性形象，或广州本土市民，或外来的城市新移民，他们／她们的爱情遭遇或事业际遇，都在表达当代中国的城市化、现代化对于普通个体而言意味着什么。这其中，当然也有很清晰的广州经验，像《此情不再》里朱婴说"广州是一个物化的社会"，像《岁月无敌》里千姿说"广州多现实啊"，像《对面是何人》里作为典型广州市民的如一对生活、对家庭的"始终如一"，包括《深喉》

里身陷腐化环境也能坚守信念的报业记者呼延鹏……这些都是广州经验意义上的人物形象，他们的人生说明了在市场化、城市化这些时代性的洪流中，一个普通市民可以、可能通往哪里。

张欣的小说建立在广州城市生活和文化经验基础之上，但并不意味着张欣小说的意义就只是为当代中国城市文学提供了独属于广州的经验。张欣的小说避免了广州城市元素的景观化，还有一种创作心理可能就是希望读者看到的不仅仅是广州故事，更是当代中国的现代都市故事。雷达先生说张欣的小说是"当代都市小说之独流"，这个"独流"并非因为张欣写广州的城市题材文学而成为"独流"，更是强调一种风格和美学的独特。"张欣的更为独特之处还在于，她的语言建构了一种契合都市语境的特有的抒情风格，一种古典美与现代流行话语相糅合的情调，打造出一种有着鲜明时代烙印的时尚化写作模式。于是，在当时新都市小说初兴的大大小小作者中，张欣是个独特的存在，为市民读者所喜爱。她有如一脉生机勃勃的独流——称其为'独流'，并非多么异端，而是它保持了自己的审美价值和人生价值的独立不羁，为别人所无法替代。"① 张欣小说通俗好读，有赖于其语言的干净利落，她能用很简洁的语言、很通俗的故事讲述出现代人幽微的日常和深邃的心理思绪，这其实是一个作家语言才华和讲故事能力的极好体现。只不过，一直在追赶西方文学、以模仿借鉴西方现代后现代文学为时髦风气的当代文学，已经忽略了汉语写作所需要的简洁美和通透感。张欣的小说，有很清晰的古典文学底蕴，她借鉴的主要是中国传统的市民、世情小说资源，维护的是一种文学要写给大众读、让都市人愿意读的俗文学传统。当然，张欣小说通俗却不庸俗，作为当代作家，她知道现代意义上的文学需要守护的现代精神和现代品质，她是用现代文学的叙事精神去讲述都市社会的生活故事。现代都市也是欲望

① 雷达：《当代都市小说之独流——张欣长篇近作的价值拓展》，《小说评论》2013年第 2 期。

横流的都市，现代市民身上发生的故事，与古典时代的都市世情故事也有相通处。比如《锁春记》里靓女美男的爱情，在男方姐姐的掺和下走向了悲剧，这与古典小说中才子佳人的爱情被家姐干扰走向悲剧异曲同工；比如《不在梅边在柳边》里梅金等都市人放弃操守追逐欲望的各种新型交易，与古典小说中出卖身体、牺牲道义换取名利并无区别。现代都市故事也是都市人的故事，是人就离不开人欲与人情，表现现代都市人的爱欲情仇，自然可以借鉴古典世情小说的结构。不过，作为现代小说，张欣创作的这些通俗故事并不只是为了供人娱乐消遣，也不只是传递道德教诲，她用了很现代的笔法来完善提升故事的思想内涵。比如《锁春记》并非纯粹的爱情故事，干扰男女主角爱情主线的姐姐身上就有着现代人的"乌托邦"欲念，她为了完成家庭目标而逐渐将弟弟工具化，最后目标成了幻象，自己也陷入虚空。这一家庭层面的欲望逻辑其实就是整个城市、就是现代社会的欲望法则，张欣虽写一个都市家庭的悲剧，却是对现代社会欲望生产逻辑的反思，是对现代人被外在的利欲目标异化而不能自省的感慨与哀叹。还有《为爱结婚》《黎曼猜想》《千万与春住》等类型特征尤为明显的小说，内在于这些通俗故事的是极为现代的幽暗意识和叙事伦理。《为爱结婚》的故事多么通俗啊，或许所有的读者都不会认可小说中女主角陆弥的选择，可是作家为何硬是要让她"为爱结婚"呢？这是要把一种美好的爱情想象毁灭在我们面前，作家这份幽暗的心思让她选择了一种极具现代感的极致叙事笔法，让陆弥把一切希望都寄托在爱情上，最后也是自己把爱情毁灭了。《千万与春住》里的女性，怎么就忍心将自己的孩子调换给别人？仅仅是为了一个出国培育的美好前途想象？人性可以幽暗至此，我们应该会对这类人深恶痛绝吧。可是，张欣却没有让她的读者去憎恶她的人物，而是写出那个"坏人"的可悲与可怜，她的叙事让我们对她笔下的人物充满了悲悯与同情。如果是传统小说，引导读者疾恶如仇就是最畅快的事，可张欣是现代作家，她深谙现代叙事伦理，她讲述的故事是要引导读者去悲悯、去同情、去自省、去自我完善。

最近，张欣在自己的公众号"岁月无敌问张欣"里写有一篇杂记《闲话：知障》，内里有一段话："知障的人还有一个特点是不相信平凡的力量，只认可有光环的人，只要是称谓响亮的大师级人物，立刻诚服至致感觉如鱼得水相见恨晚，只要是平凡的人我们断然看不到他们身上任何的闪光点。"① 张欣的很多小说在当代文学史上或许都有一种"平凡感"，当代人对张欣小说的认知也都陷入了"知障"状态。尤其评论界，普遍喜欢以名气名望为标准来选择自己的阅读和评论对象，而不愿意把目光投射到一些通俗、平凡的作品中，看不到通俗、平凡故事可能蕴含的闪光点。当然，生活在广州的张欣从来都不觉得自己写作是要去寻求什么关注，她的人生是自在的，她的写作也是自在的。张欣说广州"理想又不是非分之想，如果你愿意可以在这里安静地成长"，我们可以模仿她这话来结束我们的讨论：张欣小说简洁而不简单，如果你愿意可以在这里获得很多。

---

① 张欣：《闲话：知障》，见微信公众号"岁月无敌问张欣"：https://mp.weixin.qq.com/s/Vb_HpwTiV7sxxYuGc40BrQ.

参考文献

一、张欣作品

张欣：《遍地罂粟》，作家出版社，1990 年版。

张欣：《伴你到黎明》，《中国作家》1992 年第 3 期。

张欣：《首席》，《上海文学》1993 年第 11 期。

张欣：《亲情六处》，《青年文学》1994 年第 6 期。

张欣：《访问城市》，《小说界》1994 年第 6 期。

张欣：《岁月无敌》，《大家》1995 年第 2 期。

张欣：《致命的邂逅》，《中国作家·文学版》1995 年第 5 期。

张欣：《真纯依旧》，河北教育出版社 1995 年版。

张欣：《张欣文集——商战情战》，群众出版社 1996 年版。

张欣：《张欣文集——燃烧岁月》，群众出版社 1996 年版。

张欣：《张欣文集——世事素描》，群众出版社 1996 年版。

张欣：《张欣文集——惊途末路》，群众出版社 1996 年版。

张欣：《此情不再》，《天涯》1996 年第 3 期。

张欣：《岁月无敌》，长江文艺出版社 1996 年版。

张欣：《仅有情爱是不能结婚的》，经济日报出版社 1997 年版。

张欣：《无人倾诉》，陕西旅游出版社 2000 年版。

张欣：《缠绵之旅》，南海出版公司 1999 年版。

张欣：《沉星档案》，作家出版社 2000 年版。

张欣:《免开尊口》，陕西旅游出版社 2001 年版。

张欣:《一意孤行》，时代文艺出版社 2001 年版。

张欣:《浮华背后》，云南人民出版社 2001 年版。

张欣:《泪珠儿》，人民文学出版社 2003 年版。

张欣:《浮华城市》，人民文学出版社 2004 年版。

张欣:《为爱结婚》，云南人民出版社 2005 年版。

张欣:《流年》，江苏文艺出版社 2005 年版。

张欣:《依然是你》，作家出版社 2006 年版。

张欣:《张欣作品精选》，长江文艺出版社 2007 年版。

张欣:《张欣自选集》，海南出版社 2008 年版。

张欣:《上善若水》，江苏文艺出版社 2008 年版。

张欣:《对面是何人》，上海文艺出版社 2009 年版。

张欣:《不在梅边在柳边》，湖南文艺出版社 2011 年版。

张欣:《不辩不教》，《时代发现》2014 年第 7 期。

张欣:《用一生去忘记》，花城出版社 2014 年版。

张欣:《深喉》，花城出版社 2014 年版。

张欣:《锁春记》，花城出版社 2014 年版。

张欣:《我的泪珠儿》，花城出版社 2014 年版。

张欣:《浮华背后》，花城出版社 2014 年版。

张欣:《对面是何人》，花城出版社 2014 年版。

张欣:《狐步杀》，上海文艺出版社 2016 年版。

张欣:《黎曼猜想》，花城出版社 2017 年版。

张欣:《张欣自选集》，天地出版社 2018 年版。

张欣:《千万与春住》，花城出版社 2019 年版。

张欣:《泡沫集》，河南文艺出版社 2020 年版。

张欣:《如风似璧》，《花城》2023 年第 5 期。

二、著作类

鲁迅：《鲁迅日记》，人民文学出版社 1976 年版。

赵园：《艰难的选择》，上海文艺出版社 1986 年版。

徐星：《无主题变奏》，作家出版社 1989 年版。

邓小平：《邓小平文选》（第三卷），人民出版社 1993 年版。

陈残云：《陈残云作品选萃》，花城出版社 1993 年版。

杜埃：《杜埃作品选萃》，花城出版社 1993 年版。

秦牧：《秦牧作品选萃》，花城出版社 1993 年版。

茅盾：《野蔷薇》，开明出版社 1994 年版。

邱华栋：《都市新人类》，中国广播电视出版社 1997 年版。

龚长宇：《酷文化·青年价值观·社会转型》，《青年研究》2002 年第 2 期。

陈晓明主编：《现代性与中国当代文学转型》，云南人民出版社 2003 年版。

卢瑞：《消费文化》，南京大学出版社 2003 年版。

杨魁、董雅丽：《消费文化——从现代到后现代》，中国社会科学出版社 2003 年版。

［美］刘易斯·芒福德：《城市发展史——起源、演变和前景》，宋俊岭、倪文彦译，中国建筑工业出版社 2005 年版。

洪治纲：《守望先锋》，广西师范大学出版社 2005 年版。

刘小枫：《沉重的肉身》，华夏出版社 2007 年版。

余嘉锡：《古书通例》，中华书局 2007 年版。

张英进：《中国现代文学与电影中的城市》，秦立彦译，江苏人民出版社 2007 年版。

薛毅主编：《西方都市文化研究读本》，广西师范大学出版社 2008 年版。

鲁迅：《鲁迅著译编年全集·捌》，人民出版社 2009 年版。

黄发有：《在游荡中囚困——朱文和〈什么是垃圾什么是爱〉》，《文艺争鸣》2000年第2期。

倪锡英：《广州》，南京出版社2011年版。

［意大利］卡尔维诺：《看不见的城市》，张密译，译林出版社2012年版。

欧阳山：《三家巷》，中国青年出版社2012年版。

周晓琳、刘玉平：《中国古代城市文学史》，人民出版社2013年版。

朱文：《什么是垃圾什么是爱》，华夏出版社2014年版。

曾一果：《中国新时期小说的"城市想象"》，北京大学出版社2014年版。

［法］乔治·康吉莱姆：《正常与病态》，李春译，西北大学出版社2015年版。

陈思和主编：《中国当代文学史教程》（第二版），复旦大学出版社2016年版。

张欣、张梅编：《张欣张梅文学作品评论集》，羊城晚报出版社2016年版。

梁凤莲：《羊城烟雨》，花城出版社2017年版。

［日本］村上春树：《我的职业是小说家》，施小炜译，南海出版公司2017年版。

［美］若昂·德让：《巴黎：现代城市的发明》，赵进生译，译林出版社2017年版。

左怀建、吉素芬主编：《中国现代都市文学读本》，浙江大学出版社2017年版。

梁凤莲：《百年城变——十九世纪以来广州的城市演变与文化形成》，花城出版社2018年版。

［英］阿什·阿明、奈杰尔·斯里夫特：《城市的视角》，川江译，江苏凤凰教育出版社2018年版。

欧阳山：《三家巷》，人民文学出版社 2018 年版。

［法］亨利·列斐伏尔：《都市革命》，刘怀玉、张笑夷、郑劲超译，首都师范大学出版社 2018 年版。

［英］约翰·亨利·格雷：《广州七天》，李国庆、邓赛译，广东人民出版社 2019 年版。

李培林：《村落的终结：羊城村的故事》，生活书店出版有限公司 2019 年版。

刘晓军：《中国小说文体古今演变研究》，上海古籍出版社 2019 年版。

陈恩维：《文学地理学视野下的明初岭南诗派研究》，上海古籍出版社 2019 年版。

周松芳：《岭南饮食文化》，广东人民出版社 2019 年版。

［美］罗伯特·E.帕克等：《城市》，杭苏红译，商务印书馆 2020 年版。

江冰：《都市先锋：张欣创作研究专辑》，花城出版社 2020 年版。

陈庚：《中国文化体制的改革与创新》，经济科学出版社 2020 年版。

叶曙明：《广州传》，广东人民出版社 2020 年版。

［加拿大］罗伯特·弗尔福德：《叙事的胜利：在大众文化时代讲故事》，李磊译，南京大学出版社 2020 年版。

谢有顺：《文学的通见》，海峡文艺出版社 2020 年版。

中国共产党简史编写组：《中国共产党简史》，人民出版社、中共党史出版社 2021 年版。

陆兴华：《人类世与平台城市：城市哲学 1》，南京大学出版社 2021 年版。

刘秀丽、唐诗人主编：《读懂广州·小说卷》，广州出版社 2022 年版。

葛亮:《燕食记》,人民文学出版社 2022 年版。

葛永海:《中国城市叙事的古典传统及其现代变革研究》,商务印书馆 2022 年版。

三、期刊类

筱敏:《转业》,《花城》1982 年第 4 期。

陈晓明:《末路寻踪:在都市与历史之间——一九九〇年〈花城〉中篇小说综评》,《花城》1991 年第 5 期。

王晓明、张宏等:《旷野上的废墟——文学和人文精神的危机》,《上海文学》1993 年第 6 期。

许纪霖、陈思和、蔡翔、郜元宝:《人文精神寻思录之三——道统、学统与政统》,《读书》1994 年第 5 期。

雷达:《当今文坛上的女作家群》,《〈瞭望〉新闻周刊》1995 年第 35 期。

陶东风、金元浦:《人文精神与世俗化——关于 90 年代文化讨论的对话》,《社会科学战线》1996 年第 2 期。

陈岚:《都市与女性的文学二重奏——张欣小说浅析》,《当代文坛》1996 年第 2 期。

张东:《一种严肃守望着理想——邱华栋访谈录》,《南方文坛》1997 年第 4 期。

周海波:《城市语境中的女性情感世界——张欣小说论》,《小说评论》1997 年第 6 期。

杨耀峰:《良知,欲望世界的绿洲——读张欣〈你没有理由不疯〉》,《小说评论》1997 年第 6 期。

屈雅红:《"掘金时代"的人性展台——评张欣的都市小说》,《南京理工大学学报(哲学社会科学版)》1998 年第 6 期。

蒋述卓:《城市文学:21 世纪文学空间的新展望》,《中国文学研究》2000 年第 4 期。

谢小霞：《面向大众的叙述和建构——张欣小说论》，《小说评论》2001 年第 1 期。

刘晓蕾：《世俗精神·意义指向·好看的故事——张欣小说论》，《当代文坛》2002 年第 1 期。

崔卫平：《"人最大的敌人是人自己"——张灏访谈》，《社会科学论坛》2005 年第 2 期。

季红真：《小说：城市的文体》，《文艺争鸣》2006 年第 1 期。

吴秀明等：《洋场遗风与改造运动交织的暧昧历史：重读〈上海的早晨〉》，《福建论坛·人文社会科学版》2008 年第 6 期。

薛月兵：《叛逆青春的书写困境与超越——以春树作品中的"坏女孩"形象为例》，《山西师大学报（社会科学版）》2012 年第 1 期。

雷达：《当代都市小说之独流——张欣长篇近作的价值拓展》，《小说评论》2013 年第 2 期。

谢有顺：《重构中国小说的叙事伦理》，《文艺争鸣》2013 年第 2 期。

金理：《当代青年遭遇都市——青春文学与城市书写的一个现象考察》，《当代作家评论》2014 年第 4 期。

孟繁华：《建构时期的中国城市文学——当下中国文学状况的一个方面》，《文艺研究》2014 年第 2 期。

孟繁华：《失去青春的中国文学——当下中国文学状况的一个方面》，《当代作家评论》2014 年第 1 期。

贺绍俊：《铸造优雅、高贵和诗意的审美趣味——以张欣的〈终极底牌〉〈不在梅边在柳边〉为例》，《南方文坛》2014 年第 6 期。

曹逸梅：《中唐至宋代诗歌中的南食书写与士人心态》，《文学遗产》2016 年第 6 期。

吴昊：《那些正在消失的美丽——读张欣的〈终极底牌〉》，《文艺争鸣》2017 年第 4 期。

罗桦琳、张小英：《广东广州：住宿餐饮业达千亿元　超越北上位居全国第一》，《中国食品》2018 年第 15 期。

杜小烨：《从传奇回归日常——评张欣〈千万与春住〉》，《韩山师范学院学报》2019 年第 4 期。

唐诗人：《悬念的魅力：中国当代小说中的侦探叙事》，《广州文艺》2019 年第 5 期。

申霞艳：《勘探都市人的内心——张欣小说论》，《文学报》2020年 5 月 25 日。

张欣、唐诗人：《塑造广州城市文学新形象——关于广州城市与文学的对谈》，《特区文学》2020 年第 5 期。

张懿：《都市叙事之下的灵魂安顿——评张欣〈千万与春住〉》，《中国图书评论》2020 年第 7 期。

江冰：《广州故事：都市特征与文化个性——评张欣〈千万与春住〉》，《当代文坛》2020 年第 2 期。

王雷雷：《都市社会角色的想象与重置——评张欣的都市小说》，《当代文坛》2020 年第 2 期。

张丽凤、韩帮文：《"想象的共同体"：张欣都市小说的先锋性》，《当代文坛》2020 年第 2 期。

吴琪：《张爱玲与张欣：不同叙事方式的都市写作》，《南方文坛》2020 年第 4 期。

张均：《当代文学中的青春与革命——重读〈三家巷〉》，《粤港澳大湾区文学评论》2021 年第 1 期。

战玉冰：《清末民初中国侦探小说中的传统性因素》，《学术月刊》2021 年第 9 期。

叶娟丽：《躺平：概念流变及其他》，《广州大学学报（社会科学版）》2022 年第 4 期。

陈思和：《文学广州的无边风月——读张欣新作〈如风似璧〉》，

《文汇报》2024 年 1 月 7 日。

四、博士论文

管宁:《消费文化语境中的文学叙事》,福建师范大学博士论文,2005 年。

李艳丰:《历史"祛魅"与文化反思——消费主义文化镜像中的"90 年代"小说探析》,暨南大学博士论文,2010 年。

祁春风:《自我认同视野下的"80 后"青春叙事》,山东大学博士论文,2015 年。

附录一 关于广州城市与文学的对谈

唐诗人：张欣老师您好，首先感谢您接受我的采访。这次访谈的主题是"大湾区城市文学地理"。广州是"大湾区"的主要城市之一，广州的城市文学也可以算是大湾区城市文学的关键力量所在。要谈广州的城市文学，肯定绕不过张老师您，所以能采访到您是一件很难得也很有意义的事。感激的话不多说，我们进入主题吧。首先我特别想请张老师从自己的创作经历，尤其是上世纪八九十年代那时候的创作，谈谈自己为何走向了都市文学写作，那个时候的城市文学是怎么一种状况？我个人没有经历过，我知道的都是书本上的知识介绍，想听听张老师的经验之谈。

张欣：城市文学的起源确实是一个值得研究的课题，尤其对于今天的城市文学研究热而言。但对于我这样的一路走过来的人而言，似乎没有那么强烈的感觉。我不是学者，没有对这些背景性的东西作专业的分析。我个人的感受是，上世纪八十年代人们对文学的热爱是一个历史时机。我们遇上了那个时机。那时候还没改革开放，刚打倒"四人帮"。那时候的氛围，跟今天这种文学这么边缘、这么少人关注的情况比较起来的话，最重要的差异其实是读者问题。很多人喜欢回忆八十年代，但我对那个年代没什么特殊的感情，也没在任何场合谈过那个时代。我觉得那个时代的所谓文学热文化热，不仅仅是作家的热情，更主要的还是读者，是八十年代的读者赋予了那个时代以特别的文学土壤和文化节奏。那个时候看书的人特别多，刚结束"文革"，大家都很贫乏，都对知识充满了热情和向往。我感觉很少人从读者层面去谈八十年代，基本都是谈那时候的作家多么厉害，说作家应者如云什么的。我觉得这是两方面，作家是一面，读者是更关键的一面。那时候大家都谈文学，就像今天大家都谈钱一样。你若不懂文学，别人会觉得你很奇怪，会觉得你什么都不懂。

在八十年代，我们这种都市文学写作，给人的感觉是一种很飘的东西。尤其跟乡村文学比较起来，肯定没有那么厚重。我们的文学观念里，历来都看重历史厚重感，如果没有深厚的底子，容易显得特别轻。那时候我们写都市文学，总是被人认为"写的什么鬼东西"。但我觉得，任何东西一开始都是轻的，都需要开始，然后经历一个持续积累的过程，慢慢变得厚重。当然，另外一个问题是，很长时间以来，我们都不缺写城市的作家，但其实根本没有什么城市文学，全是农村的。他们虽然生活在城市，甚至一直生活在农村，偶尔去城市一趟，然后就写城市，场景虽然变了，但观念、视野什么的还是农村的，这样写出来的东西，肯定不是我们理想中的城市文学。

说回八十年代写都市文学感觉"轻"的问题。那时候我们写都市，根本没有什么可借鉴的资源。但相对而言，生活在广州的其实会更好一点，因为离港澳近，容易受到港澳台文化的影响。八十年代，台湾和香港已经有了真正的城市文学。从地理上来讲，广州虽然没有北京上海那样的文化中心或者繁华状况，没有特别清晰的文化历史特征。但我们这样比较广州北京上海这些城市，所依据的、参照的指标是否合理？这本身也需要我们去反思。比如放弃那种历史厚重感的东西，从现代都市的观念层面来理解的话，广州这座城市的现代观念还是很突出的。我觉得都市文学的核心就是观念问题。从观念来看，广州其实是有优势的。我们很多时候拍广州，一拍就是城中村什么的，非常潮湿，永远在下雨，你去拍高楼大厦什么的，就感觉很奇怪，它不是一个以繁华而引人注目的城市。但是从观念上来看，广州有得天独厚的优势。广州离香港近，它很容易被香港那种文化所感染。八九十年代，广州的电视收音机什么的，可以接收港澳地区的信号，比如收听到邓丽君的歌曲，看到香港的凤凰卫视等电视节目。通过这些渠道，一些很城市很现代的文化元素进入到我们的日常生活。那年头信息少，对新鲜事物充满好奇心，电视上的那些东西很容易被我们接受。那时候生活在广州，比起内地城市而言，其实很容易找到城市的感觉的。因为这种地理上的便利性，来自港澳台的城市的、现代的流行文化、都市生活元素，对于塑造广州人的城市感觉、城市观念而言，起着很重要的作用。

唐诗人：张老师您说的广州离港澳近，这是地理层面最直接的关联性。地理上的靠近，对于今天而言可能不再是一个问题，因为互联网、地球村什么的，包括交通技术的发展，都把"地理距离"消解了。但是对于上世纪八九十年代而言，地理上的相近所能带来的影响是很大的。之前我跟陈崇正、陈培浩他们聊天，也提到过这种影响。他们小时候的记忆都是看凤凰台，是听港台歌曲，是看很多都市题材的电视剧等。这些文化元素对于我们这种内地小县城的人而言是不太可能的。从这方面来看，我们确实把这个因素理解成促成广州城市文学发生和发展的重要因素。您刚才说到城市文学的观念问题，可以再谈谈到底是什么样的观念吗？

张欣：港台这种城市文化、流行文化对我们的影响特别大，它不一定是直接的改变，更多时候是慢慢渗透你。有一次我们做一个读书活动，有一个小年轻给我们的留言里写了一句话，我挺感慨的，她说的是："我喜欢这个功利的世界，因为它会肯定每一个人的努力。"我觉得这种商业社会的逻辑，很早就灌输给了广州的市民。想一想八十年代末香港的电影《富贵逼人》《富贵再逼人》《富贵再三逼人》，三个电影，非常直接，直接就是要富贵要发达。电影不断地强调富贵、发达，它这种直接的对利益、对钱财的看重，很直白。这种文化对于那年代的我们而言，是一种直接的冲击。很长一段时间，我们是"捡了金子也不笑"的，人家那是直接表达，毫无忌讳。在这种新的关于生活关于财富的看法的对比之下，你就会对人性、对我们曾经信仰的价值观有一种反观。这种东西跟当年王朔那种直接的"反崇高"是完全不一样的。王朔是我们谈文学史时绕不过去的人，他是直接把我们信仰的东西打碎给你看。我们一直以来是太喜欢那种崇高化的、歌颂式的、正面的东西，当接受到那种港台过来的世俗文化、商业文化的时候，这是一种直接在日常生活层面就会感受到的价值观颠覆，不同于王朔那种知识分子意义上的解构。

城市这种功利化、商业化的情况，其实也可以是一种很可贵的环境。这种对利益对世俗生活的认同，是都市文学创作的基本处境。商业、功利是都市文学观念的基本面，它承认利益，承认我们爱钱，承认我们有欲望，这是一个基础。如果我们还继续假，继续装，而现实生活又需要钱，那可能就导致了严重的虚伪写作了。所以，我觉得城市文学可贵的一面就是要去面对人的赤裸裸的欲望，要去面对人在欲望面前所暴露出来的各种各样的人性问题。我觉得这才是都市文学的本质。都市文学并不是什么海鲜、别墅、大沙发、酒吧什么的，这些乡下暴发户也可以有。所以对于都市文学，最重要的还是观念上的突破。以前很多人不觉得有钱意味着什么，老是觉得用钱来解决问题是不好的，是俗的。但是其实用钱买东西、解决问题是最清白的，有钱获得服务也是最正常的。相反，那种通过权力来获得利益才是最奇怪的。我们的文化里，普遍是崇拜权力，权力可以解决很多问题，很多人也从不觉得这种权力逻辑有什么问题。商业社会就是把很多传统的观念给打破了，现代意义上的城市文学自然要去揭开这些神秘的面纱，包括把包裹在都市身上的那些温柔面纱给揭开，直接去面对都市社会的欲望问题。

唐诗人：确实如此，所谓都市社会，很大程度上就是欲望社会。尤其对于现代城市而言，它就是人的欲望不断膨胀的产物。现代城市就像一个人一样。人的欲望是无法得到彻底满足的，一个欲望会生产另一个欲望。城市也是，有一种不可停滞的发展欲望。现代化、城市化，其实是不间断地发展，不断地从其他地方吸纳更多的、各种各样的资源进来，满足它的运转。而现代人之所以憧憬城市生活，当然也是个体生活欲望的选择，只不过这些欲望有很多种表现方式而已。所以相对于乡土社会那种追求自给自足，向往超稳定的生活秩序而言，城市是代表着欲望，意味着变化和发展的。如此而言，所谓城市文学，如果回避"欲望"这个根本性问题，还继续以往的那种简单的道德宣教式写作，把"欲望"简单化、标签化，那就必然是一种虚伪的写作。"虚伪"是文学创作最忌讳的问题，它从精神根基上就走向了文学的反面。您的小说，可以说都是在直面都市人的欲望，写都市各行各业的人如何面对自己的欲望。尤其在上世纪八九十年代改革开放、市场经济之初，都市人的欲望更多地表现为对物质财富的欲望。对于生活欲望，广州这座城市表现出来的状况似乎也有它的独特性，在我们的印象中，广州是务实的。很多人对务实的理解，似乎就是指向物质生活层面的务实，不太谈精神，只求日常生活层面的实在感、愉悦感，您写广州这么多年了，您怎么理解这种"务实"？或者说从文学视角来看，您怎么理解广州这座城市的文化精神？

张欣：广州这个地方不会因为你是作家就把你看得多崇高，不会高看你，可能还会嘀咕说"欸……穷人呗"。这不像其他很多地方，把作家看得那么高高在上。当然广州人也不会直接怎么贬损你，也会给你留点面子。这种城市市民的态度，给作家创作提供的语境其实是很正常甚至很理想的。这就造成了作家必须持续去写，而且不能灌水，让你意识到自己就是一个很普通的人、跟大家一样的人。这种环境塑造的作家看待世界看待生活的视角是很好的，不至于说形成一种俯视他人的视角，不会在生活中对他人随意评判，不会提供各种"应该如何"。广州人这种价值观，其实是一种生活哲学，它可以消解很多东西，包括消解生活中的困难。广州人对于生活中遇到的很多问题，都会觉得很正常，没什么困难和意外是不可接受的。像广州人做生意，广州人做生意的最多了，他们可以把做生意的起伏波动看得很开，觉得投资失败成功都很正常，没什么是必然的、应该的。你怎么能说你做生意成功就必然、就应该的？这不可能的嘛。我就觉得这种处理生活困难的心态特别感动我。包括这种视角问题，每个行业的人看待他人的生活都是平视的，是跟大家一样的，谁也没资格看不起别人，你能看不起一个卖肉的吗？人家戴的金戒指还比你更大更贵呢。我觉得这是广州这座城市让我感到写作会比较轻松的一个理由。我去构思写作的时候，不会去想什么要写一个百科全书式的、如何解构什么什么的，我从来没有这样想过，我觉得小说就是解闷，就是讲故事啊。当然这说起来很不好听，我们也有很多小说是宏大叙事，是写主流事件。我的意思是我们可以写很多主题、题材，但我们写作的姿态不能端着，不能因为自己写什么就把自己当作什么，不能因为自己写宏大主题就把自己崇高化了。你越把自己当回事往往越写不好，写出来的东西越没有人看。

唐诗人：您谈到这种"消解"的文化和写作的姿态问题，我觉得这非常准确地概括了广州人、广州这座城市的文化特征，当然这是从文学视角来理解的。消解的文化，这其实就是广州人的日常生活的一部分。作为都市人，作为以做生意来维持生活、来完成富贵发达的生活理想的广州人来说，失败是很正常的一件事。他们见惯了失败和成功，所以广州人对于失败者也没有什么特别地歧视什么的，同时对于商业成功人士也不会有多么的崇拜。失败和发达，在这里是人人都有可能，是无处不在的普遍现象。这似乎也某种程度上影响了广州人的世界观。他不会对某个行业特别地推崇，不会说你是搞文学什么的就高看你，当然也不会贬低你。你生活在这座城市里，做好自己的事情就是最好的状态。这种文化也是我尤其喜欢广州的原因，就是生活在这里我可以找到属于自己的生活空间，我可以安安静静地做自己的事。我出去办事所遇到的人，多数也是在安分地做好他们自己的工作。但很多人也说，这种太务实的文化对于文学、对于作家而言其实是一种很不理想的氛围，因为文学还是一种精神层面的东西，需要读者来支持，需要民众的兴趣和热情。没有这种文化氛围，很多作家就很难写下去。我听过一些作家对广州的评价，就说广州这个城市是扼杀文学的，您好像从不会这么看待广州。您可以说说这个问题吗？

张欣：我没有觉得广州不适合写作。可能很多人不习惯，因为广州确实"文人气"比较低，没有什么文人气。我觉得有的文人还是有一种"端着"的状态，就是觉得自己是写作的、搞文学的，就跟别的职业不一样。但我前面也说，广州这种城市可以消解那么大的痛苦，可以消解那么多的失败，那它消解一个作家岂不是很容易的事吗？不管多么了不起的人过这边来，也就那么回事。就像当年广州人看刘晓庆，他们不会觉得看一下这个名人又会怎么样，不会疯了似的去骚扰你。当然也有很多作家来到广州确实没有找到感觉，因为毕竟迁移了，离开了自己的创作根据地。但我还是觉得，最重要的还是作家的身份感，要把自己的架子降下来，要把自己与生活与这个城市的关系处理好，不要有"隔"，有"隔"的话你肯定就写不好。

文学这个东西，它的读者从最终意义上来说不是看作家名气才看的。一个作家名气再大，读者看不下去也不会多看。我为什么对广州这种"务实"的文化很认同，可能有我自己的原因。我是一个比较务实的人，我十五岁就当兵了，在第一线工作很多年，都是实实在在地该干吗就干吗。汪洋就说"广东人的优点是务实，缺点是太务实"。我就是那种太务实的。我就觉得，我们得对生活有好奇心，对世俗的日常生活有兴趣，这是作家的必备能力。比如说我们要对"吃"有研究，要懂得生活，但我们的作家全都喜欢讲鸡汤或者讲什么人生大道理，或者是拿自己的生活经验不断翻炒，这样的作品肯定是没人读。作为一个职业的小说家，我平时最感兴趣的就是日常生活。作家对日常生活感兴趣，才会沉入到生活里面去，写出来的作品才不至于浮在生活表面。就比如说写都市生活，要深入到都市的内部去，去了解各种各样的都市人，每个都市人都不一样的，都是富豪，但很多富豪未必就是我们想象得那么财大气粗，底层人物也不一定是没文化没品位。

　　唐诗人：不能沉入到真实生活里面去，这确实是当前很多作家无法写好城市的最大问题。我个人以为，很多作家一写乡村就很有感觉，这是因为自己的成长经验是乡土世界的，有深刻的记忆和感受。而对于城市，虽然可能也生活在城市很多年了，但内心估计永远都与城市有"隔阂"，总是觉得自己是个"异乡人"，是漂泊在城市的。这种"漂"的状态，导致很多人写出来的城市题材作品也是"漂"着的，就像您说的，有"隔"。如今城市文学很火，很多青年作家都热衷于写城市了，我也看过很多，但大多数作品都有您说的这样一种"隔阂感"，就是感觉他们笔下的城市生活，写来写去都是写自己的生活，即便是写很多不同的人物，那些人物本质上还是一个人，就是作家自己本人。因为不能深入到城市，不能进入到这个城市的其他人的生活中去，但他们又必须写下去，每个作品也必须有所差异，我们能看到很多作家可能写了很多，但都只是在文字上、在语言感觉和叙述技巧上有所突破，在人物的丰富程度，以及对生活、对城市的理解方面并没有什么变化。我认为这其中很大的原因就是他们没能深入到自己所要书写的城市生活里面去，没有真正去观察、感知和研究自己要写的"他人的生活"。

城市不像乡村，乡村很多事情是集体完成的，人与人之间的关系相对简单。城市看似有很多人，生活很拥挤，城市也意味着变动不居，但如今科技如此发达，城市人不用接触其他人就可以生活下去。城市提供的便利永远是表面的，便利的生活背后有很多问题往往是特别不容易。这"不容易"的一面就是需要我们作家去挖掘的，但我们的作家很容易就把这些"不容易"对接上西方现代文学所强调的那些孤独症之类的情绪，好像就没有别的东西了。所以我们看到的青年作家写的城市，无论是北京还是上海，或者广州、深圳，包括香港、澳门什么的，都大同小异。这些问题都是作家偷懒的结果，是作家不愿或不能深入到城市内部，深入到他人内心生活中去导致的。我系统地阅读了您这几十年来的作品之后，我就特别想向一些青年作家推荐您的作品，因为您写很多城市市民的生活，人物形象基本上都不同，但几乎都能把这些人物塑造得很丰满很地道，这一定是下功夫了，有专门的研究之后才能写出来的。

还有一点您一直强调的读者问题，包括前面您谈及八十年代的文学氛围的时候，都很突出读者。我们今天很多作家都不重视读者，都强调是为自己的内心写作，不会把读者能不能理解作为一回事，但从您的作品到您的创作谈之类的文字，包括前面您说的那些，似乎特别在意读者能不能接受，读者在您心目中应该是很重要的，您可以谈读者问题吗？

张欣：我是觉得写作者和读者是很平等的，我从来不觉得作者有什么高人一等。当然今天作家都会说我只为自己的内心写作，不为市场，不为读者，这几乎成了一个标准答案。但我很多时候其实并不这么认为。我没什么理论，也不会跟什么人辩论这个问题。但我觉得，你书也好，影视剧也好，你打了标价，那你首先就是商品，是商品你就必须考虑别人能不能、会不会接受。尤其在广州，这不是首都也不是魔都，这是商都，它是最早教会我们市场交换规律的。有很多未婚女性与我聊什么婚姻问题的时候，我都会说你想要对方拥有什么，那你得拿出一些品质来进行交换啊。文学创作也是，你必须考虑自己的作品好不好看，包括对于读者而言能获得什么。你如果写得特别晦涩，自己都看不下去，还想别人看下去？我一直被别人说成是那种比较通俗的作家，就因为我的作品好读嘛。我们有一个观念就是觉得通俗的东西就肯定都放不上台面。后来我看到一个作家，好像是余华，他谈创作的时候说他一直不会心理描写，不知道什么是心理描写，但后来发现实际上并没有心理描写这回事。比如说写一个动作细节，并没有刻意进行心理描写，却可以把心理内容表现出来。最简单的例子，比如你在听我说话的时候，突然被杯子里的水烫了一下，这个动作就可以说明你全部精力都在听我讲话这个心理状况啊。所以说，根本就没有"心理描写"这个词，或者说，不需要这个词也不会影响我们写作。同样的道理，通俗与不通俗也是这个问题。你怎么知道"通俗"的东西就不好、就不深刻？通俗是什么意思？《金瓶梅》还不通俗吗？你能说人家不深刻吗？我们的作家自己就没想明白自己要干吗，一会儿别人说要写什么就写什么，一会儿人家说要那么写就那么写。我写作的时候就觉得，如果我自己是一个读者，好不好看很重要，如果我自己都感动不了我自己，我怎么感动别人？

还有一点就是，我自己比较欣赏的作家、学者，他们会觉得我的写作是比较从容的，写得比较克制。我觉得城市文学就是要克制的，不能老是夸张化。从容和克制是城市文学创作很需要的品质，这种品质目前似乎只存在于那些体制外的作家身上。比如一些优秀的网络文学作家，很多就有着从容的叙事品质。真正的体制外作家，基本是靠读者真正的购买和阅读才存在着。这些作家会尊重读者，真正把故事讲好，让读者爱看，至于别的，不会考虑那么多。当然，现在的写作，很多很难读下去的作品，不一定是不好，也有可能很好，但是它跟读者难以形成一种黏合度。读者不真正阅读，就肯定跟你有隔阂。读者可能知道一个作家很有名，但若他看不下去，就不会对你有真正的感情，你的作品也不会真正对读者产生影响。作家写作，让读者会读下去是一个基本的品质要求，没有阅读，就没有文学。让读者愿意去看你写了什么这最为重要，别的那些语言、品位之类的，也很重要，但比起读者来说还是次要的。对于读者，我可以很负责任地说，我在我写作生涯里，对读者是很尊重的。因为对读者尊重，作家才会对自己作品中的人物尊重。如果一个作家写的人物特别扁平，看上去特别傻，读者肯定会发现的。读者是最不能戏弄的，你的人物很假，读者就肯定能看出来，肯定就不会有什么共鸣。别把读者想得那么简单，他们不是傻子。

唐诗人：不能把读者简单化，这就像我们看电影看电视剧，总是觉得很多导演把观众傻子化。有些导演不好好讲故事，生怕观众不能明白自己要说什么，总是要在作品中什么都直接告诉你，什么都为你考虑清楚，连这个剧到底要讲什么也要找个地方直接告诉你。这种作品看得想骂人。我觉得小说也是这样，你把读者看成傻子，简单拼凑出一个故事，怎么可能感动人？人家一看就觉得是在瞎扯。还有就是你根本不考虑读者的阅读感受，就一个人在那里做梦一样毫无逻辑地讲述，这也是对读者的不尊重，如此读者肯定不会读。我觉得我们今天的创作最大的问题恰恰就是出在这两个方面，一个是简单拼凑，一个是胡言乱语。简单化的故事一大堆，毫无逻辑故作高深的也是一大片，这两种写作已经把我们这个时代的读者给"惹恼"了。今天很多作家抱怨说没有读者，我觉得如果抱怨这个问题的作家自己好好检讨一下自己的写作，会发现读者不看是很正常的。我前面写过一个小文章，就谈到现在的小说不考虑读者接受是个严重的问题，我们最早的"说体"文，目的是很明确的，就是要接受者听进去，后来的话本什么的，也是要想尽办法把听众吸引住，古代的小说也是，让人读下去是个基本的品质，但是我们今天的小说创作根本就不考虑读者了。现在作家很懂文艺理论，都会说自己写给理想读者，但这几乎都是自我欺骗。很多作家所谓的理想读者，往往就是作者自己。自娱自乐，这是当下纯文学创作最可悲的状态。从这方面来看，也可以理解为什么很多作家来到广州之后难以写下去了，其中一个原因我觉得就是因为他们没办法在这个城市找到自己的读者。您有读者，读者对您有期待，您就肯定有持续写作的动力。但很多作家不重视读者，自然就找不到自己的读者，如此就慢慢失去了继续写下去的动力。我觉得，这肯定是广州城市文学，或者说广州作家从事文学创作所需要直面的问题。

另外一个问题是，您有很多读者，您自己也一直在做一些面向大众的文学阅读分享活动，您可以根据您的读者，包括您做的读书活动所接触到的读者情况，来谈谈广州的读者情况吗？我觉得从大众层面、普通读者层面来看广州这座城市的文化气息或者文学氛围，倒是一个非常有意思的维度。

张欣：我虽然做读书会，但我并不认为读书需要什么"会"。读书就是一个人在家的生活选择，但读书会可以是当代城市人的一个气阀。城市人都比较孤独，很多人需要有一个表达自我的空间，在这个空间里可以表达一些东西。读书会就可以是一个这样的平台，所以做读书会确实能看到很多普通读者的阅读状况。这么多年做下来，我觉得真的是经济越发达，人就越需要精神的东西。我们现在各种机器，洗衣服什么的都不需要自己动手了，那你留下那么多时间干啥呢？有闲暇，才会有精神生活，有太多的闲暇，才会幻灭，会有虚无感，这时候就特别需要文学之类的东西来调剂，来填补。以前是拼命干活，要不然没饭吃，活不下去，当然就没有什么空间来谈精神生活。我记得我们当年在海南岛开会，大家讨论到底是贫穷还是富裕才需要文学。那时候政策是说让一部分人先富起来，我们就开玩笑说等着那些人富起来了之后，然后就会彷徨，会虚无，就会觉得人生很无聊，然后我们这些作家就站出来，去拯救他们，解决他们的问题。今天看来，某种程度上也确实如此。很多家庭好像是发达了，现在的科技也很先进，但那些最基本的问题并没解决。比如人人都会有所思考的人生价值和精神情感问题，包括一些人性问题，这些都属于精神层面的内容。

就读者而言，广州的读者情况其实挺不理想的。我做读书会，很多的时候其实是失望的。但是我觉得，只要有读者来，不管多少，都很难得。每个来参加读书会的都不容易，他们必须有这份读书的心。在这么忙的生活里、这么短的时间里要挤出时间来参加活动，还要学习，要看书，这很不容易。第二个就是我觉得广州还是有真正的文学读者的，这些读者的文学分辨能力很强。我们做活动读的很多书都是经典，每次的读者都不少，而且他们都是冲着这些经典来的，是真的来学习的，这是一个让我们坚持继续做下去的很重要的理由。

另外还有一个方面我很想说一说，这不一定跟我们的主题相关。我觉得读书会更多的时候其实是搭一个平台给读者交朋友。曾经有一对女孩，给我印象很深刻，她们手拉着手，看上去非常要好。她们中的一个告诉我说她们就是在读书会上认识的，她很高兴自己终于有了能交心的朋友。这种最世俗的收获，往往最让我开心。一个城市有庞大的人群，但我们的读书会可以聚集一批有共同兴趣的人。来参加读书会的人基本就是有共同兴趣的，他们有可能在这个平台上认识到一些志同道合的潜在的好朋友。读书会有它的平台功能、服务功能，我们不要忽视这些东西，不要觉得这跟我们做读书会的目的背道而驰就不好。而且，我们找嘉宾来讲书，我是要求嘉宾能讲多深就讲多深。很多时候，我可以感知到那些读者、听众其实是很认真地在听，他们知道这是一道文化大餐，是很有价值的"课堂"。从这几个方面来看，我觉得广州还是有很好的文学读者的，尤其广州的年轻读者很值得期待，很需要我们的作家去开掘。

唐诗人：确实，我觉得读者肯定是有的，只是我们有没有耐心去发掘和去等待。广州这么多人，喜欢读书的其实非常多，我看这些年的图书销售量排行，广州一直是排在前列的。有人说广州没有文学氛围，做文学分享活动往往没听众。我觉得这个现象不是那么简单，这跟前面我们谈到的广州人不崇拜什么名人有关系，但更大的原因还是我们做活动的方式有问题。就是我们面对读者的活动，不能高高在上，而是要有一种"服务"意识。像您说的，做读书活动，不要把这个活动的目的想得那么纯粹、单一，很多时候它就是一个平台、一个契机的价值。这个平台让人可以表达自己，可以让人找到朋友，可以让人获得一些知识。这些很具体的"目的"，可能很不专业，很不上档次，但却是广州读者愿意参与，能够加入其中的最有诱惑力的原因。广州做文学活动，不能全讲虚的，还是要有一些"干货"。这种情况我觉得不是好还是不好的问题，而是生活在广州的文化人要去认知、去理解的问题，在这个基础上调整我们的活动方式、活动内容。我们做活动，是在服务，更明确说是文化服务，这不是高高在上的"宣教"。

就如何吸引读者来讲，我知道您的作品有通俗化的特征，更明确来讲，是叙事上采用了很多类型叙事的东西，像侦探叙事结构，包括主题上的商战、官场、爱情等，这些都是很容易俘获读者的元素。就征用类型叙事这层面来说，这些年也特别流行一种科幻类型的叙事，好像也确实能够聚焦很多读者的眼球。您对现在的科技叙事、科幻写作有什么想法吗？

张欣：侦探叙事、爱情故事这些都是很古老的技艺和主题，我不觉得这跟我们所谓的纯文学有什么不搭的。至于科幻、科技，这确实是我们今天的生活现实。我们所接触的很多东西都离不开科技，所以科幻写作什么的都很值得去探索。但有时候我又倒过来想，其实文学最根本的东西还是寻找差异性问题。文学是一个古老的技艺，它是一个手工业性质的技艺。我一直是比较写实的，对于文学流派什么的，会保持一点距离。就像我们当年流行什么意识流、魔幻现实、黑色幽默之类的，好像写作就是排队一样要排上去。后来我就觉得文学流派都不重要，文学是一个万变不离其宗的东西。文学最根本的还是心灵的碰撞。我现在还在看汪曾祺，每次看都觉得特别厉害，那真是好东西。这么多年过去了，作品这么经看，人物跃然纸上。文学这个东西，有一些最古老的技艺、经典的东西是不能扔弃的。今天科技这么发达，但计算机还是没办法解决人的情感问题。所以我认为，不管什么流派，或者什么叙事类型，归根结底还是回归到常识、回归到原始的文本经验。

回过头来看，我觉得今天写作，一个方面是要超越传统的那种老套的、陈腐的叙事方式，比如说那种直白的教育、教化别人的写作。我们必须知道这个时代已经变成怎么样了，得明白现在年轻人走到哪个地步了，必须用一种现代人愿意接受的方式去书写，这是与时俱进的一面。但反过来，另一方面是我们也需要相信写作的本质还是不会变的，文学要注重人的灵魂，要书写人的心灵和情感问题。我们之所以还会去看几百年前的东西，还会觉得他们写得那么好，这就说明那些作品经过了时代的考验，也说明文学当中有一些东西是永远不变的，这些也是科技改变不了的。今天的写作，可能科技含量都很高了，但文学终究还是侧重于写那些玩科技的"人"。

高科技对文学的影响，我觉得很有限。广州有机器人炒菜、送餐，这些其实都很容易达到，但对于人的情感问题、现代科技人的心灵问题，才是文学要去挖掘的。

唐诗人：文学还是人心的学问，离开人就不会有文学。最后我们聊一个比较麻烦的问题，也是谈广州城市文学都必然会触及的问题。我们看中国当代城市文学，北京、上海、香港什么的，他们的城市文学特征还是很明确的，去找这些城市的文学代表作和经典形象都很容易找到。但是对于广州而言，好像总是难以拿出一个形象出来说这是广州这座城市的文学典型。甚至我们找广州城市文学代表性作家的时候，很多人都不太明确，不像上海那样一说就可以想到王安忆、金宇澄等。当然我们很明确，您肯定是一个最重要的代表。但我系统地读完您的小说之后，有一个印象就是，您确实一直在写广州、写广州的市民，人物形象特别丰富，各行各业的广州故事。从总体上来看，您是当之无愧的广州城市文学代表性作家，但就是没办法找到一个代表性的人物形象来说明这是广州这种城市的文学典型。这就导致了外界对广州城市文学的模糊认知。您怎么理解这个问题？

张欣：塑造代表性形象，其实无非就是写大时代中的小人物，或者就是小人物身上反映一个时代一个城市。我觉得我们对广州的文学形象需要有新的认知。我记得有一次开会，大家说到广州音乐问题，陈小奇就觉得我们不能老是拿出农耕时代的作品来代表广东音乐，需要有一些新的作品、新的标准。我们现在对城市文学的认知，往往也是拿《三家巷》《虾球传》《外来媳妇本地郎》之类作品来作为标准，其实这很表象，现在再这样写，肯定不会有什么反响。包括很多作家也写东山少爷、西关小姐什么的，包括十三行，也有无数的人在写，但是写出来都不理想。我就觉得，文学这个东西，不是所有问题都能解决的，不是想完成就能完成的。我这段时间也在做一些准备，想写一个更广州的作品。但是写广州、广东的东西真的很有难度的。广州的东西，你接触起来，表面上看起来感觉很有深挖下去的潜力，但是你要深入进去的时候往往就没有了，你根本没法深入进去。我写广东的时候，往往要参考香港的东西。我就觉得挺难的，上海、北京他们写城市拥有的参照系是比较多的，但广州好像很难找到一些可参照的资源。那些能够参照着变成文化的、变成文学艺术的东西比较少。我看很多资料，都找不到感觉。我也想写一些有历史感的、有点难度的，因为写当下的对我而言没有难度了。浮光掠影地写广州是容易的，但是要深入进去就特别难。你没有做文学准备的时候，就看不到这种难度。但你进入到那些材料当中，走进过去的那些历史档案里，会发现难度特别大。广州的东西普遍都特别散，而且没有现成的文学资源可以参照。这个难题怎么解决，当然是需要更多的作家去努力完成，也不能简单地归结于难度什么的。

唐诗人：对，我们不写小说的人，总会觉得广州有那么多的家族故事、历史变故，应该很好写。但肯定不是那么容易，外行觉得容易的事情，作家们肯定也曾去尝试过。之所以至今没写出来，应该就是您说的这种难度。我很期待张老师您刚说的有在做这种准备，去写一个更广州、更历史的故事，塑造出一个属于广州这种城市的独特形象。我们这次讨论就先这样吧，谈了很多很有意思的问题，对我有很多启发，也解了我很多疑惑，谢谢张老师！

附录二 张欣创作年表①

1954 年

出生于北京军人家庭。

1969 年

应征入伍，先后担任卫生员、护士。

1978 年

开始担任部队文工团创作员，同年开始文艺创作。于《解放军文艺报》发表第一篇小说《差错三评》。

1979 年

发表作品《喜期》(《解放军文艺报》)。

1981 年

发表作品《晚霞》(《解放军文艺报》)。

1984 年

转业到广州，历任《羊城晚报》资料室科员、广东《五月》杂

---

① 此创作年表综合参考了《张欣自选集》附录中张欣主要小说出版年表以及江冰主编《都市先锋——张欣创作研究专辑》中由黄敬敏负责整理的《张欣创作年表》附录，在此表示感谢。

志编辑，成为广州市文艺创作研究所专业作家。

1985 年

发表中篇小说《此剧哪有尾声》(《花城》第 5 期）。

1986 年

发表中篇小说《白栅栏》(《花城》第 5 期），获得"首届全国卫生文学二等奖；

发表中篇小说《遗落在总谱之外的乐章》(《小说家》第 1 期）。

1987 年

发表中篇小说《投入角色》(《十月》第 2 期），作品获得第三届"十月文学奖"；

发表中篇小说《不要问我从哪里来》，作品获得"首届台湾新地文学奖"。

1988 年

进入北京大学中文系作家班学习；

发表中篇小说《鸽血红》；

《不要问我从哪里来》被《中篇小说选刊》第 1 期选载，同时刊发创作谈《永远不说满意》；

出版中篇小说集《不要问我从哪里来》，海峡文艺出版社。

1989 年

发表中篇小说《梧桐梧桐》(《昆仑》第 4 期），此作斩获多项荣誉："全军'我们的队伍向太阳'征文奖""广东省'建国四十周年优秀作品'二等奖""广州市'建国四十周年优秀作品'一等奖""1990—1991 年度《中篇小说选刊》优秀中篇小说"，后来被改编为影视作品；

发表《星星派对》（《广州文艺》）。

1990 年

从北京大学中文系作家班毕业，加入中国作家协会；

发表中篇小说《免开尊口》（《收获》第 3 期）；

《中篇小说选刊》第 6 期刊载《梧桐，梧桐》，刊发创作谈《语无伦次》；

出版中篇小说集《梧桐，梧桐》，花城出版社。

1991 年

发表中篇小说《绝非偶然》（《小说界》第 5 期），被《中篇小说选刊》（1992 年第 1 期）转载，获"上海首届长中篇小说优秀作品"二等奖；

发表中篇小说《无雪的冬季》（《红岩》第 2 期），被《中篇小说选刊》（第 4 期）转载，同时刊发创作谈《生活将塑造你》。

1992 年

发表创作谈《记录生活而已》（《小说月报》第 2 期）；

发表中篇小说《永远的徘徊》（《十月》第 6 期），被《中篇小说选刊》（第 3 期）转载，同时发表创作谈《不是案例》，获第五届"《十月》文学奖"；

发表随笔《仅仅是断想》（《艺术世界》第 6 期《作家谈艺》专栏）。

1993 年

发表中篇小说《伴你到黎明》（《中国作家》第 3 期），被《中篇小说选刊》第 4 期选载，同时刊发创作谈《人生无处不沧桑》；

发表中篇小说《首席》(《上海文学》第 11 期），作品被《中篇小说选刊》（1994 年第 2 期）选载；

出版中篇小说集《情同初恋》，湖北辞书出版社。

1994 年

发表中篇小说《爱又如何》(《上海文学》第 10 期），获得《上海文学》优秀作品奖；

发表中篇小说《仅有情爱是不能结婚的》(《小说家》第 1 期）；

发表中篇小说《亲情六处》(《青年文学》第 6 期），作品被《中篇小说选刊》（第 4 期）选载，同时刊发创作谈《性本无情》；

出版小说集《如戏》，广东教育出版社；

小说《爱又如何》被拍成 20 集同名电视连续剧。

1995 年

获评第八届庄重文文学奖；

发表中篇小说《守我本分》(《小说家》第 1 期）；

发表中篇小说《掘金时代》(《收获》第 4 期）；

发表中篇小说《致命邂逅》(《中国作家》第 5 期）；

发表随笔《深陷红尘，重拾浪漫》(《小说月报》第 5 期）；

《中篇小说选刊》第 4 期转载《仅有情爱是不能结婚的》，并刊发创作谈《慢慢地寻找，慢慢地体验》；

出版中篇小说集《真纯依旧》，河北教育出版社；

出版中篇小说集《城市情人》，华艺出版社。

1996 年

发表中篇小说《恨又如何》(《小说界》第 1 期）；

发表中篇小说《此情不再》(《天涯》第 3 期）；

《中篇小说选刊》第 1 期选载《致命邂逅》，刊发创作谈《留住我们的善根》；

出版中篇小说集《岁月无敌》，长江文艺出版社；

中篇小说《岁月无敌》获《中华文学选刊》优秀作品奖；

出版《张欣文集》4 卷本（《世事素描》《燃烧岁月》《商战情战》《惊途末路》），群众出版社。

1997 年

发表中篇小说《今生有约》（《收获》第 2 期）；

发表中篇小说《你没有理由不疯》（《上海文学》第 6 期），获"第八届《小说月报》百花奖"，后被改编为 20 集电视剧并于 2003 年上映；

出版三部小说集《真纯依旧》《伴你到黎明》《仅有情爱是不能结婚的》，为经济日报出版社出版的"中国当代名家作品精选"系列。

1998 年

发表中篇小说《婚姻相对论》（《十月》第 5 期）；

出版随笔集《团圆》，江苏文艺出版社；

出版小说自选集《爱又如何》，百花文艺出版社出版；

出版中短篇小说集《此情不再》，中国文学出版社；

出版小说集《今生有约》，云南人民出版社；

出版小说集《致命邂逅》，青海人民出版社；

出版长篇小说《一意孤行》，陕西旅游出版社；

小说《致命邂逅》被改编成 21 集同名电视连续剧。

1999 年

发表中篇小说《最后一个偶像》（《特区文学》第 4 期），被《中篇小说选刊》第 5 期刊载并附创作谈《一代人的挽歌》；

发表中篇小说《缠绵之旅》（《天涯》第 4 期）；

发表中篇小说《变数》（《大家》第 1 期），此作被《中篇小说选刊》第 2 期刊载；

出版中篇小说集《你没有理由不疯》，北京出版社；

出版中篇小说集《雨季》，花城出版社。

2000 年

发表中篇小说《浮世缘》（《上海文学》第 2 期），并被《中篇小说选刊》第 3 期刊载，附创作谈《文学的标准》；

出版小说集《浮世缘》，华夏出版社；

出版长篇小说《沉星档案》，作家出版社；

出版小说集《缠绵之旅》，长春出版社；

出版小说集《无人倾诉》，陕西旅游出版社；

《沉星档案》获第七届"《十月》文学奖"。

2001 年

出版 5 卷本《张欣作品集》（《访问城市》《免开尊口》《突如其来 突如其去》《致命邂逅》《爱的恒久是忍耐》）由陕西旅游出版社出版；

出版长篇小说《浮华背后》，云南人民出版社；

出版小说集《一意孤行》，时代文艺出版社

《浮华背后》和《沉星档案》被改编成同名影视作品并开拍。

2002 年

发表中篇小说《流年》（《大家》第 5 期）；

出版小说集《缠绵之旅》，花山文艺出版社；

小说改编的电视剧《浮华背后》上映。

2003 年

发表中篇小说《有些人你永远不必等》(《北京文学·精彩阅读》第 10 期），并获得"《小说月报》第十一届百花奖"，后被《中篇小说选刊》第 6 期选载并刊发创作谈《过程》;

出版长篇小说《泪珠儿》，人民文学出版社;

小说《浮世缘》被改编为 22 集电视连续剧《曼谷雨季》开始上映。

2004 年

发表中篇小说《为爱结婚》(《大家》第 5 期），被《中篇小说选刊》第 6 期刊载;

发表长篇小说《深喉》(《收获》第 1 期);

出版长篇小说《浮华城市》，人民文学出版社;

出版单行本《深喉》，春风文艺出版社，同名电视剧于 11 月在厦门开机并于 2006 年上映。

2005 年

出版中篇小说集《流年》，江苏文艺出版社;

出版长篇小说《为爱结婚》，云南人民出版社;

小说改编的同名电视剧《谁可相依》于 3 月 2 日在广东卫视播出;

小说改编的同名电视剧《我的泪珠儿》于 2005 年 6 月首播;

发表随笔《我与〈青年文学〉》(《青年文学》第 21 期）。

2006 年

出版中篇小说集《谁可相倚》，文汇出版社;

出版长篇小说《依然是你》，作家出版社;

策划和主编了"芦苇丛书";

12 月，当选为中国作家协会第九届全国委员会委员。

2007 年
出版长篇小说《锁春记》，作家出版社；

出版小说集《张欣作品精选》《有些人你永远不必等》，长江文艺出版社；

小说改编的同名电视剧《为爱结婚》于 2007 年 4 月 21 日在中央八套首播。

2008 年
小说同名电视剧《锁春记》上映；

出版小说集《那些迷人的往事》，文化艺术出版社；

出版自选集《张欣自选集》，海南出版社；

出版随笔集《上善若水》，江苏文艺出版社；

出版长篇小说《用一生去忘记》，作家出版社。

2009 年
出版长篇小说《对面是何人》，上海文艺出版社；

出版长篇小说《依然是你》，广东人民出版社。

2011 年
出版长篇小说《不在梅边在柳边》，江苏文艺出版社，荣获"第三届中国图书势力榜"文学类第二名。

2013 年
出版长篇小说《终极底牌》，花城出版社。

2014 年

出版《张欣经典小说》丛书 10 册（《浮华背后》《我的泪珠儿》《深喉》《为爱结婚》《依然是你》《锁春记》《用一生去忘记》《对面是何人》《不在梅边在柳边》《终极底牌》），花城出版社。

2015 年

发表随笔《朝深处想，往小里写》（《北京文学》第 8 期）。

2016 年

出版长篇小说《狐步杀》，上海文艺出版社；

主编出版《张欣张梅文学作品评论集》，羊城晚报出版社。

2017 年

出版长篇小说《黎曼猜想》，花城出版社；

开通个人微信公众号"岁月无敌问张欣"，于 6 月 28 日发布第一篇文章。

2018 年

出版自选集《张欣自选集》，天地出版社。

2019 年

发表长篇小说《千万与春住》（《花城》第 2 期）；

出版长篇小说《千万与春住》，花城出版社，入选"2019 年度中国版协 30 本好书"。

2020 年

出版随笔集《泡沫集》，河南文艺出版社。

2021 年

出版长篇小说《狐步杀》(典藏版)，花城出版社。

2023 年

发表长篇小说《如风似璧》(《花城》第 5 期)；

出版小说集《变数》，北京联合出版有限公司。

2024 年

由张欣编剧、王筱頔导演的话剧《索爱》开演；

出版长篇小说《如风似璧》，花城出版社。

后 记

　　2023 年的最后一天，终于将这部《张欣论》写完，这时候离最开始接下这个任务的 2018 年，已经过去了整整五年。过去的五年，世界发生了巨变，我个人的身份和生活也有了大变。那时候还是博士后，头发还是浓密的，现在是大学"青椒"，经受了五年科研考核的捶打，作为本科生班主任把一届学生带到了毕业，现在头发已稀疏，秃的迹象已异常明显。当然，并不是说写这部《张欣论》让我掉发，而是说过去五年是我压力最大的一个阶段。因为教学科研考核的压力，我不断地把写作这部书稿的时间延迟，先去完成了那些可能会直接影响我生活和工作的事务。为此，写完这个书稿的时候，最想表达的是歉意，向本套丛书主编谢有顺老师以及负责这套书的李宏伟老师表示抱歉。李宏伟老师在 2019 年、2020 年的时候还催过我，后来就放弃了，对我这种严重拖稿的作者绝望了。如今，李宏伟老师已离开了原先的出版社岗位，去了中国现代文学馆，我开初还以为宏伟老师将不再负责这套书的出版工作，还怀疑这套丛书能不能继续出版。庆幸的是，谢老师还没放弃这套书，李宏伟老师也还继续负责这套书的编辑出版。感谢谢有顺老师和李宏伟老师的信任和坚持，让我能够下决心在 2023 年内把这个拖欠了多年的书稿完成，让这部迟到的《张欣论》还能够继续纳入"中国当代作家论"丛书。

　　记得还是读本科的时候，读过张欣老师的《深喉》，当时就对小说所描述的广州报业的故事印象深刻。没想到，多年后来到广州中山大学读中国现当代文学的博士，并在最开始设想的博士论文方向上选了城市文学，虽然最后博士论文并没有做这个选题，但也因为准备这个选题而读了张欣老师很多广州题材的小说。博士期间，我也开始参与广州的一些文学活动，偶尔也会见到张欣老师。张欣老师一直很低调，很少出来活动，更不参与文学圈内的各种聚餐宴会。有几次开会听张欣老师发言，也能感觉到她对会议、对公开发言的排斥。我个人也排斥会议，也不喜欢发言，更反感那些套话连篇的演说，所以心里面对张欣老师的姿态是特别敬佩的。但因为张欣老师这种退避人群的风格习性，也导致我不会刻意去接近，多少年了也只是保持敬畏，几无交流。我以为，我只要默默阅读张欣老师的小说就够了，不用刻意去认识小说背后的作家。没想到的是，博士毕业后，在暨南大学做博士后时，谢有顺老师派给我写这部《张欣论》书稿的任务，于是我必须主动联络张欣老师。在开始写这个书稿的时候，我联系上了张老师，并请求她开展了一个简单的对话。但口拙如我，对话也是艰难的。但张欣老师特别体谅年轻人，她对我要完成一本书的写作很是同情，对于我提出的很多请求也是尽心尽力配合我、帮助我。对于我拖稿五年才完成，她也是毫无怨言，从不催问。包括对于我为了应付高校的科研考核任务而必须优先完成其他工作这样的选择，她也直言说这是必然的、可以理解的。为此，我要感谢张欣老师的谅解，感谢她不给压力的关心！另外，张欣老师对于我写下的评论文字，没有给过任何反驳意见，她认为这是我作为读者、作为评论家的自由。对于一部作家专论，所论作家很难不在意论者怎么评价她，但张欣老师真正做到了"不在意"，这特别让人感动。为此，我不仅要表达谢意，更要表达我的敬意！

写《张欣论》的过程，是陆陆续续，很不顺畅，经常是读一些小说，写一点内容，然后又因为其他事务而耽搁上一年半载，导致重新捡起来继续写时，又得重新阅读小说文本，也导致每个章节之间的关系难以紧凑。其中很多章节，也是写完就拿出去发表了，更像独立的论文集，影响了论著的体系性和完整性。其中，绪论已刊发在《粤港澳大湾区文学评论》，第一章内容已发表在《中国当代文学研究》杂志，发表后被《上海文学发展报告2023》选用，第三章的内容也已发表在《文艺论坛》，第五章内容也已发表在《粤海风》杂志。特别感谢以上刊物的编辑老师们，感谢贺仲明老师、佘晔老师、崔庆蕾老师、卢瑜老师，感谢相关栏目的组稿老师吴俊老师、江冰老师、袁红涛老师等，谢谢你们的信任和鼓励！另外，完成本书稿，也获得了很多师友和学生的帮助：感谢蒋述卓老师对我入职后继续研究张欣小说和粤港澳大湾区城市文学的鼓励和帮助；感谢陈培浩、陈崇正、王威廉、李德南、冯娜、郑焕钊、刘秀丽、苏沙丽等师友的督促和关心；感谢过去几年帮助我完成很多杂活的学生彭如诗、赵睿诗、张琴、张琦、刘梦千、杨孟媛、谢乔羽、赵婷、朱霄、钟耀祖等；也感谢我的家人，感谢他们承担了家庭生活中绝大多数的琐事杂事，为我的研究和创作提供了最宝贵的时间和空间。

张欣老师的小说简洁而不简单，张欣老师也还在继续创作，她的小说还有很多东西可挖掘，我的论著只会是个开始。我要感谢张欣老师，感谢谢有顺老师、李宏伟老师分配我这个写作任务，写这个书稿的过程，也是开启我新的研究方向的过程。因为研究张欣小说必然要研究广州城市，于是这些年我对广州城市题材文学特别关注，也由广州扩散开来开始关注粤港澳大湾区城市文学。同时，因为张欣小说与中国古典市民小说的关系，也引导我去研究中国当代城市文学与中国文学叙事传统的关系……或许，未来几年，我都将围绕城市文学开展研究，写一系列相关文章，这都是张欣小说带给我的启示，是写作《张欣论》带来的新起点、新空间。感谢过去的五年时光，虽然变故多、坎坷多，所幸的是，我还是坚持下来了，最终也完成了这个任务！

感谢作家出版社秦悦老师的精心编辑，让拙著顺利出版。

2023 年 12 月 31 日
于广州暨南大学

图书在版编目（CIP）数据

张欣论 / 唐诗人著 . -- 北京：作家出版社，2025.5.

（中国当代作家论）. -- ISBN 978 - 7 - 5212 - 2970 - 7

Ⅰ . ① I207.42

中国国家版本馆 CIP 数据核字第 2024L23N26 号

张欣论

总 策 划：	吴义勤
主　 编：	谢有顺
作　 者：	唐诗人
责任编辑：	秦　悦
装帧设计：	合和工作室
出版发行：	作家出版社有限公司

社　　 址：北京农展馆南里 10 号　　　 **邮　 编**：100125

电话传真：86 - 10 - 65067186（发行中心）

　　　　　　86 - 10 - 65004079（总编室）

E - mail: zuojia@zuojia. net. cn

http: // www. zuojiachubanshe. com

印　　 刷：唐山嘉德印刷有限公司

成品尺寸：152 × 230

字　　 数：230 千

印　　 张：17.5

版　　 次：2025 年 5 月第 1 版

印　　 次：2025 年 5 月第 1 次印刷

ISBN 978 - 7 - 5212 - 2970 - 7

定　　 价：50.00 元

中国当代作家论

第一辑

阿城论　　杨　肖　著　　定价：39.00 元

昌耀论　　张光昕　著　　定价：46.00 元

格非论　　陈斯拉　著　　定价：45.00 元

贾平凹论　苏沙丽　著　　定价：45.00 元

路遥论　　杨晓帆　著　　定价：45.00 元

王蒙论　　王春林　著　　定价：48.00 元

王小波论　房　伟　著　　定价：45.00 元

严歌苓论　刘　艳　著　　定价：45.00 元

余华论　　刘　旭　著　　定价：46.00 元

第二辑

北村论　　马　兵　著　　定价：48.00 元

陈映真论　任相梅　著　　定价：58.00 元

陈忠实论　王金胜　著　　定价：68.00 元

二月河论　郝敬波　著　　定价：45.00 元

韩东论　　张元珂 著　　定价：50.00 元

韩少功论　　项　静 著　　定价：48.00 元

刘恒论　　李　莉 著　　定价：45.00 元

莫言论　　张　闳 著　　定价：52.00 元

苏童论　　张学昕 著　　定价：46.00 元

于坚论　　霍俊明 著　　定价：55.00 元

张炜论　　赵月斌 著　　定价：46.00 元

第三辑

阿来论　　王　妍 著　　定价：49.00 元

刘慈欣论　　文红霞 著　　定价：50.00 元

麦家论　　陈培浩 著　　定价：48.00 元

舒婷论　　张立群 著　　定价：46.00 元

徐小斌论　　张志忠 著　　定价：52.00 元

张大春论　　张自春 著　　定价：68.00 元

宗璞论　　何　英 著　　定价：46.00 元

张欣论　　唐诗人 著　　定价：50.00 元